玉村警部補の災難

海堂 尊

Kaidou Takeru

宝島社

玉村警部補の災難

玉村警部補の災難　目次

装画　赤津ミワコ
装幀　松崎理（yd）

0　不定愁訴外来の来訪者

東城《とうじょう》大学医学部の医師、田口公平《たぐちこうへい》は自分の根城、不定愁訴《ふていしゅうそ》外来で珈琲《コーヒー》の香りを楽しんでいた。

このように、穏やかな午後は久しぶりだ。本当なら患者の愚痴、もとい、不定愁訴をとことん聞き遂げるという穏やかな業務だから、ばたつくことはないはずなのだが、なぜかここでは、そうした穏やかな日常が破壊される傾向にあった。

そう、ここ不定愁訴外来はさまざまな不満の吹きだまりであり、異常事態の巣窟《そうくつ》になりやすい。たぶん、風水がとっても悪いに違いない。

そうこぼすと、おつきの藤原《ふじわら》看護師はおっとりと笑って答える。

「あら、あたしの先生に伺ったら、ここの風水は最高に素晴らしいみたいなんですけど」

……風水の威力を以てしても、こんな事態になってしまうのは、俺の体質に問題があるのか。

田口がため息をついたとき、ノックの音が聞こえた。それは耳を澄まさなければ聞き取れないくらい小さいものだった。

こんな控えめなノックは、間違いなく通常診療の対象患者だろう。田口のところにやってくるトラブルメーカーは誰もたいてい、厚かましいくらい騒々しい連中ばかりなのだから。

田口は業務用の穏やかな声で言う。

「どうぞ。お入りください」

藤原看護師が怪訝《けげん》な顔をした。テーブルの上に置かれている患者予約表は空欄だったからだ。

扉を開けて顔を見せたのは、弱々しい微笑を浮かべた中年男性だった。三十代前半を中年と呼ぶのは気が引けるが、その男性を中年男性と呼んでも、多くの人は納得するだろう。小柄で、ひ弱な印象だが、骨格はしっかりしている。

桜宮市警《さくらのみや》の玉村《たまむら》警部補だった。

「どうしました、玉村さん。何か事件でも?」

田口は、おそるおそる玉村警部補の背後を窺《うかが》う。なぜなら玉村は警察庁のデジタル・ハウンドドッグ（電子猟犬）こと加納達也《かのうたつや》警視正と行動を共にする姿を見ることが多かったからだ。

玉村は弱々しい笑顔をより一層、弱々しく浮かべて、小声で言う。

「大丈夫です。今日は加納警視正のお使いではありません」

田口と藤原看護師の安堵《あんど》のため息が、部屋に流れた。玉村警部補はこそりとつけ加える。

「あ、でもそれは正確じゃないかな。やっぱり加納警視正のお使いかも」

その途端、田口と藤原看護師は、ぎぎぎときしみを上げて動きをとめたブリキの人形みたいになってしまった。玉村は続ける。

「あ、でもご心配なく。加納警視正はお越しになりませんから」

再び、深い安堵の吐息が、デュエットで流れた。

「加納さんのお使いだと言ったり、そうじゃないと言ったり。一体どっちなんです」

田口にしては珍しく苛立《いらだ》ったような口調に、玉村はあわてて、小脇に抱えた鞄《かばん》から書類を取り出し田口に手渡す。

　ぱらぱらと眺めた田口の顔色がかすかに変わる。

「そちらにお見せしたのは、ここ数年で桜宮署管轄で起こった事件のまとめです。実は加納警視正が本店《警察庁》の方で、業務が芳しくないと大目玉をくらったそうでして。なので、出向先での活躍をレポートにまとめるように、と仰せつかってしまったんです」

「それは災難ですねえ」

　藤原看護師がいつの間にか淹《い》れた珈琲を玉村に差し出す。玉村はその珈琲をひと口すすりながら、うなずく。

「ええ、ひどいものです」

「それよりも気になるのは……」

　田口がぱらぱらと書類をめくりながら言う。

「そんな依頼で、どうして私のところにお見えになったんですか」

　玉村が田口の顔を覗《のぞ》き込んで言う。

「それが、そのう、加納警視正が指定した、〝派手な事件〟になると、なぜか田口先生のお名前があるもので、一応、田口先生のウラを取る、あ、いや、そうではなくて御確認をお願いしろという厳命を受けまして……」

　それはありがた迷惑なんだが、と田口は誰にも聞こえないように呟《つぶや》く。

　すっかり暗くなってしまった田口の表情とは対照的に、玉村は明るい表情で言う。

「その命令は、不幸中の幸いでした。本当に辛《つら》いんです、こういう作業をひとりでやるのは」

田口は深々とため息をつく。それから玉村警部補の顔を見て、言う。

「確かにこれらの事件は興味深い展開をしたものばかりですし、玉村さんがご存じなくて、私が知っていることもありそうです。わかりました。出来る限り、ご協力いたします」

それから手元の書類をめくりながら、言う。

「じゃあ、早速始めましょうか。最初の症例は、『イノセント・ゲリラの暴発』ケースですね」

玉村警部補はおずおずと椅子に座る。そこはふだん、田口の患者が座り、延々と愚痴を奏でる特等席だった。いざ、着席してみると、玉村警部補の姿は、まるでもう何年もそこの常連客であるかのように、その場の空気とぴったり合っていたのだった。

そこへさりげなく藤原看護師が珈琲のお代わりをさし出す。玉村は一口すするとほっとして、口を開いた。

1　東京都二十三区内外殺人事件

01 遭遇

新幹線ひかり車中　２００７年12月20日　午後4時35分

つい先ほど、雪化粧の富士山を通過したから、あと三十分で東京に到着するはずだ。

田口は倒したシートにもたれ、夕闇に包まれた窓の外の景色に目を遣《や》る。

クリスマス直前の、平日の午後、中途半端な各駅停車の上り新幹線の車中はがらがらだった。

久しぶりの上京だが、気が重い。高階《たかしな》病院長は、ささやかな骨休みですね、としゃらっと言っていたが、冗談じゃないぞ、と田口は思う。

夕闇のガラスに映り込む自分の顔を見ながら、院長室に呼び出された時のことを思い出す。

✽

「実はささやかなお願いがありまして。私の名代で、東京に出張していただきたいんです」

小柄なロマンスグレー、高階病院長は、机に肘をつき、指を組んで田口を見上げていた。

田口は反射的に言い返した。

「とんでもない。私には荷が重すぎます。それは教授クラスの先生にお願いしてください」

「そんなことありません。今回の厚生労働省の検討会は、病院のリスクマネジメントの標準化が議題ですから。当院のリスクマネジメント委員会の委員長はまさに適役ですよ」

高階病院長の言葉の中の、『厚生労働省』という単語に田口は思わず眉を上げる。

「霞が関で、しかもリスクマネジメント委員会関連の検討会、というと、まさか……」

「まさか、何ですか?」

高階病院長はにこやかな顔で、田口を見た。一瞬、いたずらっ子のように眼が光る。

間違いない。

田口のリスクマネジメント・センサーがオンになる。

一年前、田口はひょんなことからリスクマネジメント委員会の委員長という大役を拝命した。本来の肩書きは神経内科の窓際万年講師で、患者の愚痴をひたすら聞き続けるという不定愁訴外来の責任者だ。設計ミスで発生したどん詰まりの部屋で、昔は地雷原と呼ばれた退役看護師長、藤原看護師とふたりでほそぼそと隙間仕事に邁進《まいしん》する日々。その不定愁訴外来は時に、田口の名前をもじって「愚痴外来」とも呼ばれている。

田口は咳《せき》払いをして、高階病院長を見下ろした。

「病院長、私は先生の要望に従って誠実に任務を遂行してきたつもりです」

「感謝してます。おかげさまで巷《ちまた》では田口先生は、私の懐刀と思われているらしいですよ」

高階病院長の懐は、暖かくぬくぬくしてるから、刀は錆《さ》びてしまうんです、と混ぜ返そうとして、思いとどまる。

言葉を呑《の》み込んだ田口を見て、高階病院長はうっすらと笑う。

「まさに田口先生のおっしゃる通りです。誠実に任務を遂行していただいたからこそ、今回もまた、重要なミッションをお任せしたいんですよ」

田口はすかさず言う。

「いえいえ、それは越権というものです。病院長代行でしたら、リスクマネジメント委員会委員長として、当委員会副委員長の黒崎《くろさき》教授を推挙させていただきます」

完璧なエスケイプ。厚生労働省での講演などという晴れがましい仕事であれば、黒崎教授なら喜んで引き受けて、いそいそと霞ヶ関に参上してくださることだろう。田口よりもはるかに格上でキャリアもあるし、何より目立ちたがりの出たがりなのだから。

高階病院長は田口の顔を、じっと見つめた。

一瞬の沈黙。

田口はこれまで、いつもいつも高階病院長から無理難題を投げかけられ、そしてそこから逃げ出せずに、唯々《いい》諾々《だくだく》と無茶な特命案件に対応させられていた。そして、いつの日にか、そんな無理難題から抜け出したい、という願いを、抱いていた。

ついにその日が来たのかもしれない。

沈黙を続ける高階病院長の顔を見ながら、田口は息を詰めた。

甘かった。

高階病院長は、抽斗《ひきだし》から一枚の紙を取りだし、田口の前に滑らせる。

「田口先生の御提案は妥当ですけど、残念ながら今回の派遣は先方の要請です。名指しだったんですよ、実は」

眼に飛び込んできたのは、タイトルの『講師招聘《しょうへい》要請』という文字だった。

その下には、田口の名前がでかでかと高階病院長の名前と並べて書かれていた。田口はあわてて文面に視線を走らせる。

病院機構からの独立したリスクマネジメント委員会のシステム運用法について、医療事故死調査委員会設置準備委員会における御講演を貴殿に依頼します、だって？

だが、田口を凍りつかせたのは依頼人の名前だった。

厚生労働省医療過誤死関連中立的第三者機関設置推進準備室室長、白鳥圭輔《しらとりけいすけ》。

田口の背筋に寒気が走る。忘れもしない、いや、忘れたくても忘れられないその名前。名前の爽やかな響きとは正反対の性格、コードネームは火喰《ひく》い鳥。田口の脳裏に瞬時にさまざまな想念が、走馬灯のように駆けめぐる。書類の末尾に、赤く四角い大臣印璽《いんじ》。

反射的に紙を取り上げると、田口はしげしげと凝視する。

「ご心配なく。そのハンコは本物です」

高階病院長の言葉に、田口は呆然とする。これではエスケイプもくそもない。どこから見ても百パーセント、田口の仕事だ。実質的には田口を名指ししているのだから。

高階病院長がにこやかに言う。

「突然のお願いで申し訳ないと思っておりますので、ひとつご褒美を。本来なら日帰り業務ですが、院長裁量で前日に東京で一泊してきても結構です。宿泊費は出しますよ」

田口はその言葉に深々としたため息をついた。

✿

田口は目をあける。新幹線の揺れが心地よく、居眠りをしていたようだ。

窓の外は夕闇に包まれている。平日の夕方、がらがらの新幹線。田口は二人掛けの席をひとりで占領していた。実に贅沢《ぜいたく》な時間だ。

目を覚まし、大きく伸びをした時、伸ばした腕に何かが当たる。

ぐにゃ？

暗闇を背景にハーフミラーになった窓に車両内部が映っている。そこに、ゴキブリの長い触角が揺れているような幻視が映り込んでいた。

おそるおそる振り返り、眠りにおちる前は空席だった隣の席を見た。

そこには、アルマーニを着込んだ（少なくとも田口がアルマーニと認識できるような高級そうに見える背広、という意味でのアルマーニだが）小太りの男が、すやすや寝息を立てていた。

なぜコイツがいつの間にこんなところで、すやすや眠って俺の腕にぐにゅって、ああぁ、ぐにゅってしてそれで……うわああ。

混乱する田口の思考の中に、車内アナウンスが紛れ込む。

「次は品川、品川。お降りの方はお忘れ物のないよう、ご注意ください」

そのアナウンスで、田口は自分を取り戻す。深呼吸をしてもう一度、先ほどは混乱の極致のあまり、日本語として成立しなかった文章を、順序だてて整理する。

――どうして、厚生労働省のロジカル・モンスターが、勤務時間内にもかかわらず、新幹線の俺の隣の席に座り、俺の腕がぐにゃっと当たるような至近距離で、すやすや寝息を立てているのだろうか。

東京に着いても、白鳥は眠り続けていた。

ひょっとしたらコイツは、本当に偶然で、自分の隣に乗り合わせただけかもしれない、ということにして、このまま声をかけずに下車しようか、という選択肢が脳裏に浮かぶ。だが、これを偶然と呼ぶのはあまりにも無茶だ。

仕方なく田口は、白鳥の身体《からだ》を揺する。

白鳥はむにゃむにゃ口を動かしていたが、やがてぽっかり目を開く。

意外に長い睫毛《まつげ》をぱちぱちさせていたが、やがて、ぽん、と手を打って言う。

「あ、田口センセ、こんにちは。ようこそワンダフル・シティ、トーキョーへ」

田口は挨拶を返さなかった。その代わりに、せき立てるように下車を促しながら、手っ取り早く疑問を口にして、安易な解決を目論《もくろ》む。

「なんで、あんたが俺の隣の席に座っていたんです？　偶然ですか？」

白鳥はとっとと押し出されながら、言う。

「相変わらずだね、田口センセ。僕とセンセの間には、偶然なんてあり得ないんだよ」

田口は思わず、軽い眩暈《めまい》を感じる。

「偶然でなければ、一体なんなんです？　待ち伏せですか？　ストーカーですか？」

白鳥は寝ぼけて垂れたよだれをぬぐい、その手を田口の肩に置きながら、急《せ》き込むようにして畳みかけてくる田口の質問に、平然と答える。

「どうどう、田口センセ、落ち着いて。人類みな兄弟でしょ」

わけのわからないフォローをしながら、白鳥はにまりと笑う。

「高階先生から、田口センセが上京するってウワサを聞いてね。せっかくだから、東京のうまいモン屋に御招待しようと待っていたんだ」

ウワサ……よく言うぜ。自分が指名したクセに。田口は思わず詰問口調で尋ねる。

「よく、新幹線の時刻までわかりましたね」

「そりゃあ、田口センセのことなら何でも、ね」

昼飯を抜いているのに、猛烈な胸焼けが襲ってきた。田口は言う。

「高階先生からウワサを聞いたとしても、新幹線の時刻まではわからないはずですけど」

白鳥はうなずく。

「加納に、指定席予約データを調べてもらったんだ。最初は渋っていたけど、警察庁の捜査網も大したことないんだね、と挑発したらムキになって調べてくれた。さすが警察庁のデジタル・ハウンドドッグ、刑事企画課電子網監視室室長だけのことはあるよ。で、東京駅で待っていたんだけど、待ちきれなくなっちゃって、新横浜まで迎えに行ったわけ。そしたら車中で寝っこけてた田口センセを見つけて安心しちゃってつい、うとうとしちゃった」

それって一歩間違えれば、というよりもむしろ、正確に言わせてもらえば、それはもはや犯罪だろうと思う。

それと同時に田口は、電子猟犬と呼ばれた警察庁のキャリア官僚の端整なマスクを思い出していた。

加納達也警視正。白鳥の同期にして白鳥の天敵だ。

白鳥は大あくびをして、続けた。

「以前、田口センセにはいろいろな件で迷惑をかけたから、今夜は美味しいお店で接待するよ」

柄に合わない殊勝な言葉に、田口はつんのめる。

——できれば白鳥とは、あまりお食事を共にしたくないんだけど。

なのに田口は自分の意に反したひとことを口にしてしまう。

「そいつはありがたい、です」

田口はマインド・バランスを取るため、白鳥に聞こえないように、小声でつけ加える。

「まあ、あまり期待はしてませんけどね……」

02　実利か友情か

小料理屋『牡丹灯籠』　12月20日　午後8時

街角にはジングルベルのメロディが溢《あふ》れている。東京駅近くのビジネスホテルにチェックインし、メトロに乗り換えて三十分、都会の真ん中から少々はずれた笹月《ささつき》という駅で降りる。

東京都二十三区内ぎりぎりエリア、一駅隣は神奈川県になる。

隣をぽてぽてと歩いている白鳥が、ガイドよろしく、言う。

「この近くにセント・マリアクリニックという産婦人科病院があるんだけど、その近くのお店だよ。『牡丹灯籠《ぼたんどうろう》』っていうんだ。あ、でも、この店は別に有名じゃないけどね」

田口は怪談は嫌いだったが、こぢんまりとした店構えは悪くなさそうだ。白鳥の話を聞き流し、田口はその背中に従って小洒落《こじゃれ》た店に入っていった。

カウンターの隣に座った白鳥はご機嫌だった。年増だがちょっと綺麗《きれい》な女将《おかみ》が、お銚子《ちょうし》を差し出しながら言う。

「圭輔ちゃんがお友だちを連れてくるなんて珍しいわね。いつもは一人ぽっちなのに」

田口はあわてて首を振る。

「いえ、私たちは友だちなんかではないです」

白鳥は、お猪口《ちょこ》で熱燗《あつかん》をあおる。

「田口センセってツレないんだよね、いつも」

田口は胸の痛みを覚えたが、昔の白鳥の行状を思いだし自分に言い聞かせる。甘い顔を見せるとどこまでもつけあがる、というか、甘い顔をしなくてもずけずけつけあがる白鳥は、今もつけこむスキをひそかに窺っているに違いない。

被害妄想だろうか。いや、そんなはずは。お、ちょっと待て、そのコブの煮しめは俺の付き出しだぞ。まったく、コイツときたら……。

——ふたりは黙って杯を重ねた。

その小料理屋は当たりだった。内装のセンスもよかった。白鳥御用達の店にしては意外に思えたが、考えてみればもともと白鳥の味覚センスは、そんなに悪くはなかった。たとえば白鳥の好物のひとつに、東城大学医学部付属病院スカイ・レストラン、『満天《まんてん》』のうどんがあるが、実はこのメニューには隠れファンが多かったりもする。

しかし、案の定、支払いでモメた。

請求書を見た白鳥は、ぬけぬけと田口に言った。

「じゃあ、ふたりで一万円だから五千円ずつのワリカンね」

「あれ、今日はご接待とか言ってませんでしたか?」

「やだなあ、国家公務員たる官僚であるこの僕が、今となっては独立行政法人勤務の民間人にすぎない田口センセのことを接待なんてできるワケ、ないでしょう」

別にワリカンにすることは一向に構わなかったが、さも当然というその言い方にかちんときた田口は、ぼそりと呟く。

「友人を誘っておいてワリカンだなんて、無粋だなあ」

白鳥の目がきらりと光る。

「今、友人って言いましたね？　うん、田口センセが僕を友だちと言ってくれるなら僕が持ちましょう。何しろそうなるとこのディナーは、接待ではなく友情の証しですからね。うーん、それにしても嬉《うれ》しいなあ、田口センセがやっと僕のことをお友だちと認めてくれたなんて」

白鳥が連呼する〝友だち〟コールに、田口の酔いが急速に醒《さ》めていく。

あわてて首を振る。

「いえいえ、やっぱりここはワリカンで……」

「いやいや、友だちなんだから、奢《おご》りますよ」

「まあ、公務員倫理規定も厳しい折ですから、きっちりワリカンにしましょう」

押し問答の末、結局田口はワリカンの権利を勝ち取った。

って、そんなもん、勝ち取ってどうするんだ、俺、と田口は思う。

それにしても、どうして白鳥といるとこんな羽目になってしまうのだろう。

「さ、急げばまだ終電に間に合いますから、とっとと帰りましょう」

田口はかすかな違和感を覚えた。

「あれ、確か白鳥室長はタクシー券を山のようにお持ちだったのでは」

白鳥は田口の肩を押さえて左右を見回す。

「しっ、静かに。最近、タクシー券の横流しがダメになって、支給されなくなっちゃったんです。不正使用がマスコミにバレちゃったもんでね」

それは自業自得というものだ。それでも処分を楽々すり抜けるお調子者。それが白鳥だ。


滞在しているホテルと白鳥の官舎は路線が違うので、田口は白鳥と小さな十字路で別れた。

生け垣の小径《こみち》の先の方にメトロの駅のネオンがぼんやり光っている。ブランコとベンチが二つあるだけの道端の小公園を通り過ぎる。

ベンチに男性が寝そべっていた。浮浪者かな、と思って通り過ぎようとしたが、身なりはこぎれいだ。忘年会の季節なので、酔っぱらいだろうか。亜熱帯化しつつある東京でも、真冬の街路で酔って寝込めば凍死しかねない。

黙って行き過ぎようとしたが、酔いでちょっぴり気が大きくなっていた田口は立ち止まる。よくよく見ると、腕と足がだらりとベンチからはみ出していて、居眠りにしては不自然な格好だ。

「もしもし」

声を掛ける。男性は動かない。田口は男性の肩に触れてみた。

男性はごろりと転がった。その顔と目が合った。

男性の目はうっすらと開いて、瞬きひとつしなかった。

そう、男性はどこからどう見ても、死んでいた。

田口はぼんやりと思った。

——何で、俺が……。

酔っぱらって街をうろつく男はたくさんいる。まして忘年会シーズンだ。普段よりそんな人口は格段に多いのに、そんな大勢の中から、よりによって転がっている死体と遭遇してしまう。

田口はため息をひとつつくと、我に返る。

貧乏クジをひとりで引くなんてまっぴら御免。白鳥と別れてまだ一分。引き返せば、ヤツはまだそこら辺にいるはずだ。

田口は、白鳥と別れたばかりの十字路にダッシュで戻った。


意外にも白鳥は結構な速足で、その姿は、予想していたよりもはるか遠くにあった。

田口は大声で白鳥を呼ぶ。白鳥はくるりと振り返る。呼んでいるのが田口だと気づくと、犬が飼い主に呼ばれた時みたいに、はあはあ言いながら、こけつまろびつ走り寄ってきた。

「なになに、何か呼んだ？」

瞬間、田口は白鳥の名を呼んだことを死ぬほど後悔した。だがここまできたら致し方ない。

「し、死体が……」

とぎれとぎれの言葉で事情を察したのか、白鳥は田口の背中を押しながら一緒に走り出す。

ダッシュで、ふたりは死体の側《そば》に戻った。白鳥はベンチに転がる死体に近寄り、手早く体表を見回す。

「これは死因不明の異状死だね」

きょろきょろと周囲を見回す。それから田口の耳元で言う。

「田口センセ、そっちの足を持って」

へ？

田口は瞬間、白鳥の言葉の意味を受け取りかねて呆然《ぼうぜん》とするが、白鳥の勢いに押され言われるがままに死体の足を両手で持った。白鳥は死体の両脇を抱えて、掛け声と共に持ち上げる。

「それじゃあ行くよ」

行くよって、どこへ？

田口の疑問が口に出る前に、白鳥はほっほっと言いながら後ずさり始める。引きずられるように、田口は前進する。うっほっうっほっという掛け声につられた気分は『お猿の駕籠《かご》屋』だ。

やがてふたりがさっき別れた角、大通りの入口に戻ると、白鳥はどさりと死体を投げ出す。

ひょっとしてここでタクシーでも拾うつもりか？

だが、タクシー券は取り上げられているはずだ。まさか自腹で？

千々に乱れた田口の予想に反し、白鳥はあっさり言う。

「田口センセ、確か携帯持ってたよね。今すぐ一一〇番して」

田口は白鳥の指示に従った。しばらくするとパトカーのサイレンの音が遠くから響いてきた。

赤色灯の回転を見ながら田口は、パトカーとの待ち合わせのためだけに、わざわざ大通りに出たのだろうか、などとぼんやり考えていた。

03　法医学の聖地

東京都監察医務院　12月21日　午前零時

警察官が無線連絡している。

「××区笹月町、中年男性、心拍停止、体表所見は異常なし、監察医務院へ搬送します」

もうひとりの警察官がごそごそと死体をいじり回して観察している白鳥に注意する。

「あんた、何をやってるんだ。事件現場を勝手にいじるな」

白鳥は面倒くさそうに、警察官にカードを投げつける。霞ヶ関での通称は『白鳥ラミネートカード』、略して〝シラミ〟。カードを手にした警察官は、直立不動になる。

「か、監察医務院の先生でありましたか。失礼しました」

田口は警察官から〝シラミ〟を受け取る。ちらりと見ると、監察医務院の非常勤職員の身分証だ。そういえば白鳥は、かつて監察医務院にも出入りをしていたと言ってたっけ。

以前は大臣命令書をでっち上げた白鳥だったが、今回は非合法カードの呈示ではないわけだ。

そりゃそうだ、いくら白鳥でも、まさか現役警察官に偽造公文書公使をやれるはずがない。

白鳥はひと通り死体周りを調べて立ち上がる。

「さ、ぐずぐずしないで、監察医務院に運んでよ。僕も同乗するからさ」

それから田口を振り返り、土砂崩れのようなウインクを投げる。

「田口センセも、土産話《みやげ》に監察医務院の観察をしてみたいと思っていたでしょ？」

監察医務院の観察って、ダジャレか？　そもそも俺は、監察医務院なんか見学したくもないんだが……。

だが、そんなことを口にする暇もあらばこそ、気がつくと田口はパトカーに同乗させられてしまっていた。心地よい酔いが急速に引いていくのを田口は感じていた。


広大な敷地を通り抜け、黒塗りの車は古ぼけた四角四面の建物にすべり込む。

「解剖はふつう翌朝開始なんだけど、僕が特別にお願いしたからすぐ始まると思うよ」

冷ややかな白いタイルを敷き詰められた壁から、微かに異臭が漂っている。

どこかで嗅いだことがあるなと思ったら、それは医学生の時の解剖実習室の匂いだった。

田口は、少し気分が悪くなる。

薄暗く冷え冷えとした部屋に突然煌々《こうこう》と灯りが灯ると同時に、間延びした大声が響いた。

「またお前か。いいかげんにしろ。過去に非常勤だったことをいいことに好き勝手に出入りするばかりか、業務運用にまで口を出すとは不届き千万なヤツめ」

任期切れ、ということは、さっきの〝シラミ〟は……。

現役ポリスにいけしゃあしゃあと期限切れの身分証を呈示するとは、実に白鳥らしい。

白鳥はへらりと笑う。

「怒ったフリしたってダメですよ、肥田《ひた》院長。いつも言っていたじゃない。我々は公務員で死体はお客様だ、可能な限り迅速に対応しろって」

肥田院長は、肩をすくめて何も答えない。代わりに、後ろに控えていた小柄な男に言う。

「体表撮影を」

黒いカメラを持ってたたずんでいた男が、警察官に声を掛ける。

「遺体を裸にして、台に載せて」

肥田院長は、青い術衣をはおり、ラテックスのゴム手袋をはめる。それから白鳥の背後にひかえている田口をちらりと見て、野太い声で言う。

「あんた、コイツの新しい部下かね。お気の毒に」

田口は一生懸命首を横に振りながら、考える。〝友だち〟だの〝部下〟だの、今夜は白鳥とこれまで以上に近しくなる流れにいるのだろうか。だとしたら、今宵の星回りはサイアクだ。

「そういえばお前の部下の、デカくて綺麗なネーちゃんは、どうしてる？」

肥田院長の問いに、白鳥は答える。

「ホント、氷姫はジイさんのウケがいいんだよね。でもあいにく、彼女は今、北の方のさる病院に潜入調査に入ってるんですよ」

「忙しいことだな」

銀色のステンレス台の上に、裸体がごろりと転がる。肥田院長が体表所見を口述する。

「男性、年齢およそ四十から五十。死後硬直、上肢まで。死後五〜六時間。体表全般に打撲痕。ただし、死因に直結しない。眼瞼《がんけん》結膜には軽度の黄疸《おうだん》あり。四肢には骨折は認めない」

肥田院長の声が寒々としたタイル張りの壁に反響する。

「ところで、死因はおわかりですか?」

白鳥が尋ねる。肥田院長は、肩をすくめた。

「お前も法医認定医のはしくれなんだから、こんなことで死因がわかるわけがないことくらい、知ってるはずだ」

「それならCTを撮っちゃえばいいのに」

白鳥がこそっと言ったが途端、雷鳴のような怒号が、冷たい壁に反響する。

「バカモノ。何度言えばわかるんだ。監察医務院は法医学の聖地だ。解剖の上に解剖なく、解剖の下に解剖はない」

肥田院長の、雷鳴のような罵声を、亀のように首をすくめて回避した白鳥に向かって、肥田院長は改めて冷厳に宣言する。

「明朝九時より解剖を執り行なう。それでいいな?」

「もちろん、それでOKです。よろしくね、肥田センセ」

白鳥はにんまりと笑った。

肥田院長は気難しげな表情をして、白鳥の無礼を咎《とが》めようとしているかに見えた。だが、過去のさまざまな経験がその胸をよぎったかのようにうつむくと、何も言わずに部屋を後にした。

冷ややかなタイル貼りの部屋はがらんとしていて、その部屋に白鳥とふたりぼっちで取り残されてしまった田口は、ほんの少し前まで、街のジングルベルの喧噪にひとりうかれていた時間とのあまりの落差に、ただ呆然とたたずむばかりだった。

04　もうひとつの死体

小料理屋『牡丹灯籠』　12月21日　午後9時

その日の午前中、厚生労働省で行なわれた「病院リスクマネジメント委員会標準化検討委員会」は、大過なく終わった。というか、厚生労働省の会議も大学内部の会議と中身に大差ないことがはっきりしただけだった。どちらも、何かを決めたり話し合うのではなく、単に顔合わせをした、という事実を確認するだけのものであることが共通項に思えた。

田口の発表に対し、座長が趣旨のわからない質問をしてきたので、それに的外れな答えをして終わった。それはかつて東城大学に在籍していた、曳地《ひきち》委員長の差配振りと瓜二つだった。

会議が終わると、白鳥がかさこそと近寄ってきて、田口に夕刊の早刷りを差し出した。

「昨晩の公園の行き倒れ、どうやら殺人だったみたいだよ」

田口は『暴力団抗争激化、構成員殺される。容疑者拘束』という見出しに驚く。

「もう逮捕されたんですか。早いですねえ」

「田口センセのおかげだよ。僕ひとりではこうはいかなかったね。何しろ、迅速で正確な死亡時診断が捜査の基本だからね」

白鳥がお世辞を言うなんて珍しい。だが、田口がしたことは、死体の足を持って運んだだけだ。

「今夜は本当に接待するよ。ひとつの事件の解決に協力してくれたんだから、ね」

白鳥がそう言うと、田口はあわてて首を振る。

「それには及びません。出張は一泊なので、桜宮に帰ります」

「残念だなあ。女将も楽しみにしてるのに」

肩を落とす白鳥を見て罪悪感に襲われたが、田口は白鳥にきっぱりと別れを告げた。

その夜、田口には、ある目論見があったのだ。


夜八時。昨晩と同じ時刻に田口は『牡丹灯籠』にいた。

実は田口はこの店がとても気に入ってしまったのだ。そして桜宮に戻る前にもう一度ゆっくり食事をしたいと思ったのだが、白鳥と一緒に行けば、今度こそ完全にお友だちにされてしまいかねない。そこで嘘《うそ》をつき、ひとりで食べに来たわけだ。

明日が勤務だというのは本当だったのだが、桜宮に今夜中に帰るというのは嘘だった。始発の新幹線なら明日の愚痴外来には余裕で間に合うのだから。

年増で綺麗なお女将は田口の顔を覚えていて、歓待してくれた。『牡丹灯籠』の料理は、しっくりと馴染《なじ》み、田口は満足して店を出た。時刻は九時を回ったばかりだった。

田口は鼻歌混じりで、ゆうべと同じ夜道をたどる。

白鳥のヤツもたまには役に立つことをするもんだ。何しろこんないい店を教えてくれたんだからな。これでこれまでの乱暴狼藉《ろうぜき》はチャラにしてやろうかな、などとご機嫌な気分で考える。

昨晩、白鳥と別れた十字路にたどりつく。そして昨晩同様、メトロの駅への小径を選ぶ。

ふい、と十字路を曲がったところ、生け垣が途切れるあたりの道端の小公園を通り過ぎる。

田口は思わず眼を瞠《みは》る。

昨晩と寸分変わらないベンチの上に、ごろりと横になっている物体が目に入ったからだ。

目をこすり、回れ右。おそるおそる電柱の下の物体に歩み寄る。

それは、昨日とまったく同じような男の死体だった。

ここは、公共の死体置き場なのか？

田口は酔った頭を振って妄念を追い出す。そしてポケットから携帯を取り出し、一一〇番に掛けた。番地を聞かれたので周囲を見回し、電柱に書かれていた住所を読み上げる。

ほどなくパトカーのサイレンが響いて警官が到着した。昨晩と同じ光景。まるでデジャヴだ。

ただ一点違っていたのは、パトカーに書かれた文字が、「警視庁」でなく「神奈川県警」だということだった。


「つまり第一発見者であるあなたは、この人とは面識はないけれどもともと、偶然通りかかったら倒れていたので通報してくださった、というわけですね」

田口を聴取している年かさの警察官は幾多の風雪を乗り越えたことを滲《にじ》ませる風貌で、オールド・ジョーと名づけるのが妥当に思える。それなら、その隣で、無線連絡している年若い警察官はヤングボーイと呼ぶべきだろう。

「灯籠町二丁目、中年男性、心拍停止、体表所見は異常なし、田上《たのうえ》病院へ搬送を要請します」

田口は違和感を覚えて尋ねた。

「田上病院ってどんな病院なんですか?」

「嘱託警察医の先生の病院だよ」

「あの、監察医務院へ搬送するのでは?」

オールド・ジョーは顎をしゃくり、田口を睨《にら》みつけるように言う。

「あんた、ただの通りすがりじゃないの?」

「いえ、まあ、そうなんですが」

「やけに現場に詳しそうだね。本当は関係者なんだろ」

田口はしどろもどろになってしまった。オールド・ジョーはやにわに田口の腕を取る。

「ちょっと伺いたいことがあるので、署まで同行してもらおうか」

警察無線が入った。相棒の警察官、ヤングボーイが言う。

「かっぱらいが発生したそうで、田上病院への搬送も俺たちが兼ねろという指令です」

「しょうがねえなあ、まったく……。ま、いっか」

オールド・ジョーは舌打ちをすると、田口に言う。

「今から嘱託警察医の先生のところへ寄ってから、署に同行してもらうからな」

田口は、げんなりしながらうなずいた。

牡丹灯籠での夕食が無事に終わっていたのが、唯一の幸運だった。

死体搬送する黒塗りの車を後ろに従え、田口はパトカーの後部座席に乗せられた。

「あのう、ちょっと知り合いに連絡してもいいですか？」

胡散《うさん》臭げに田口を見たオールド・ジョーは、すかさず言い返す。

「何をたわけたことを言っているんだ？　お前は重要参考人だぞ。これから聴取だというのに、外部とほいほい連絡させると思っているのか？」

田口は、オールド・ジョーの高圧的な物言いに、怯《おび》えた表情になる。

その様子を見て、さすがに脅かしすぎたと思ったのか、オールド・ジョーは言う。

「本来ならダメなんだが、ま、今回は特別だぞ」

田口はほっとして、携帯を取り出すと、白鳥を呼び出そうとして、はたと気がつく。

——アイツはたまごっちしか持っていなかったんだ。

田口は呆然とした。携帯を叩く指が止まる。

はてさて、どうしたものか。

その時、田口はふと思いだし、メールを打ち始める。

送信。しばらくして、着信音が響いた。

同時にパトカーが止まった。見上げると、くすぼけた看板には『田上病院』とあった。

05　車内事情聴取

神奈川県警灯籠署　12月21日　午後10時

パトカーの中でオールド・ジョーから事情聴取をされた田口は身分を明かし、鞄の中の厚労省の会議議事録まで見せたので、容疑は完全に消滅していた。おかげで殺伐としていたパトカー車内の雰囲気は、和気藹々《あいあい》とした四方山《よもやま》話になっていた。

二十分ほど過ぎ、死体と共にヤングボーイが戻ってきた。運転席に乗り込み、言う。

「さすが田上先生、仕事が早いです」

オールド・ジョーは上機嫌で田口に言う。

「お詫《わ》びに笹月駅まで送りますよ」

田口は尋ねる。

「さっきの御遺体の死因は判明したんですか？」

運転席の警察官、ヤングボーイが振り返ってうなずく。

「心不全だそうです」

「そんなばかな。こんな短時間で、死因診断ができるはずがないでしょう」

病院に運び込まれてから二十分足らずだから、間違いなく解剖は行なわれずに体表検案だけで診断したわけだ。田口の検案では死因不明だった。なのでつい、言い返してしまったわけだ。

黙ってスルーすればいいものを。余計なひとことが身の破滅ということをイヤというほど思い知らされているくせに、悪いクセというヤツはいつまで経《た》っても抜けないものだ。

案の定、オールド・ジョーは気分を害したようだった。

「あんたもお医者さまかもしれんが、田上先生は嘱託警察医を長くやっていて、年間千体も解剖されている。そんな先生の見立てに逆らうのか？」

「年間千体の解剖？　この病院は解剖専門病院なんですか？」

「まさか。内科小児科麻酔科の個人病院だよ」

解剖専門でない医者が、ひとりで年間千体も解剖できるものなのか？

田口は唖然《あぜん》とした。オールド・ジョーは続ける。

「メトロまで送ろうと思ったけど、気が変わった。署に直行する。そこから自分で勝手にお帰りいただきましょう」

「わかりました。では、知り合いに署まで迎えに来てもらいます」

田口は自分の口数の多さを反省しながら、携帯で番号をプッシュした。


三十分ほど経って、神奈川県警灯籠署に帰投したパトカーが停止する。ドアを開けると冬の夜の冷気が、田口の酔いを一気に醒ました。

ふたりの警察官と一緒にパトカーから降りた時、暗い駐車場の田口たちを光の輪が照らし出す。

振り返ると黒塗りのベンツのカブリオレ（真冬なのに幌《ほろ》はなぜか全開だ）が、タイヤをきしませながら駐車場に走り込んできた。

「な、何だ、どうした？」

身構える警察官たちの鼻面ぎりぎりに、オープンカーが測ったかのようにぴたりと停まる。

停止したベンツから降り立ったのは、すらりとした長身のシルエットだった。

逆光の中、トレンチコート姿の男の低い声がした。

「よう、久しぶりだな」

運転席から光の輪の中に降り立った、凄《すご》みのある色男はドスを利かせる。

「ずいぶんと人使いが荒くなったじゃないか、田口先生よ」

田口はひきつった愛想笑いを浮かべる。

「加納さんにひとつ貸しがあったのを思い出したもので」

「ほう、あの時は、国家権力の象徴たる警察官であるこの俺から、貸しを取り立てることができるなどという、そんな図々しいヤツだとは、微塵も思わなかったが」

東城大学のナイチンゲール・クライシスで初見参した頃のことだろうか、と田口は思う。だとすれば申し訳ないが、それは仕方がない。今の田口はそれなりに必死だった。

すると、加納警視正の背後から、二人羽織のような、すこし高い声が響いた。

「まったく同感だな。素晴らしい進歩だよ。僕の天敵、加納を顎で使うなんて。田口センセは師匠のボクを超えたかな」

田口はその声に立ちすくむ。長身の加納警視正のシルエットの背後から、ぽろんと姿を現わしたのは、小太りアルマーニ姿の白鳥だった。

「だ、誰だお前たちは。今みたいな乱暴な運転だと、道路交通法違反で現行犯逮捕するぞ」

若手の警察官、ヤングボーイが加納に歩み寄り、襟首を絞め上げる。

加納は片頬を歪《ゆが》めて笑う。

「若いの、これからは物を言う時には、相手をよく確かめてから言うんだな」

加納は摑《つか》まれた襟首から内側のシャツを見せる。そこには星がきらりと光っていた。

「その階級章は、警視正？」

ヤングボーイはあわてて手を離すと、最敬礼をした。

「申し訳ありませんでした」

オールド・ジョーが胡散臭げな表情で加納に言う。

「そんな光りモン、現場のたたき上げには通用せんよ。たとえ警視正でも、警視庁なら所轄違いだ。管轄は守っていただきたいな」

「まったく、退役間際の現場たたき上げほど、愚かしくも頼りになる警官はいないな。何しろ階級章なんぞクソクラエ、と平気で唾を吐くんだからなあ」

加納はそう呟くと、微笑を片頬に浮かべて、言う。

「悪いが、ここも俺の管轄なんだ。何しろ俺の所属は『警・察・庁』なもんでね」

加納警視正は田口をちらりと見て、笑顔でヤングボーイに尋ねる。

「さすがに『警・察・庁』と警視庁の違いくらいはわかっているんだろうな」

「サッチョウ？　まさか……」

「まさかも何もない。俺は警察庁の加納達也だ」

オールド・ジョーが、加納とその背後にいる白鳥を交互に見ながら呆然と呟く。

「なんでそんなお偉方が、こんな地方に？」

「そこの、うすぼんやりしたお医者さんに呼び出されたもんでね。そいつには少々借りがある」

加納警視正は白鳥の頭をぽんぽんと叩きながら言う。

「それから、コイツを『警・察・庁』のお偉方と誤認しているようだが、あまりに洞察力が低すぎる。警察官にあるまじきことだ」

田口は白鳥に小声で尋ねる。

「何で、白鳥さんまでついて来てるんですか？」

「そんな、グリコのおまけみたいな言い方しないでよ」

本当に白鳥の反応には、虚を衝《つ》かれてしまう。白鳥は続ける。

「帰ろうとした所で偶然、加納とばったり会ってしまって、拉致されたんだよ。それよか、田口センセこそ、どうして加納の電話番号を知っていたのさ？　まさかふたりはメル友なの？」

「とんでもないです。非常事態でしたので、玉村さんにメールで教えてもらったんです」

白鳥は一瞬、遠い目をした。ぶつぶつと呟く。「玉村、たまむら、た・ま・む・ら……」

それから、はたと手を打って言う。

「あ、思い出した。桜宮署で加納の下にいた、田口センセのお友だち、タマちゃんかあ」

いや、俺は別に玉村さんと友だちになった覚えはないのだが。ただ、お互いの環境を相哀れんで共感し合っていただけだ。

あ、でもよく考えたら、それって友だちの第一歩かもしれない……。

田口の脳内の呟きは、周囲からはあっさりスルーされる。まあ、実際は口に出していないんだから、当たり前と言えば当たり前だ。

「俺も落ちぶれたもんだぜ。間接的とはいえ、あのタマに指図されたんだから」

加納警視正は肩をすくめてそう言った。


加納警視正は、ふたりの警察官から事情を聞いていた。

「つまり、この行き倒れを見つけたのは田口医師で、君たちは嘱託警察医のところで検案してもらい、死亡診断書を取得したわけだな？」

ふたりの警察官はうなずく。その表情には微かな怯えが見えた。加納警視正が行なうと、ふつうの聴取も、まるで殺人犯に対する厳しい尋問のようになってしまう。

「で、その警察医の先生は、この人が心不全で死亡したと検案書に記載したわけだ」

こっくりとうなずくふたりに白鳥が口を挟む。

「ところで田口センセは、いったいどこで見つけたの、このご遺体を」

警察官が住所を告げると、白鳥はぼんやり考え込む。それから振り返り、にまりと笑う。

「田口センセ、さてはゆうべ、『牡丹灯籠』に抜け駆けしたね」

田口は悄然《しょうぜん》として肩を落とす。

それは白鳥にだけは絶対知られたくなかった事実だったのに……。

だが白鳥は、田口の抜け駆けを責めることなく、真顔で言う。

「しょうがないなあ。こういう場合はどうすればいいか、昨日お手本を見せたのに。不肖の弟子を持つと、師匠はほんと、苦労するよ」

田口はいよいようつむいて、小声で言う。

「でも、ひとりではどうしようもなくて」

「だったら、僕に連絡してくれればいいのに」

田口は呆然とした。携帯電話を持たないヤツに、業務時間外にどうやって連絡を取れというのだろう。

加納警視正が田口たちの会話を聞きつけて、寄ってくる。

「何なんだ、白鳥のお手本って？」

「実は昨日も同じ場所で死体を見つけたんです。そこで白鳥調査官の指示で死体の足を……」

白鳥は田口の首にぐるりと腕を巻きつけ、田口を押さえ込む。

「ははは、田口センセ、今夜はちょっと飲みすぎたみたいだね」

「いえ、別にそれほど飲んでは……」

白鳥はさらに田口の首を絞め上げる。

「そんなことより、今夜の遺体の発見状況を詳しく教えて、ね、ね」

06　神奈川県嘱託警察医・田上義介《ぎすけ》

田上医院　12月21日　午後11時

田口の目の前では、白鳥と加納警視正による検視と検案が同時並行で行なわれていた。

この様子を〝並行して〟、と表現するのは大人のたしなみであって、実態はあたかも先陣争いをしているように、いやもっと有り体に言えば、幼稚園児のおやつ争奪戦みたいにして行なわれていた、という方が正確だろう。そのことはふたりの会話を中継すれば一発で理解してもらえるに違いない。

「医者としてまず、検案させせろ」「バカ言え。警察官の検視が先だ」「どのみち死亡診断書は医者が書くんだから、医者優先だ」「明らかな事件死体は警察優先だ」「体表から見て事件死体と断定できるならさっさと司法解剖を要請すればいいだろ」「う、それは……」

喧嘩《けんか》腰の検案と検視の結論は、死因は判明しないということで一致した。

加納警視正の命令一下、遺体を載せた車とパトカーは即座に『田上病院』へと引き返す。

あらかじめ電話連絡が行っていたので、『田上病院』の玄関は開いていた。中に入ると玄関先に置かれたソファに座って、眠そうで不機嫌な大柄な初老男性が待っていた。

「何だね、木下《きのした》クン。検案は終了したはずだろ」

「それが、その……」

ヤングボーイがちらりと加納警視正を見る。加納は言う。

「その検案結果に疑義があるものでね」

「何だね君は。失礼だな。こう見えても私は神奈川県知事から嘱託された警察医だぞ」

加納はうっすらと笑う。

「存じてるさ、田上先生。先生は警察庁でも有名人だからな。なあ、やらずの田上先生？」

田上医師は薄目をあけて睨むようにして加納に尋ねる。

「誰だね、君は？」

「警察庁刑事局刑事企画課電子網監視室室長、加納達也だ」

ちらりと階級章を見せる。田上医師は驚いたように目を見開く。

「な、何だね一体。警察庁がわざわざこんな時間に。この遺体はそんな重要案件なのかね」

加納はにやりと笑う。

「いや、ただの通りすがりだ。この検案結果、どんな調査をしたのかと思ってね。でもなあ、いつぞやの事件のような醜態を繰り返したら、今度は警察庁もかばいきれないぞ」

田上医師は、びくりとする。それから強がるように胸を張って言う。

「あの事件は、解剖が適正に行なわれたと裁判所も認定したはずだ」

にこやかだった加納が目を細めて、言う。

「あの件では、司法の尊厳を守るために、仕方なく市民に泣いてもらった。苦労したぜ。証拠提出された臓器がＤＮＡ鑑定で赤の他人のものだと証明されるなんて、赤っ恥もいいところだ」

田上医師はごくりと唾を飲み込んだ。加納警視正は、ふっと力を抜いて、笑顔になる。

「ま、改めて徹底的に洗い直してもいいんだぜ。年間千例もの解剖をこなす激務の田上先生が、平日は毎日ゴルフに興じている、という情報もサッチョウには上がってきているからな」

加納警視正は眼を細めて、言う。

「警察庁は事実を把握しているんだ。な、本当はアレ、解剖してなかったんだよな」

田上は震えあがる。裏返った声で言う。

「一体、私にどうしろと言うんだね。この遺体は体表から見て異状所見が認められなかったから解剖不要と判断し、心不全という死体検案書を書いた。何か問題があるのかね」

加納警視正と白鳥は顔を見合わせる。白鳥が言う。

「田上先生の行なっていることは、確かに法律上はまったく問題ないんだけど、死因がわからないという遺体を体表から調べただけでは正確な診断なんてできないでしょ」

「他に手段がないんだから仕方ないだろう。まさか、こんな遺体まで解剖しろと言うのか？」

「そんなつもりはないけど。それなら、解剖より楽ちんな方法ならやってくれる？」

田上はしぶしぶ答える。

「もちろんだ。警察医としても、できるだけ手は打ちたいんだが、さすがにこのケースでは解剖はできないだろう」

「ま、妥当な判断だね。でも、解剖の前に、もっとやれることがあるんだよね」

そう言うと、白鳥は奥の診察室を覗き込む。

「立派な病院だから、ＣＴくらいはあるよね」

「当たり前だろう。今時ＣＴくらいなくては、開業医として客を呼べん」

白鳥は笑顔になる。

「よかった。それなら院長さん、Ａｉをやろうよ」

「Ａｉ（エーアイ）って、何だ？」

「オートプシー・イメージングの頭文字で、死体の画像診断さ。要は検視や検案みたいに死体の体表から見て解剖適用を判断せず、画像診断してから考えようってわけさ」

田上院長の目が、きらりと光る。

「それって、カネは取れるのかな？」

「今はまだ実費は出ないけどね。でも、いつか必ず出させるようにするよ。死亡時医学検索で適正な死亡診断書を書くには必須の検査なんだもの、これに費用拠出をしなければ、厚生労働省が死因不明社会を容認したことになってしまうからね」

田上医師は呟く。

「何だ、タダ働きかね」

「今のところは、ね。でも将来絶対に国が費用を出すようにするからさ」

「ゴタゴタ言わずに、とっととＣＴを撮りやがれ」

加納警視正がドスを利かせる。田上医師は、肩をすくめ、ＣＴ室の灯りをつけた。

田上医師、警察官ふたり、加納警視正、白鳥室長、そして田口の六人が見守る中、遺体に対するCT検査、つまりAi（エーアイ）が実施された。

CTスライスが胸部にたどりついた時、田口たちの目の色は一斉に変わった。

「肺が水浸しだね。コイツは溺死だな」

白鳥が呟く。加納警視正が続ける。

「死体は陸の上にあった。それは間違いないな?」

田口はうなずく。加納警視正はふたりの警察官を振り返ると、言った。

「こいつはコロシだ。直ちに捜査本部を立てろ」

それから田上医師を横目で見ながら、言う。

「遺体は司法解剖に回す。直ちに横浜港湾《こうわん》大学の法医学教室へ搬送。わかったな」

背後のふたりの警察官が身を縮めてうなずく。加納警視正は吐き捨てる。

「陸の上の溺死、ねえ。こんなのを心不全だなんて診断するから、日本は犯罪天国になっちまうんだ」

警察官が遺体の搬送に取りかかる中、田上医師は、身じろぎひとつ、しなかった。

07　夜明けの海岸で

灯籠沖海岸　12月22日　午前6時

そのあと、さまざまな手続きやごたごたがあったが、加納警視正の指示は的確かつ強引で、田口の労力が必要最小限に留《とど》められたことは間違いない。ずいぶん煩雑な目に遭わされたが、田口はこういうことに耐性を持ち合わせていたので、そこそこのダメージで切り抜けられた。

神奈川県警本部でとりあえず問題が一段落したときは、もう夜明けが近かった。

田口と白鳥、そして加納警視正の三人は、幌全開のベンツのシートに腰を下ろしていた。

夜明け前の冷たい海風が、三人の身体を消毒するように吹きつけている。

加納警視正は煙草をふかしながら、言う。

「白鳥、お前、いつもあのベンチの死体に管轄ずらしをしてるだろ」

「な、何のコト?」

白鳥がおどおどと聞き返す。加納警視正はドスを利かせて言う。

「二月に一度、お前があの近辺から東京都監察医務院に遺体を搬入しているという不審情報は、警察庁も逐一把握している」

白鳥は、加納警視正を見て、へらりと笑う。

「まあ、加納には白状しておこうかな。あの公園は加賀《かが》組と結城《ゆうき》組の縄張りの境界線で、以前からよく死体が投げ捨てられていたんだ。特にあのベンチは、以前たまたま死体を投げ置いた時、事件性なしと判断されたことがあってね。神奈川県警の所轄で、田上医院の管轄だとわかってから、連中は味をしめて、体表に傷がない死体はあの公園に投げ捨てるようになっちゃったんだ」

加納警視正は渋い顔になる。田口は思わず尋ねる。

「あの、ヤクザの死体処理って、コンクリート詰めで東京湾に沈めるのでは？」

白鳥は田口を見て、指を左右に振る。

「田口センセはテレビドラマの見過ぎだよ。それにはコストがかかる。今やヤクザも不景気だから、コストカットに走ってる。おまけに、ここに死体を投げ捨てる賭けに勝てば、天下の警察から事件性なしというお墨付きをもらえて、捜査から逃れられる。つまりこれは充分に採算が取れるギャンブルってわけさ」

滅茶苦茶な論理だが、説得力はばっちりだ。おそるべし、ロジカル・モンスター。

「『牡丹灯籠』がひいきの僕はそんな投げ捨て死体によく遭遇する。だからいつも、大通りまで死体を運び、警視庁に連絡してる。あの大通りは東京都二十三区内、日本では唯一、監察医制度が機能している地域内だからね」

加納警視正はげんなりした顔で白鳥をたしなめる。

「発見した遺体に勝手に触れてはいけないことくらい、知ってるだろ？」

白鳥は即座に言い返す。

「連中は投げ捨てただけだから、ちょっとくらい場所がズレたって問題ないさ。ま、これも僕なりのヤクザとの闘争ってわけだよ」

悪びれずに、白鳥は加納警視正に向かって続ける。

「そもそも死亡時医学検索という観点から見ると、日本は地域格差がひどすぎる。地域の境界線をまたいだだけでこの対応の格差。これでも日本は平等な法治国家って言えるのかよ」

黙り込んでしまった加納警視正にとどめを刺すようにひとこと、白鳥はつけ加える。

「僕がやっているのは、格差是正の個人的ボランティア活動で、これも市民のためさ」

さすがの加納警視正も、今夜は白鳥のアクティヴ・フェーズに完敗してしまったようだ。

田口は尋ねる。

「『牡丹灯籠』ではひとりで飲むんでしょう？　どうやってひとりで死体を運ぶんですか？」

「酔っぱらった同僚のフリして、通りがかりの人に手伝ってもらってる。相手も酔ってるから、おや、御同僚はかなりの冷え性でございますね、なんて程度で、意外に気づかれないのさ」

――なるほど、ふだんからああやっていたわけね。道理で妙に手際がいいわけだ。

ひとり納得している田口の隣で、加納警視正が苦虫を嚙《か》み潰したような表情で言う。

「コイツのやったことは、許し難い違法行為なんだが……」

白鳥は笑う。

「でも、今のお前には、この僕に対して何も言い返せないだろ？」

気の毒になった田口は、助け船になるように、加納警視正に尋ねる。

「白鳥さんを逮捕する前に、さっきの田上医師を逮捕すればいいじゃないですか」

「何の罪で？」

「死亡診断書を適当に記載したんですよ。虚偽診断書作成じゃないですか」

加納警視正は肩をすくめて、田口に答える。

「残念ながら、それは無理だ」

加納警視正は、白鳥に目で、答えるように促す。白鳥は言う。

「法律上、田上先生の行為は合法なんだよ」

「えええ？　それって本当ですか？」

驚いて目を見開く田口に向かって、肩をすくめて白鳥は言う。

「医師法第二〇条に【無診療治療等の禁止】として『医師は、自ら検案しないで検案書を交付してはならない』とあるけど、但《ただ》し書きがあって、『診療中の患者が受診後二十四時間以内に死亡した場合に交付する死亡診断書についてはこの限りでない』ともあるんだ。さらに医師法二一条【異状死体等の届出義務】には、『医師は、死体を検案して異状があると認めたときは、二十四時間以内に所轄警察署に届け出なければならない』とある。法律上、検案医が異状と思わなければそれは異状死ではないのさ」

そして白鳥は、深々とため息をついた。

「つまり田上医師の行為は法律には忠実なんだ」

田口は呆然とした表情で、白鳥と加納のふたりを交互に見つめた。霞が関の嫌われ者にして、破壊神と目される双璧が雁首《がんくび》並べて何ひとつできないとは……。

田口は日本の死因究明制度の構造的な問題により派生している、黒々とした闇に思いを馳せた。

その時、三人の顔に暖かい光が差し掛かった。

日の出だ。

加納警視正は煙草を投げ捨てて言う。

「やれやれ、情けないぜ。白鳥の説教に、何ひとつ言い返せないとは」

白鳥は朝陽に眼を細めて、ぽつりと言う。

「それならAiを導入すればいい。客観的で、簡便で、すぐに導入できるんだから」

加納警視正が白鳥に言い返す。

「その点については、俺もひとこと言わせてもらいたい。お前のお膝元、厚労省が未だにAiを、認知していないのは、一体なぜなんだ。医療安全課は何をぐずぐずしてる？　警察庁はお前に言われてから俺がひとりで動き始めたのに、こっちの予算が先につくなんて思わなかったぞ」

白鳥はため息をつく。

「医療安全課、ね。あそこは厚生労働省の古い体質そのままだから、新しいものを作ろうという気概なんてないんだよ。おまけに担当は二年にいっぺん、フルーツバスケットみたいにくるくる入れ替わるから、みんな厄介仕事の部門は腰掛けで逃げ腰になってしまうんだ」

田口は、昨日参加した厚労省の会議の様子を思い出して言う。

「まさか今、厚労省が作ろうとしている医療事故調査委員会は、自分たちが天下りできる組織を併設するとか、いずれ大量にクビになる社会保険庁の剰余人員を吸収できる組織の受け皿にしたいだとか、そんなこと考えて作ったわけじゃないでしょうね」

白鳥は、ぎょっとしたような表情で田口を見た。

「……田口センセ、いったいどこからその情報を？」

げ、当てずっぽうで言ったのに、まさか図星だったとは。

田口は唖然としたが、すぐに素知らぬ顔を取り繕って答える。

「そんなこと、言えるわけないでしょう。情報源の秘匿は誠意の証、なんですから」

加納警視正は肩をすくめる。

「他の官僚のように、霞ヶ関というムラの中だけで生きていられれば、気がラクなんだが」

「僕たちには一生無理だろうね、きっと」

その言葉を聞いて、田口はなぜかまたひとつ白鳥に借りができてしまった気がした。

そんな弱気な田口の気配を敏感に感じ取ったのか、白鳥はくるりと振り返る。

そして思いもよらない角度から攻撃に出た。

「それにしても田口センセって裏切り者だよね。そんなに『牡丹灯籠』が気に入ったなら、出かける前に紹介者の僕に一声かけるのが礼儀だと思うけど」

唐突な奇襲攻撃に、田口はうっかり、死んでも言いたくなかったひと言を口にしてしまった。

「すみませんでした。今度から、そうします」

そして心中で呟く。

——ううむ、不覚。

08　愚痴外来へ、レッツ・ゴー

桜宮バイパス　12月22日　午前8時

海岸線の朝は早い。気がつくと、朝陽が昇りきっていた。吐く息が白く凍える。

時計は八時を少し回っている。

「参りました。これでは今日の外来は臨時休診です。始発で帰ろうと思ったから、休診にしてなかったんですよ」

加納警視正は田口に頭を下げた。

「申し訳ない。例の不倫外来は何時開始だ？」

「九時です。それと、不倫じゃなくて、不定愁訴外来、ですから」

携帯電話をプッシュしようとする田口の腕をおさえ、加納警視正の目がきらりと光る。

「そういうことなら俺が責任を持って送らせてもらう。かっ飛ばせば、たぶんギリギリで間に合うだろう」

時計を見る。ぎりぎりで間に合う？　診療開始時刻まで、あと一時間もないというのに？

ふつうなら二時間以上はかかる道のりのはずなのだが。

田口は加納警視正の申し出をやんわりと断る。

「ご好意は大変ありがたいのですが、やっぱりそれはまずいです。公私混同ですから」

加納警視正はにやりと片頬を歪めて笑う。

「案ずるな。俺も久しぶりにタマの顔を拝んでおきたい。上役を顎で使うとどういう目に遭うか、ここら辺りであのボンクラ頭にきっちり叩き込んでおかないと、この先とんでもないことになりかねないからな」

田口はぎょっとした。まさか昨日、即座に緊急連絡の算段をつけてくれた玉村警部補を、ここで裏切るわけにはいかない。

加納警視正はぼそりと続ける。

「タマめ、調子に乗りやがって。遍路に叩き送ってやる」

田口はあわてて両手を振る。

「やっぱり今日は休診にして、新幹線で帰ります。ホテルのチェックアウトもまだですし」

「それは部下に代行させる。ホテルとルームナンバーを教えろ」

加納がそう言うと、なぜか白鳥がすかさず、よどみなく田口のルームナンバーを告げる。

――ホテル名はともかく、なぜ俺のルームナンバーまで把握してるんだ、コイツ？

白鳥はにんまり笑う。

「加納に任せておけばいいよ。コイツはお巡りさんの総元締めだし、高階先生もわかってくれますって。だって、ルールは破るためにあるんだからね」

それは高階病院長の名セリフだが、高階先生は、スピード違反を容認するために言ったわけでは、絶対にないと思う。そんな田口の気持ちを知ってか知らずか、白鳥は助手席でシートベルトを装着しながら、楽しげに言う。

「久しぶりだなあ。藤原さんの珈琲が、とっても楽しみ」

――ちょっと待て。何でお前までついて来るんだ？　おまけに愚痴外来に寄る、だと？　今日は平日だ、自分の業務はどうした？　それからあれは藤原さんの珈琲じゃない、俺の自腹の豆なんだからな。

田口の心の叫びは、幌無しベンツ急発進で車内に吹き込んできた冷たい風によって、吹きちぎられてしまう。

白鳥が風に歌うように言う。

「幌を閉めろよ、加納」

「悪いな、こうしないと眠っちまいそうでな」

ぶばば、風の音。

「うう、寒いぞ」「お願いですから、幌、閉めてください」「うるさい、我慢しろ」

「眠いなら素直に眠った方が……」「心配するな、瞼《まぶた》がくっつく前に到着してやる」「うう、寒」

「あと一時間弱だ」「一時間で桜宮って、平均時速二百キロ以上じゃないですか」「ベンツならアクセルひと踏みだ」「そういう問題では」「そう言えばお前学生時代二百キロオーバーで一発取り消し喰らったってこともあったっけなあ」「あれはスピード違反で捕まったんじゃねえ。助手席の女が泣きわめくから誘拐犯と間違われたんだ。乗せて欲しいとせがんだくせに」

「あの、降ろしてくれませんか」「あと二十分」「どうして予定がそんな急に前倒しに……」

加納警視正は片手でハンドルを切りながら、ブルーのパト・ランプを白鳥に投げ渡す。

「おい、コイツを装着しろ」

サイレン・ランプを受け取った白鳥の手の中で青い光がぐるぐる回りだし、けたたましいサイレンが風の轟音《ごうおん》に溶けていく。

加納警視正が低い声で言う。

「タマのヤツ、びっくりするだろうな。ふふ」

「お願いだから、玉村さんの訪問はやめましょうよ」「このままタマちゃんと遍路へゴー、も悪くないな、加納」「……タマのやつ、今に見てろよ」「お、二百五十キロ突破。景気がいいねえ」

「……降ります」「これじゃあ遍路じゃなくて涅槃《ねはん》にまっさかさまかも。ね、加納？」

「降ろして……」「……タマめ」

ぶばばば、風の音に耳がちぎれる。「降ろ・し・て・く・だ・さ・い……」

「Bravo!《ブラヴォー》」

風でひきつる田口の前で、ブルーのパト・ランプを両手でしっかり頭に載せた白鳥の陽気な声が、海沿いのバイパスにこだました。

田口は第一のケースを一通り読み終えると、珈琲をすすった。

「確かにこのケースは、私が協力しないと事情は確認できないでしょうねえ」

「ひどい話です。桜宮市警のケースレポートを出せ、なんて言ったクセに、セレクトした第一例目が、桜宮署とは縁もゆかりもない話なんですから」

「相変わらず強引なお方ですねえ」

「ええ、本当に強引なお方です」

玉村はこくこくとうなずきながら、すっかり冷めてしまった珈琲を飲み干した。

田口が言う。

「そういえば思い出しますねえ。この時は本当に玉村さんには助けられましたっけ」

玉村警部補は両手を振って、それと同じくらい首を振って、言う。

「私の方こそ、田口先生には本当に助けていただきました。何しろあの時は、危機一髪でした。もし、田口先生が加納警視正の一瞬の隙を見つけて、命がけでメールを打ってくださらなければ、加納警視正の突然の襲来から身を守ることなんて、絶対に不可能でしたから」

玉村警部補は繰り返し繰り返し、感謝の意を口にする。

田口も、玉村警部補に合わせるように首を振って言う。

「それくらい当然ですよ。だって命の恩人なんですから」

ふたりが互いに感謝の気持ちを充分に伝え合った後で、玉村警部補は哀しそうに微笑する。

「ええ、ずっとこんな調子だったら、私の出番なんてなかったはずなんですけど」

「どこから狂ったんでしょうねえ、この歯車は……」

「たぶん、次のケースからだと思いますけど」

田口は書類をぱらぱらとめくる。そしてああ、と呟く。

「青空迷宮事件ですか。これも一時は世の中でずいぶん話題になりましたっけねえ」

「そうですね。まあこのケースは田口先生はまったく無関係ですので、場合によったらチェックは飛ばしてもらってもいいですけど」

田口はちらりと書類を眺めて、首を振る。

「いえ、興味深いですから、是非、教えてください。人間の心理的葛藤としてはとても象徴的な事件のようですから」

玉村警部補がソファに深々と腰を下ろす。そして語り始めようとするところへ、藤原看護師が三杯目の珈琲を持ってきた。

2 青空迷宮

01　ブルースカイ・ラビリンス（青空迷宮）

２００７年11月19日　午前11時

新年の特番撮りに二日続けてピーカンとは縁起がいい、とサクラテレビの敏腕ディレクター・小松《こまつ》は化粧直しをしながらそう思った。スッピンでも眩しいばかりの美しさ、などと若い頃はずいぶんちやほやされたりもしたものだが、三十路を過ぎて幾星霜、そんな賞賛に遭遇する頻度も、気がつくと間遠になってしまっている。

鏡の中で完全武装を終え、小松は安造りのパイプ椅子に腰を下ろす。ざっくりした長い黒髪をきりっと後ろでまとめると、パイプ椅子をきしませながら、第一モニタ室の窓から、目の前を覆う白い壁、それからその上に広がる青い空を見上げる。

それは白く塗り潰された壁で仕切られた巨大迷路だった。

一辺が五十メートルの正方形の迷路は高さ三メートルで、相当な圧迫感がある。壁はブロックで造られ、迷路の内面はペンキで白く塗り潰されている。建築には突貫工事で十日かかった。白い迷路の外周をモルタルの壁で取り囲み、その一部に組み込むように、プレハブの第一モニタ室が建築されている。一発勝負のスタジオを造り込む贅沢が許されるのも、サクラテレビ・ナンバーワンプロデューサー、諸田藤吉郎《もろたとうきちろう》の企画だからだ。

迷路内部には六つのモニタカメラが設置されている。さらに入口と出口にひとつずつ、計八台のカメラが、迷路の中での芸能人の右往左往を記録する。

その一部が切り分けられ、お正月のお茶の間にお雑煮の友として提供されるという寸法だ。

小松は、八つのモニタをハンドリングしているＡＤの真木裕太《まきゆうた》を眺める。

胸ポケットがたくさんついたサファリジャケットに膝の抜けたジーパン。それが真木のいでたちだ。動きは緩慢なようで、けっこうさくさく物事を片づける。小松のお気に入りのＡＤだ。

サクラテレビも昨今はスポンサー獲得に苦戦している。スポンサーを唸《うな》らせるのは、企画の内容だ。その点、今回の特番は自信作だ。モニタ室の壁に書きなぐられた特番のキャッチフレーズは、「お正月、道に迷ったら青空を見上げて考えよう」。

哲学的なキャッチの側に、きわめて俗世的なメイン・タイトルが鎮座している。

「迷路最速王者に、お年玉百万円」

魅惑的な惹句《じやつく》と現世の欲望まみれの本音のアンバランスさ、そして節操のなさ。このごった煮感が良くも悪くもサクラテレビの怪物プロデューサー、諸田藤吉郎の持ち味だ。

小松個人としては諸田の哲学には思うところはあるのだが、テレビの世界は数字がすべて。そして諸田藤吉郎の企画ヒット率は七割。昨今のテレビ業界では奇跡的な数字だ。だからこそ、この企画はスポンサーの協力を簡単に得られたし、だからこそすべてが順調に進んでいるわけだ。

それは同時に、ディレクターの小松に無理難題が押し寄せる地獄の日々の始まりでもあった。朝の会議で決まった方針が一時間後にひっくり返されるなどは朝飯前。もちろんディレクターの取材の動線など、考えようともしない。夕食を北海道の極北《きよくほく》市で食べさせられた翌朝には九州の舎人《とねり》町の町内会で二十年以上続いている町内ラジオ体操の様子をレポートしろ、などという無茶な指令がぽんぽん飛んでくる。女性だから甘やかされるなんてことは一切ない。

そんな地獄の日々に小松が耐えられる理由は単純で、諸田が数字を取れる男であり、その一部を自分が支えているという矜持《きょうじ》があったからだ。

要するに、小松もテレビ中毒の業界人のひとりだったのである。

それにしても、諸田プロデューサーのツキは尋常ではない。小松は足元で、膝を抱えてモニタを眺めているADの真木裕太を見つめながら感心する。

何しろ使い走りのADが立てた企画で、正月特番企画が成立してしまうのだから。

昨今、この業界にも不景気風が容赦なく襲いかかってきていた。アブク銭に群がり、ドンチャン騒ぎにうつつをぬかしてきた節操のない業界だからこそ、厳しい逆風に、軽佻《けいちょう》浮薄な連中はひとたまりもなく吹き散らされてしまったのだ。

だが、サクラテレビの天皇・諸田にとっては、そんな逆風すらも心地よい子守唄に聞こえてしまうようだ。

「業界の序列を忘れるな。スポンサーは神様、プロデューサーは胴元で、ディレクターは現場監督、ADはドレイだ」と言い放つ。そして反感をたぎらせる現場スタッフに、「悔しかったらこの階段、実力で上ってきな。そうすりゃ俺を見下ろせるぜ」と挑発する。その言葉に、誰もみな、黙り込んでしまう。

つまり、力とは正義なのだ。

そんなドレイ階級に属するＡＤの真木裕太はかつて、人気特撮番組「ハイパーマン・バッカス」の物真似《まね》で一世を風靡《ふうび》した『パッカーマン・バッカス』というお笑い三人組のひとりだった。

物真似芸人の常で、突風のようにスターダムに押し上げられる速度も並大抵ではなかったが、頂点から転がり落ちる速度にも、万有引力を超えた加速度が加わった。

三人組の中でただひとり、利根川一郎《とねがわいちろう》というツッコミ役だけが、今もピンで活躍している。残りのふたりは落ちぶれて、そのうちのひとりが今、足元でモニタを見つめる真木裕太だ。

この『青空迷路・最速王者に百万円』なる企画を提案したのは、真木だった。

「お年玉に百万円なんて、ちょっと豪勢感があるじゃないですか」

真木はぼそぼそした声で言った。

「巨大迷路を造り、そこで芸人に右往左往させ、その様子を隠しカメラで撮影します。経費も安上がりですし、何よりテイクの時間が計算できます」

真木は『パッカーマン・バッカス』では、コントの書き下ろし係だった。それを口真似達者なカルト芸人のコンジロウが、「ハイパーマン・バッカス」に似せて話し、利根川一郎がつっこむというトリオだった。真木は画面の隅で困ったような笑顔を浮かべるばかりで、視聴者からは何のためにいるんだという抗議の声もあったと聞く。

小松はからかうように言う。

「あんた自身がこの企画に参加できなかったのは計算違いだったでしょ」

真木は困ったような微笑を浮かべる。

小松はため息をつく。

押しの弱い男。この業界には向かないタイプね。才能はあるのにもったいない。

だが、同情しているヒマはない。業界にぴったりの性格で、ナチュラルボーン・ディレクターとの呼び声高い小松でさえ、ひとつ間違えば次の瞬間には奈落の底に転落してしまう。

それがこの業界だ。

小松は椅子から立ち上がり、大きく伸びをした。

「それじゃあ、二日目のテイクに入ろっか。今日のゲストは五組ね。昨日と合わせてこれで十組。正月の二時間特番としては充分だわ。あとは編集だけ。楽勝楽勝」

能天気を装う小松の言葉に、真木は表情を曇らせる。

「そうでもありません。今回のスポンサーはシブくて、カメラと音声を削れ、などという細かい指令まで出してきましたから」

小松は肩をすくめる。

「ほんと、生兵法の半可通はど、めんどくさい連中はいないわよ。そのシワ寄せは全部現場がかぶるんだもの」

真木は声をひそめて言う。

「でもまさか、モロさんがそれを受けて、対応しろと言うなんて、思いもしませんでした。番組のクオリティにはやかましい人ですから」

真木につられて、小松も小声になる。

「でも、そこはほら、〝スポンサーは神様〟だから。それに、そんな逆境をチャレンジにすりかえることができるから、モロさんはいつまでもトップランナーでいられるわけよ」

真木はため息をつく。

「でもさすがに今回は、やりすぎです。カメラと音声はテレビの命綱で、この企画にはどう考えても、最低三組のカメラ音声のクルーが必要なのに、たった一組でなんとかしろ、だなんて」

そう言って、真木は疲れ果てたような目をして床にうずくまる。

「確かに、カメラと音声を削ることを、臨場感溢れる映像を目指せだなんてすり替えてしまうんだから、さすがのあたしも啞然としたわ。でももっと驚くべきことは、それが現実にできちゃうことよ」

そう言って、真木を見下ろした小松は、真木の肩にそっと手を置いた。

「本当にすごいのは、マッキー、あんたよ。削ったクルー二組のうち、ひと組分はあたしたちでカバーできる。だけどもうひと組はどうするのかな、と思ったら、あの遠隔装置システムを見つけてきて、予算内で導入して、問題解決しちゃうんだもの」

小松は足元にうずくまる真木に向かって、パンパンと拍手をして言う。

「さ、グチの時間はもうおしまい。それじゃあ始めるわよ。マッキーは内部の誘導をよろしく。あたしは外周りを仕切る。でもって外の第二モニタ室で控えてるわ」

「了解しました」

真木の返事を背中で聞き、第一モニタ室を出ていこうとして、小松は立ち止まる。

「いっけない、赤ボールペン、忘れてきちゃった」

「持ってますよ」

真木はサファリジャケットのポケットから、赤いボールペンを取り出すと、小松に投げ渡す。片手でキャッチして、小松が言う。

「サンキュ。マッキー、あんたってドラえもんみたい」

「ポケットにはマジックペン、腰にはガムテ。首からストップウォッチの首飾り、というのが、ADの基本ファッションですから」

「偉いわね。昔のことを引きずってないんだもの。なかなかできることじゃないわよ」

真木はうっすら笑って、何も答えなかった。

小松は颯爽《さっそう》と部屋を出ていった。

迷路を取り囲む外壁に埋め込まれた第一モニタ室を後にすると、巨大迷路の白い壁の外周をぐるりと回る。迷路の外側を覆う壁の外側で待機している、落ちぶれた芸人たちのディレクションに向かう。

その耳には大音量のBGM『カリフォルニアの青い空』の旋律が傍若無人に流れ込んでくる。

——ご近所から苦情が出ないかしら。

心配しながらも、小松は鼻歌でそのメロディラインをなぞった。

02 青春コスプレ集団

11月19日 正午

今日の参加者は二人連れで五組。十人は尋常でない雰囲気を漂わせていた。

参加者の面々はスポーツ競技のユニフォーム姿だ。テニスウエアならまだしも、剣道着や柔道着、はては新体操のレオタードがずらりと並ぶと、異様な光景だ。そこへ最後のダメ押しのように、馬のいななきが響く。馬術部のユニフォーム姿だ。

それは青春の一場面の再現フィルム、落ちぶれ芸人と、学生時代の友人というペア設定だった。

小松はカンペ用のスケッチブックを見せながら、競技の説明を始める。

「ふたり一組で迷路の入口に進み、モニタ係の音声の指示にしたがい、ひとりずつ迷路にトライしてもらいます。迷路の内部には固定カメラが設置されています。入口にひとつ、出口にひとつ。迷路内部に六カ所。合計八台のカメラがみなさんの表情を追います。最速を目指し駆け抜けるもよし、ウケを狙うもよし。選択はお任せします。一応はチームを組んでもらっておりますが、成績は個人別のタイム・トライアルになります」

小松は気がつくと自分が大声を張り上げていることに気づく。

BGMのボリュームを下げさせよう。

小松の説明に応じて、ノッポの男性が息巻いた。

「俺はスピードと笑いを取る両方を目指すぜ」

ボウガンを手にしたコンジロウだ。真木の所属していた『パッカーマン・バッカス』メンバーのひとり。小松は先ほど真木には、割り切りができて偉いと褒めたが、コンジロウは割り切りができなくて未だにこの世界にへばりついている。

――この人はヤバいかも。

心中の思いを笑顔で隠し、小松はコンジロウの言葉に答える。

「素晴らしい宣言ですけど、虻蜂《あぶはち》取らずにならないでくださいね。みなさんに配布したベルトにもカメラが仕込まれていて、みなさんの視線を低い位置からフォローします。そのカメラはモニタされていませんが、後で回収し番組に使わせていただきます。音声も映像と別系統で録音していますので、個人的な呟きや下品な言葉はできるだけ控えてください」

「『スクープ♥スクープ』のマッドねえさんに売り渡されたりしたら大変だもんなあ」

緊張していた場が、そのひとことでなごんだ。発言者は、今まさに若手売り出し中のコンビ、『トランプ魔神』のツッコミ役、風助《ふうすけ》だ。先日、ゴシップ雑誌に合コンで一般女性をお持ち帰りというスクープをされたばかりだった。

小松も笑顔で、説明を続ける。

「ゴールしたのを確認したらモニタ係が、ふたり目に指示を出します。くれぐれも前の方が終わる前に迷路チャレンジを始めないように。その時は失格になります。トライアルは二十分が上限で、それを過ぎたら係の者がレスキューに向かいます。ここまでで何かご質問は？」

剣道着姿の男が竹刀を掲げるようにして、挙手した。

「この迷路、ふつうは何分くらいで通過できるんですか?」

小松は、人差し指を頰に当てて、言う。

「試しに私がやってみたら、十七分ほどかかりました」

新体操のレオタード姿でリボンを振り回しながら、女性が尋ねる。

「昨日の最高タイムは何分で、誰でした?」

売れない芸人の形態模写というコアな芸で、茶の間に一瞬顔見せして、その後は深く潜行してしまった『キャンディ・ドロン』の久美《くみ》嬢だ。最近は同じ芸風を後輩にパクられて、自分自身がネタにされている。

だが、そうした後輩のおちょくりを、シャレとして受け止めて面白がれるあたりが、また微妙な間を醸し出していて面白い。今回の企画で再浮上してくる可能性がある芸人としては、この久美嬢が最右翼だろう、と小松はひそかに注目していた。

だが小松は、そんな気配はおくびにも出さず、あっさりと事実だけを告げた。

「昨日のトップは『トンカツ』の前田《まえだ》さんで、タイムは五分三十三秒、でした」

おお、とどよめきの声があがる。

『トンカツ』の前田は五年前「衣バッサリ」と言いながら共演者の服を脱がせるという一発芸で瞬間、茶の間を席巻した。だが調子に乗って、生放送で美人キャスターのスカートまでめくってしまい、以後バッサリと画面から姿を消したウルトラ一発屋だった。

ただしその画像は、マニアの間ではお宝としてネットで高値で流通しているという。

「さすがトンカツさん、迷路も『衣バッサリ』ってわけだな」

手にボウガンを持ったサングラスの男がそう言うと、場の空気が濁った。

『パッカーマン・バッカス』出身のアーチェリー部代表、利根川一郎だ。

この番組は落ちぶれ芸人・人生一発大逆転と銘打たれている。だから利根川一郎は番組には最もふさわしくない人選だった。確かに彼の母体『パッカーマン・バッカス』はとっくの昔に解散していたから、〝お笑い芸人としては〟落ちぶれていたが、あちこちのバラエティ番組の司会に抜擢《ばってき》されることが多い利根川は、今や押しも押されもせぬ、お笑い界の成功者だった。

「利根川さん、今日のサングラスはいつもと雰囲気が違いますね」

小松の言葉に、利根川は口元をほころばせて言う。

「コマっちゃん、相変わらず綺麗だね。ま、俺からみれば、百万円なんて小金でしゃかりきになったと思われても困るんで、ほんの照れ隠しさ。何しろマッキーに泣きつかれちゃってね。最初は断ったんだよ。そんなはした金、いただくのも気がひけるなあってね」

場の空気がいよいよ重くなる。

利根川の周囲にたむろする売れない芸人たちは、一斉に各自の道具を弄び始める。

「ま、おカネってさびしんぼうだから、仲間のいる所に集まりたがるもんなんだ。だからこの百万円も俺のところにくる可能性は高いんだけど、さ」

利根川の周囲を敵意の空気が色濃く包む。そんな空気を感じないのか、あるいはそうした敵意こそが最高のスパイスと思っているのか、利根川は濃いサングラスの奥で愉快そうに笑った。

「馬で迷路を抜けるのも、アリですか？」

手にした鞭《むち》を上げ、馬術部出身の『大笑い三太夫《さんだゆう》』のメンバーが尋ねる。

「大歓迎です。絵になりますから」

小松がそう答えると、一斉に笑い声が上がる。誰もが話題を変えたいと願っていた場の空気が、つまらないギャグを大受けギャグに昇格させていた。

「それでは、私はゴールの扉の外、建物の外側でみなさんをお待ちしています。迷路の出口で私がインタビューをします。そうしたら、スタート地点のカメラマンの指示で、次の方がスタートしてください。ここまで、何か質問はありますか？」

小松の問いに、誰も声を上げる者はいなかった。

「では一組目、『キャンディ・ドロン』の久美さんからスタートしてください。ペアの相手は元同級生の美奈代《みなよ》ちゃん。まずは、久美さんからどうぞ」

レオタード姿のキャンディ・ドロンの久美嬢が、返事代わりに手にしたリボンをくるくると宙に舞わせる。

小松はインカムの先で耳を澄ましているはずの真木に向かって指令を出す。

「それじゃあ、始めるわよ、マッキー」

「了解しました」

掠《かす》れ声が、イヤホンから聞こえてきた。

03　白い迷路の闇

11月19日　午後1時

迷路の出口の外側に設置された第二モニタ室で、小松は八台のモニタを眺めていた。モニタ③の画面では、カメラの前で『キャンディ・ドロン』の久美嬢が右往左往していた。五分を過ぎたあたりでトップ取りは諦め、ウケ狙いで少しでも長く画面に映ろうという意図がありありと見えた。それも正しい選択だった。実はこの企画にはふた通りの選択肢しかない。スピード重視か、ウケ狙いのどちらかだ。

やがて久美が、モニタ⑥の画面を通過したのを視認して、小松は立ち上がる。六番目のカメラを過ぎればあとは一本道、遅くとも二分後には出口にたどりつくはずだ。迷路脱出直後のインタビュー役を、プロデューサー自ら買って出たのも、経費削減のためだ。カメラと音声を削ろうという無茶をするのだから、これくらいは、やって当然だ。

小松は、真っ白に塗り潰された巨大迷路の出口にハンディカメラのレンズを向ける。

結局、久美は迷路脱出に十四分二十一秒もかかった。出口にある第二モニタ室内で、モニタのリプレイを見せながらインタビューをしたが、久美は手にしたリボンを振り回しながら、本気で迷路の大変さ、複雑さを訴えた。

――ま、迷路解説としては、かろうじて使えそうね。

小松はインタビューを手早く済ませる。それから真木に指示を出し、次のトライアルを開始させる。続いて迷路に侵入した友人の美奈代は、単純に右往左往し、十五分八秒かかった。これでは使えない。脱出後のインタビューも手短に切り上げる。

これで彼女たちが正月のお茶の間に勇姿を見せるチャンスは限りなくゼロになってしまった。だから素人さんは困るのよね、とぶつぶつ言いながら、小松は次の挑戦者を指名する。

「次は『パッカーマン・バッカス』の利根川さんとコンジロウさんのペア、行きましょうかね。まずは利根川さんから」

イヤホンから「了解しました」という掠れ声が聞こえた。


迷路を囲む外壁の中に入った利根川とコンジロウは、目の前に現われた巨大迷路を見上げる。幅五十メートル、高さ三メートル。目の前にすると、とても迷路とは認識できない。

コンジロウはその白く高い壁を見て、ため息をついた。

「まるで刑務所だな」

するとすかさず利根川は、かつてのコンビの片割れに言う。

「なんだ、しばらく顔を見ないなと思っていたが、ムショにいたのか」

「入ってねえよ、バカ野郎」

コンジロウはすかさず言い返す。

利根川は即座に応ずる。

「いくらお前の背が高くても、さすがにこれじゃあ見通せないだろう」

相方のコンジロウは身長が百九十センチあり、お笑い界のジャイアント・バッカスとも呼ばれていた。ギャグ界のジャイアント（巨人）になれなかったことは悲しむべきことだ。

「図に乗るなよ。俺たちを踏み台にした野郎がよ」

コンジロウがぼそりと言うと、利根川は一瞬ぎょっとした表情になる。

気がつくとコンジロウがボウガンを利根川に向けていたからだ。

「よせ、アーチェリー部ではそれは厳禁行為だろ」

コンジロウの目が真剣なのを見て、利根川はひきつった笑いを浮かべ、ボウガンを押し返す。

「成功してみてわかったんだが、世の中ってのは、成功するヤツはとことん成功するようにできてるんだ。だからたぶん俺が百万円をゲットするぜ。そしたら銀座で一杯奢ってやるよ」

「いらねえよ、そんな腐った酒」

吐き捨てるようにコンジロウが言った。

そこへ、カメラマンがやってきた。イヤホンに耳を傾けていたが、レンズを向けながら、言う。

「では迷路トライアルを開始してください。まずは利根川さんからお願いします」

利根川は顔を上げる。そしてコンジロウを見てにやりと笑う。

「この企画には真木も嚙んでいるから、久しぶりに真木のシナリオで一緒に踊ろうぜ」

そう言うと利根川は、成功者特有のオーラをまき散らしながら、胸を張り、自信に満ちた足取りで迷路の入口に足を踏み入れていった。

調整室でモニタを眺めていた小松は、しきりに感心していた。利根川の足取りに微塵《みじん》も迷いが感じられなかったからだ。

「第二カメラまで一分十二秒か。本当にトップ、取っちゃうかも」

小松は誰に言うともなく呟いた。周囲に誰もいないから、完全なひとりごとだ。

それにしても、いつもはふんぞり返っている利根川が、うつむき加減でせこせこと速歩きしている姿を見て、小松はふと、デビュー直後にインタビューした頃の利根川を思い出す。

この歩き方が利根川の本質だ。今は本性と合わない虚像を演じている。そこに不安定さを感じるが、そのアンバランスさこそが、この世界で生き残るアイテムになる。

安定してしまうと、なぜか人を惹《ひ》きつけるオーラが減衰してしまうものなのだ。

人気稼業は何とも難しい。

第三カメラ通過、二分八秒。昨日のトップ、『トンカツ』の前田は三分だからダントツだ。歩みに迷いがない。スターには星がある、というわけか。

小松は、インタビュー案を考え始める。出演者の中では、利根川は格が違う。そのことに異論を唱える者はいないだろう。

小松は第四カメラに利根川の姿が現われるのを待った。ここは少し時間がかかる難所だが、ここさえ抜けてしまえば第五、第六のモニタでは迷うところもなく、あとは一気だろう。

ところが利根川は第四カメラの前に、なかなか姿を現わさなかった。

秒針は刻々と進み、『トンカツ』前田の第四カメラ通過時間、三分五十二秒を過ぎた。

これで利根川トップの目は、ほぼ消えた。小松はため息をつく。

小松は、インタビュー案の再構築を始める。素案が完成して時計を見ると、八分経過していた。何てこと。これじゃあ『キャンディ・ドロン』の久美より遅いじゃないの。

小松は舌打ちをする。

――ち、また練り直しか。

十分が経過した。第四カメラに利根川の姿は認められなかった。

さすがに小松もおかしいと思い始めた。インカムを通じモニタ室の真木に指示を出す。

「真木ちゃん、利根川さんは第四で迷子で泣きベソかいてるみたい。レスキューよろしくね」

「了解しました」

真木の掠れ声がイヤホン越しに聞こえた。しばらくして、マイクを通じ乱雑な会話が小松の耳に流れ込んでくる。

どうしたんだ？　トネが迷っちゃったみたいで、レスキューに行くのさ。何だアイツ、でかい口きいてたクセに。で、何よ、そうすっと俺まで失格？　いや、これは個人レースだから利根川を連れ出したらお前の番だ。じゃあ頑張っちゃお。下の子にゲーム機を買ってやりたいんだ。頑張れよ。言われなくても頑張るさ、百万円はでかいから、しっかり的を狙って、な。こら、ボウガンを人に向けるなよ。

小松は旧友同士のやり取りを微笑ましく聞いていた。

やがて目をモニタに転じると、真木の姿が次々にモニタ画面に現われる。

さすがに迷路の設計者、迷いのない足取りだ。第三カメラまで一分三十秒。その五十秒後に、モニタ④に真木が姿を現わしたのを見て、小松は首をひねる。

そのまま真木はモニタ⑤、⑥を通過し、出口まで出てしまった。

「利根川は、途中の袋小路にはまっているみたいですね。引き返します」

「お願い」と言って、小松はパイプ椅子に寄りかかる。

すでに撮影時間の予定を一時間以上は超過している。でも、時間オーバーで文句を言うような売れっ子が利根川以外にいないのは幸いだ。

収録の残り時間の計算を始めた小松の耳に、真木の声が響いた。

「小松さん、大変です。すぐ来てください」

ふだんは何ごとにも動じない真木の切羽詰まった声に、小松は鸚鵡《おうむ》返しに尋ねる。

「どうしたの？」

「大変です、トネが……」

イヤホン越しの声がごくりと唾を飲み込んだ。

「利根川さんが死んでます」

小松は反射的に立ち上がっていた。

真木の言葉の意味を呑み込めないまま、反射的に脱兎《だつと》のごとく迷路に向かって走り出した。

04　通りかかった猟犬　11月19日　午後1時30分

サイレンを響かせながら、そのパトカーは桜宮市街を疾駆していた。

腕組みをして助手席にふんぞり返っている加納警視正が、運転手役の玉村に言う。

「ちゃんとカーナビを発動しろよ、タマ」

「大丈夫です。勝手知ったる道ですから」

「バカめ。われわれを監視している衛星から届く情報の方が、お前の思い込みと思い入れにまみれたアナログのナビなんかよりもはるかに客観的かつ精緻《せいち》なことは明らかだ」

加納は玉村の車の助手席の床に落ちていた一冊の文庫本を取り上げると、ぱらぱらと見ながら言った。

「ふん。『家政婦の覗き見はつまみ食いの後で』ねえ。犯人はお手伝いの丸美《まるみ》に決まりだろ」

運転席の玉村警部補が泣き声で言う。

「わあ、犯人をバラさないでください。まだ読み終わってないんですから」

「俺だって最初の五十頁《ページ》しか読んでいない。だが物理的に犯行可能なのは丸美だけじゃないか。こんな非効率的な捜査をしていたら、捕まる犯人も取り逃がしちまうぞ、まったく」

「そうかもしれませんが、そういう右往左往を楽しむのが小説なんですから」

玉村は読みかけの小説を助手席に置きっぱなしにしていたのを死ぬほど後悔しながら言う。

「それより、突然行き先変更しちゃっていいんですか？　今日は警察庁のお偉いさんが県警の視察に来るというのに。そもそも警視正は桜宮の現状を説明する係だったはずでしょう」

運転席の玉村警部補がぼそぼそと言う。

隣の助手席でふんぞり返っている加納警視正は、即答する。

「おいぼれジイさんたちの接待と、目の前に飛び込んできた凶悪事件現場に直行するのとどっちが大切だと思っているんだ、タマは？」

「サクラテレビ恒例の警察二十四時の取材中なら事件捜査を最優先しますけど、そうでなければ、ふつうはお偉いさんの接待が優先です」

「お前もその口なのか、タマ」

直接的に尋ねられて、玉村は口ごもる。

「まあ、私も変わってる、とよく言われますから……」

だから警視正なんかと組まされてしまうんです、と喉元まで出かかった言葉をかろうじて呑み込む。加納がすかさず言い返す。

「だったら、タマに説教される筋合いはない」

「でも、そんな調子だと、もう二度と警察庁に呼び戻されなくなってしまいますよ」

玉村の言葉に加納は片頬を歪めて笑う。

「心配するな。俺は最近、桜宮に骨を埋めてもいい、と思ってるんだからな」

じょ、冗談じゃない。そんなことをされたりしたら、自分の未来はお先真っ暗だ。

玉村は喉元まで出かかった、そんな言葉をあわててごくりと呑み込んだ。

「それにしても、いつも思うんだが、タマのアクセルの踏み方はなっちゃないな」

そう言いながら、加納警視正は玉村の右膝に手を置き、ぐい、と押し込む。その途端、パトカーの瞬間加速度は最速になり、目の前で赤に変わる寸前だった信号を一気にパスした。

「わあ、信号無視です、警視正」

「いいんだよ、サイレンを鳴らしてるんだから」

「わかりました、わかりましたから、膝を押さないでください。現場はもう、すぐそこです」

桜宮市海岸通り。でんでん虫と呼ばれた碧翠《へきすい》院桜宮病院の跡地にパトカーはすべりこんだ。


現場にはお笑い芸人のなれの果てがたむろしていた。加納警視正は、売れない芸人たちを、水族館の深海魚の群れでも見るような目つきで眺めている。

遠くでパトカーのサイレンの音が聞こえた。加納警視正は腕時計を見る。

「一一〇番から現着まで四分とは、かかりすぎだ。たるんでいるぞ。三分を切らなくては、な」

加納がたまたま現場近くに居合わせた不幸と、その加納警視正と同行している幸運の両方を、玉村警部補は同時に噛みしめた。

駆けつけた警官が黄色い規制線を現場に引き始めた。加納警視正は勝手に事情聴取を開始する。

玉村警部補がひやひやする中、手近のジーンズにひっつめ髪の女性に声を掛ける。

「お前が現場責任者だな。事情を説明しろ」

「何で私が責任者だと……？」

「違うのか？」

「いえ、まあ、その、それはそうなんですけど」

小松と名乗った女性は上目遣いで答える。加納は続ける。

「だったらとっとと説明しろ」

小松は肩をすくめると、簡単に事件のあらましを説明する。加納は小松に確認する。

「ここにいる人間の連絡先は把握しているな？」

小松がうなずくと、加納は指示を出す。

「ならば迷路の建物内に入らなかった人物は、帰してよろしい」

そのひとことで、大勢の人間が現場から押し出された。収録は中断したから、たぶんドケチなサクラテレビはギャラなんか、もはやビタ一文も出すつもりはないだろう。そのうえ、野次馬の権利まで剝奪されてしまったのだから、彼らにしてみれば踏んだり蹴ったりだ。

玉村が、小柄な身体をさらに縮めて心配そうに尋ねる。

「そんな勝手をして、大丈夫なんですか？」

長身の加納が自信たっぷりに答える。

「構わないさ。帰した連中の中に犯人がいなければいいんだろ？」

「まあ、そうですけど」

玉村はため息をついて、周囲を見回す。去りゆく大勢の芸人の後ろ姿を見つめ、しみじみ思う。

売れない芸人にはツキがない。

現場に残されたのは、利根川のかつての相方、コンジロウと真木裕太、番組ディレクターの小松、レオタード姿の『キャンディ・ドロン』の久美と元同級生の美奈代、その他、番組をサポートする現場の裏方スタッフ数名だ。

「事件現場は保存してあるな」

加納の問いに、小松が答える。

「死体発見後は、指一本触れていません」

「グッド。ならば今から現場検証に入る。終わるまで全員、あの掘っ立て小屋で待機」

加納は第二モニタ室を指さす。その命令に逆らう勇気のある人間は、その場にはいなかった。

彼らはぞろぞろと小屋に向かい、加納と玉村は、白い迷路に直行する。

入口で加納と玉村のふたりを待っていた鑑識の棚橋《たなはし》が、一緒に迷路に入る。

迷路の内部の壁は真っ白に塗り潰されていた。その上に赤いチョークで矢印が書いてある。

「今日はビデオカメラを回さないいんですね、警視正」

玉村が尋ねると、加納は吐き捨てるように答える。

「昨日、壊れちまったんだ」

加納警視正の得意技、デジタル・ムービー・アナリシス（DMA）は、事件現場をビデオ撮影し、デジタルデータ化し解析する捜査法だ。テレビ関連の事件にはぴったりだったはずだ。

「ＤＭＡができなくても、大丈夫なんですか?」

加納は片頬を歪めて笑う。

「あれは所詮、補助捜査だ。捜査の根幹は思考法にあるんだから、心配するな」

玉村はうなずいて続ける。

「あのディレクター、気が利きますね。事件現場まで矢印で案内してくれてますよ」

ひっつめ髪の小松という女性ディレクターの姿を思い浮かべながら、玉村が感心して言うと、加納は首を横に振る。

「いや、気が回るのはＡＤだ。指がチョークの赤い粉で汚れていた。事件が起こって瞬時に捜査にまで気を回す。大したものだ」

玉村警部補は加納警視正の観察眼に舌を巻きながら、言う。

「それくらいでないとこの業界は務まらないのかもしれませんね。それにしても白い壁に囲まれると圧迫感があって、息が詰まってしまいそうです」

玉村がそう言うと、加納警視正は天を指さして言う。

「そんな時は、青空を見上げればいい」

玉村は感心したように言う。

「加納警視正って、意外に詩人だったんですねえ」

「バカ、それはこの新春特番のキャッチコピーだ」

「警視正はどうしてそんなことをご存じなんですか。実は番組の隠れファンだとか」

加納は軽蔑しきった視線で玉村を見て言う。

「重ね重ねバカもんだな、タマは。モニタ室にでかでかと張り紙がしてあっただろ」

「あんな短い間にそこまで観察してたんですか？」

玉村が感心した声を上げると、加納は言い返す。

「あんなしょうもない番組を新年早々見たがる輩《やから》の気が知れないな。それにしてもさっきから聞いていると、タマはロクに状況観察していないようだな。おそらく俺が事情聴取している間、あの美人ディレクターに見とれていたんだろ」

玉村は、強く首を左右に振りながらも、ひそかに気を引き締める。

加納の前では迂闊《うかつ》なことを口にしてはいけない。


「いよいよ殺人現場ですね」

玉村警部補が言う。加納警視正がひとこと言う。

「現場も見ずに、殺人現場と断定したのはなぜだ？」

玉村警部補は思わず口ごもる。

「いえ、あの、その、先ほどの女性ディレクターの一報では、バラエティ番組に出演中の芸人が殺されたということでしたので」

加納警視正は目を細め、玉村警部補を見る。その、ひやりとした視線を感じ、玉村は思わず首をすくめてしまう。

「だから旧タイプの捜査の信奉者はしょうがないと言われてしまうんだ。いいか、今我々が手にしているのは、迷路の奥深くで男性がひとり死んでいるという情報だけだ。まだ殺人とも断定できないんだぞ。事故や自殺の可能性が否定されていないんだからな」

迷路の白い壁の角を曲がり、三人は足を止めた。その先は行き止まり、袋小路だ。そしてそこに、仰向けの死体がひとつ、大の字に転がっている。

鑑識の棚橋が一瞬、目を見開く。

ほんの一時間前まで利根川一郎と名乗った売れっ子のなれの果てが、床に寝そべっていた。

その右眼にはボウガンの矢が突き刺さっている。

矢尻の根元から赤黒い血が流れ出し、床にしずくの湖を作っていた。

白い床に赤い湖。

右眼に刺さった矢は、大海原に浮かんだ孤島に打ち立てられた国旗のようだった。


白手袋をした鑑識の棚橋が、死体に触れる。

「死後硬直は見られませんから、死後一、二時間以内です」

死体に手を触れて所見を取る棚橋の様子を、加納は白い壁に寄りかかって眺めていた。ふいに死体の隣に膝をつき、その胸の上にあった、小さなガラスの破片を取り上げる。

加納はガラス片を青空にかざし、金庫のダイヤルを回すように左右に揺り動かす。

「偏光ガラスか」

利根川の死体の側の床を指で撫で、指をぺろりと舐《な》める。握られた死体の右手を見る。手を開き、握りしめられているものを取り上げる。

「ふつうのサングラス、のようだな」

加納は玉村を見上げて尋ねる。

「タマはこの死者が何者か、知ってるのか？」

玉村はうなずく。

「利根川一郎、お笑い芸人あがりの司会者です。結構な売れっ子です」

「コイツはふだんから、サングラスを掛けているのか？」

「番組によって掛け替えているようです。サングラスは利根川のトレードマークですから」

加納は立ち上がる。そして大きく伸びをする。

「何で、わざわざサングラスを外したのかな」

迷路を振り返る。ふと気がついたように壁に歩み寄ると、壁の下の方を撫《な》でた。

「ビニールテープ、か。なるほどねえ」

ぽつんと呟き、加納は天を見上げる。雲ひとつない、秋晴れの快晴の空だ。

「犯人は天の高み、軍事衛星からコイツを狙撃したんだな」

加納は棚橋に告げる。

「タナ、俺とタマはモニタチェックをするから、後はよろしく」

棚橋は顔も上げずにうなずいた。

05　取り調べは強引に

11月19日　午後3時

第二モニタ室に残された男女は、思い思いの姿勢で椅子に座っていた。『キャンディ・ドロン』の久美と、元同級生の美奈代。『パッカーマン・バッカス』でかつて利根川とコンビを組んでいたコンジロウとADの真木裕太、そしてディレクターの小松、以上五人だ。

不安げにお互い顔を見合わせている五人に向かって、加納が言う。

「利根川一郎は迷路の中で、右眼を矢で打ち抜かれて死んでいる」

その途端、コンジロウが立ち上がりわめき始める。

「俺じゃねえって。だって俺、まだ迷路に入ってねえもん」

玉村はコンジロウが肩から背負った矢のホルダーに視線を投げながら、言う。

「そのホルダーには矢が何本入っていますか?」

ADの真木が答える。

「小道具さんに、予備の矢を三本入れてもらっています」

「コンジロウさん、矢は何本ありました?」

玉村が尋ねると、コンジロウは黙って、ホルダーから矢を取りだす。矢は二本しかない。

「俺じゃねえって。俺は迷路の外にいたんだ。中でうろついてるトネを殺《や》れるわけねえって」

真木がぼそりと言う。

「でも、お前は下り矢の名人だからな」

コンジロウは驚いたような顔で真木を見た。

「マッキー、なんでこんな時にそんなことを、言うんだよ」

「警察はいずれ徹底的に俺たちを調べ上げるだろう。いずれはどうせわかることだから、こういうことは早めに言った方がいい」

「なんだ、その下り矢っていうのは？」

加納の問いかけに、真木が答える。

「的の当て方には二通りあります。ひとつは上り矢で、これは普通の射方です。もうひとつが下り矢です。虚空めがけて矢を射かけ、放物線を描いて落下する地点で的を射抜く方法で、難易度が高いんです。コンジロウは下り矢の名手でした」

コンジロウは黙り込んでしまった。

「なるほど、空が見える迷路だから下り矢なら相手を射抜けますね」

玉村の言葉に、コンジロウがあわてて答える。

「迷路は高い壁に囲まれてるんだ。当てずっぽうで当てるなんて、絶対無理だって」

加納がにやりと笑って言う。

「その通りだ。たぶん彼は、軍事衛星から狙撃されたんだな」

「警視正までおちゃらけては困ります」

小松が呟く。

「強面《こわもて》刑事さんが実はひょうきんだなんて、面白い素材だわ。チェックチェック」

加納警視正が怪訝そうな表情で、小松を見た。

真木が言う。

「刑事さん、迷路にはカメラが設置してあるので、チェックが必要じゃないですか？」

打てば響くように、玉村警部補が応じる。

「そうでした。すぐ任意提出をお願いしましょう、ね、加納警視正？」

ぼんやりしていた加納は、小さくうなずく。

「うむ、まあ、なんだ、その、タマがそうしたいなら、そうしてもいいぞ」

気のない返事。玉村は、意外に思いながら、小松に言う。

「録画ビデオを任意提出してください。その前に、こちらのモニタで拝見したいのですが」

「もちろん。全面的に協力させていただきます」

玉村警部補と小松のやりとりを聞いていた加納は、退屈そうに爪を弾きながら、言う。

「そこのお笑い女たちは帰っていい。後日、事情聴取するかもしれないが、今日はもういい」

女性ふたりは、ほっとした表情で立ち上がる。美奈代の方は少しふくれ面だ。私はお笑い芸人じゃありません、と言いたげな表情だ。だが、ふたりともあっという間に姿を消した。

モニタ室には、かつての『パッカーマン・バッカス』のコンジロウと真木裕太、そしてディレクターの小松が残された。玉村が言った。

「では、ビデオを流してください」

真木がスイッチを入れる。八台あるモニタに一斉に白い壁が映し出された。モニタ①は入口をパンしている。画面の中を、サングラスをした利根川が一瞬通り過ぎる。その後はただ不動の床を映し出すばかり。コンジロウは画面に入っていない。小松が舌打ちをする。

「ち、カメラ係のミスね。角度設定が悪いから、一瞬しか捉えられてないわ」

数秒後、隣のモニタ②に、利根川の姿が一瞬映る。うつむき加減ですたすた歩いてモニタから姿を消した。迷いのない歩き方だ。その一分後、モニタ③に利根川が姿を現わした。やはりあっという間に姿を消した。

——やっぱりケチるとロクなことがないわ。次は魚眼レンズでないとダメね。

小松は呟く。だが、モニタの中の動きはそれですべてだった。

ＡＤの真木が早回しを始め、ある地点でビデオを止めた。

次に画面に現われたのは、利根川の救出に向かう真木の姿だった。

真木も利根川と同じように、モニタに次々と姿を現わしては、次のナンバーのモニタにその姿を移行させていく。そして出口のモニタに映り込んだ。

「初めに見に行った時には、利根川の死体は見つけられませんでした。なので出口から引き返し、迷路を隅々まで見て回ったんです」

「よくまあ迷わずに、あんな複雑な迷路を抜けられるものだな」

真木はにっこり笑う。

「迷路を設計したのは僕ですから」

モニタのナンバーを逆行する真木の姿が、画面を移動していく。モニタ③の前で姿を現わさなかったが、しばらくして、脱兎のごとく走る真木のブレた像がモニタに映り込んだ。

「こんな感じですが。一組目の『キャンディ・ドロン』おふたりのビデオもご覧になりますか?」

加納は椅子にそり返り、窓から見える青空を見上げながら答えた。

「いや、もう結構だ。あとは署で詳細に解析する」

玉村が言う。

「犯人の姿が映っていませんね。ひょっとしてこれは、殺人と偽装した自殺なのでは」

加納は玉村を見つめて、言った。

「タマ、誰でもすぐに考えつく思いつきを口に出すヒマがあるなら、検索不足のデータがないか、もう一度確認した方がいいと思うんだが」

加納はムダを徹底的に嫌い、軽口など滅多に叩かない。まして今は厳正な捜査の真っ最中だ。意味のないジョークなど言うタイミングではない。

加納はぼんやりしている玉村に言った。

「カメラによるデジタル監視は、これですべてなのか?」

一瞬考え込んだ玉村は、はっとして顔を上げる。

「ベルトに仕込んだモニタカメラ!」

玉村は立ち上がり、モニタ室の扉を押し開くと、真っ白い迷宮に向かって走り出す。

その後ろ姿を見遣りながら、加納は小声で言った。

「よく走るな、タマは」

息せき切って戻ってきた玉村は、小型ビデオを手にしていた。ベルトに仕込まれた本人目線のカメラだ。腹部に設置され、通常の視線より五十センチほど低い位置にある。

玉村の姿を認めると、加納が立ち上がる。

「とりあえず、我々の取り調べは一旦終わりにする。このあと、捜査本部から正式な事情聴取があるだろうからご協力願いたい」

「これって正式な捜査じゃなかったんですか?」

小松が驚いて尋ねる。加納は平然とうなずく。

「捜査本部に先行した取り調べだ。ちなみに証拠のビデオ類は捜査本部に提出しておく」

「やれやれ、だなあ。それならそうと言ってくれよ」

コンジロウのボヤキに、加納は笑って答える。

「迅速な事件解決のためだ。論理的かつ物理的に解析すれば、犯罪の謎は容易《たやす》く解けるし、犯人も簡単に見つかる。申し訳ないが明日の同時刻、もう一度ここに集合してもらいたい」

「それは命令ですか?」

震え声でコンジロウが尋ねる。加納は眼を細め、黒目だけのような眼をして、低い声で言う。

「いや、国民の義務だ」

「義務を果たさないとどうなるんすか？」

コンジロウが挑発的に尋ねる。加納は言う。

「重要参考人として国家権力を行使して引っ立てる……」

コンジロウは目を見開く。加納はにやりと笑って続ける。「……かもしれない」

コンジロウは息を呑み、うつむいた。ADの真木が尋ねる。

「僕たち三人だけが明日呼ばれるということは、仮にこれが殺人ならば、容疑者は僕たちの誰か、とお考えですか？」

加納はうなずく。

「まあ、そういうことになるな」

「容疑者を僕たちに限定した根拠を教えてください」

食い下がる真木に、加納は答える。

「簡単だ。君たち三人だけが凶器のボウガンの矢を手にする可能性があった。それだけだ」

「私も容疑者に入っちゃうんですかあ？」

小松がすっとんきょうな声を上げる。加納はうなずく。

「番組開始前なら、小道具から矢を抜き取れるだろ。『キャンディ・ドドンパ』とかいう女性たちにお帰りいただいたのは、彼女たちはボウガンの矢を手にする可能性がゼロだったからだ」

加納はぽつりと加える。

「ま、正確に言えば被疑者は四人だが」

「四人ですって？」

思わず真木が尋ね返す。「四人目って誰ですか？」

「論理的に考えれば、ボウガンの矢を持てる人間がもう一人いるだろ」

小松が手を打って答える。

「わかった。利根川さん本人ね」

加納はにやりと笑う。黙り込んでしまった三人の被疑者を見下ろしながら、加納警視正は立ち上がる。その背中に小松の小声が響く。

「あのう、ひとつお願いが……」

加納が面倒くさそうに振り返る。

「何だ。言ってみろ」

小松はしゃあしゃあと言った。

「明日の事情聴取、ウチの番組で独占生放送させてもらってもいいですか」

加納は呆れ顔をして、にこやかにはしゃいでいる小松を見つめたが、結局は何も言わずに踵《きびす》を返した。そして背後でまごついている玉村警部補に声を掛ける。

「タマ、そんな女に鼻の下を伸ばしているんじゃない」

玉村警部補は、蹴飛ばされた子犬のように、キャン、と鳴くと、加納の後を急いで追った。

06 仲間割れは見苦しく

11月19日　午後4時

ふたりの捜査官が立ち去った後、残された三人は倦怠《けんたい》感に包まれていた。

やがて、コンジロウが口を開く。

「ひどいヤツだな、マッキー。いきなり俺が犯人みたいに言いやがって」

真木は困ったような笑顔になって言う。

「諸田組は年一回『あなたの街を守る！　警察二十四時』という番組を作っているから、警察のやり方はわかってる。隠しごとがバレると、心証が全然違う。連中は絶対、お前がトネを恨んでることを嗅ぎつける。トネをぎたぎたにブチ殺す、と聞かされた芸人は両手以上いるだろ」

コンジロウは目を見開いて、きょろきょろする。

「た、確かにそう言ったけど、酒の席のことで、本当に殺すわけないだろ」

真木はうなずく。

「もちろん、お前は人殺しができるようなヤツじゃない。だけどトネはボウガンで眼を射抜かれて死に、その近くに、ボウガンを持ったお前がいれば、捜査本部が真っ先にお前を疑うさ」

コンジロウは、う、と黙り込む。そしてすぐに真木に言い返す。

「それならマッキー、お前だって疑われるぜ。トネがブレイクした時、お前のネタ帖《ちょう》をパクったことはみんな知ってるからな」

真木は弱々しく笑う。

「でも、僕はボウガンを持っていなかったし、モニタ室から、指示をしてたからね。モニタで見ていないと適切な指示はできないだろ」

コンジロウはうなずく。

「確かにマッキーは虫も殺せないようなヤツだけど、人殺しが逮捕されるとワイドショーのコメントでよく言うじゃないか。『まさかあんな大人しくて真面目な人が』ってさ」

「確かに最近は、殺人者と一般人の区別がつきにくい時代になったわよね」

小松がしたり顔でうなずく。コンジロウが尖《とが》った声を出す。

「小松ねえさんだけは安全地帯で高みの見物みたいな口調だね」

「だってあたしにはアリバイがあるもの」

「そんなこと、ないんだよね。実は俺たち三人は、みんなアリバイが不充分なのさ。トネが死んだ時、誰も自分の姿を第三者に確認されていないんだもの」

「あたしは第二モニタ室であんたたちの行動を見ていたのよ。それって立派なアリバイでしょ」

コンジロウに言い返した小松の言葉を聞いて、真木が困ったような表情になる。

「小松さん、コンジロウの言う通りです。小松さんの姿を認めた第三者がいない点では、僕たち三人は同じなんです。僕たち三人には、アリバイがないんです」

小松は一瞬、ぎょっとした表情になる。それから言う。

「でも、あたしには動機なんてないわよ」

コンジロウが言う。

「トネが小松ねえさんのケツを追っかけ回していて、ストーカー寸前だったということは、みんなよく知ってますよ」

小松は嫣然《えんぜん》と微笑を浮かべる。

「そんな勘違いする芸能人なんて山ほどいる。あの程度で殺してたら、今頃あたしは大量殺人鬼よ。それに、それならどうして利根川さんは殺されて、コンジロウさんは生き残ってるの？」

小松の笑顔が一瞬、凄みを加えた。

コンジロウはうつむいて、黙り込む。真木がその場を取り繕うように言う。

「肝心なことを忘れていますよ。トネは迷路の真ん中で殺された。そして僕たちにはアリバイはないけど、犯罪を行なうチャンスもない。あそこは、ビデオ監視された白い密室なんですから」

コンジロウが手を打つ。

「もうひとつ可能性があるじゃねえか。マッキーは、トネを探しに迷路に一足先に入ったろ。その時のどさくさでやっちまったんじゃねえの？　これなら簡単に密室を破れるじゃないか」

真木は困ったように笑う。

「頼むから、そんなバカげた推理を捜査本部にチクったりするなよな」

コンジロウが薄気味悪い微笑を浮かべる。

「ほら、やっぱりマッキーだって疑いを捜査本部に言われることはイヤなんだろ」

真木は静かに首を振る。

「いや、バカバカしいだけさ。いいか、僕が戻ってこないトネを探して迷路に入った時、ボウガンを持ってなかったことはビデオに映っている。仮にもしそうだとしたら、トネは迷路の中で、殺されるために十分間も僕を待っていたことになる。それって不自然すぎるだろ？」

コンジロウは黙り込む。小松が手を叩いて、言う。

「わかった。利根川さんは自殺よ。悪いウワサは聞いてたし。利根川さんらしい最期よね。お正月の茶の間で、自分の最後の芸を見せつけながら、この世からおさらばするなんて、さ」

「あいつはいつもそうだ。自分ひとりの都合で周りをしっちゃかめっちゃかにするんだよ」

コンジロウが吐き捨てると、小松はその言葉にうなずく。

「でもこれ以上、言い合っても仕方がないじゃない。今日は解散しましょ。どうせまた明日、警察がやってくるって話だし」

小松は真木にウインクを投げる。

「それより真木は次の企画を考えてね。さすがに、もうこれじゃあ正月特番には使えないから」

「そんなこと、急に言われても……」

口ごもる真木を、小松はちろりと流し目で見る。

「この企画の責任者はあんた。その企画が使えなくなったら、次の企画を考えるところまであんたの役割よ」

真木はため息をつく。そこに、能天気な『カリフォルニアの青い空』の旋律が落ちてきた。

真木は音楽のスイッチを切った。突然出現した巨大な静寂が三人を包み込んだ。

07 玉村、迷路に惑う

11月19日 午後4時30分

デジタル関係の証拠品を山のように抱え車に戻った玉村は、エンジンをかけた。助手席に乗り込んできた加納に尋ねる。

「このまま、署に戻ります」

加納警視正は、玉村が手にした小型カメラに目をとめて、言う。

「いいのか、それで？　本当は今すぐ、ベルトに仕込まれた本人目線のカメラを確認したいんじゃないのか、タマ？」

玉村は一瞬目をぱちくりさせるが、諦めたようにうなずく。

「警視正の目はごまかせません。その通りです。戻る前に車中でビデオを確認しませんか」

「タマが珍しく自己主張したから聞いてやろう」

加納警視正はノートパソコンを起動し、ビデオカメラを接続する。

画面いっぱいにコンジロウのジャージ姿が映る。ボウガンの矢が画面につきつけられ、玉村はぎょっとする。次の瞬間、コンジロウのジャージとボウガンが突然姿を消した。

カメラ画像は規則正しく揺れている。ブレずに淡々と画面は切り替わる。どこまで行っても白い壁。その奥に画面はわけ入っていく。

利根川の足取りには迷いはない。

画面いっぱいに白い壁が広がった。正面から道が消え、すべてが白い壁になる。画面が左右にぶれて、画面の主の逡巡《しゅんじゅん》を映し出す。

どうやら袋小路に突き当たったようだ。

壁を前にしてうつむいたのか、床が映り込む。続いて画面は、上方にパンしていく。壁を見上げているようだが、腹部の低い面に設定された画面に映るのは白い壁ばかり。

加納が呟く。

「道に迷ったら、青空を見上げて考えよう、か」

突然、画面がブレた。

白い壁が瀑布《ばくふ》のようになだれを打ち、揺れが収まった時、画面いっぱいに広がったのは、どこまでも青い空だった。それから画面は延々と青空を映し続けた。

白い雲が画面をゆっくりよぎっていった。

その時、ずっとバックで流れていたにもかかわらず、認識していなかったＢＧＭが、突然耳に飛び込んできた。フルボリュームで空間を満たしている。無音のこのビデオの背景にも、この音楽は流れ続けていたに違いない。

玉村警部補は、加納警視正が言った、特番のキャッチコピーを思い浮かべた。

――道に迷ったら、青空を見上げて考えよう。

玉村の心に、そのコピーが沁《し》み入る。

長い長い時間が過ぎ、やがて画面に、真木の驚いた顔が映り込み、そして消えた。

ビデオを見終えた玉村は、白い迷路にずっぽりはまり込んでしまっていた。

ビデオ画面のデータを素直に解釈すれば、迷路内に犯人が侵入した形跡はない。つまり白い迷路は完全な密室だったわけだ。

「な、タマ、自殺の可能性も否定できないだろ？　すべての可能性を最初に思い浮かべなければ、推理は正しい方向へ向かわないものなんだ。少しは家政婦探偵を見習え」

玉村は、加納の言葉にうなずく意欲さえ失っていた。

もし本当に犯人がいるならば、その犯人は画像監視の網の目をすりぬけ利根川にボウガンを的中させ、誰にも見られずに姿を消したことになる。

そんなこと、あり得るのだろうか。

その時、煩《うるさ》すぎるくらい鳴り響いていたＢＧＭ『カリフォルニアの青い空』の音がぴたりと止んだ。そして車内の玉村と加納のふたりを、研ぎ澄まされた静寂が包み込んだ。


加納がパソコンをシャットダウンする。

玉村はため息をついて、車のエンジンを掛ける。そしておそるおそる呟く。

「この密室、どう解きます？」

「この空間のどこが密室なんだ？　天井が丸抜けじゃないか」

「ですけど、ビデオに犯人は映っていません。出入口の監視カメラでも、他の人の出入りはありません。つまり密室殺人の一種かと」

「ビデオに映らないように利根川にボウガンを撃ち込んだだけだろ」

「でも、それって不可能ですよね。透明人間じゃないと」

加納がへらりと笑う。

「バカだな、タマ。たとえ犯人が透明人間だったとしても、凶器のボウガンは透明じゃないから、そんなことは絶対に無理だ。タマのロジックでは、透明人間でも不可能だろうが」

ばっさりと自分の仮説の弱点を突かれ、玉村は口をつぐむ。

そして、許可なくそろりと車を発進させながら尋ねる。

「ということは警視正は自殺だとお考えですか？」

「だから、さっきからずっと言っているだろ、犯人は軍事衛星から狙撃したんだって」

加納はそう言い放つと、腕組みをして目を閉じた。

この姿勢になると、何を聞いてもしばらくの間は答えが返ってくることがない、ということを玉村は経験上よく知っていた。

仕方なく、玉村は黙ってアクセルをおそるおそる踏み込んだ。


夕方。

地取り調査に当たっていた捜査員が情報を持って次々に帰還してきた。

捜査会議に上がってきた情報を総合したところによれば、利根川の評判は芳しいものではなかった。ギャンブル好きで相当額の借金を抱え、街金《まちきん》にも手を出していたらしい。

テレビ露出が高いので景気よく見えるが、本人は自分の芸風に対して行き詰まりを感じていて、よくマネージャーに当たり散らしている、といった内輪の証言もあった。

内部から、そうしたリークがあること自体、利根川の人徳のなさを雄弁に物語っていた。

しかも、悪評はそれだけではなかった。元相方のふたりはネタを利根川に持ち逃げされ憤慨していて、特にコンジロウは、酔っぱらっては『利根川を殺す』と息巻いている場面を多数に目撃されている。

更に、美人の誉れが高いディレクターの小松は、一時利根川の番組出演を依頼した際に、しつこく言い寄られて迷惑していた、という内部情報も手に入れた。

つまり、あの場に残された被疑者三人には、濃淡の差こそあるものの、それぞれに利根川を殺すだけの動機を持ち合わせていたのだ。

かくして、錯綜《さくそう》する情報の海の中で、玉村は溺れてしまいそうになっていた。その隣で、加納は腕組みをして安楽椅子に座り、うつらうつらしていた。画面に見入る玉村警部補の視線だけが鋭く尖っていく。

08　華やかな対決

11月20日　午後3時

翌日、午後三時。モニタ室に昨日の五名が揃った。被疑者はコンジロウとADの真木裕太、美人ディレクターの小松の三人。捜査側は加納警視正と玉村警部補のコンビだ。

開口一番、加納は小松に言った。

「昨日の申し出の件について回答する。本件に関し、独占放送は可。ただし放送前に検閲する」

一瞬がっかりした表情をした小松だったが、大方そんな回答を予想していたのだろう、すぐにマイクで外にいるカメラマンを呼び寄せた。

「折を見て、途中からカメラを回させていただきますが、よろしいですか」

うなずく加納を見て、コンジロウと真木は青ざめて顔を見合わせた。

「さて今日はこうしてわざわざお集まりいただいたが、幸い無駄足させずに済みそうで、本官も少々ほっとしている。諸君の献身的な協力もあり、無事犯人が判明したので、実は今日はそのことを伝えに来たんだ」

加納の言葉に、被疑者三人は一斉に顔を上げた。隣で、玉村も呆然と加納を見つめる。

加納は続ける。

「まっさきに除外したのは自殺の可能性だ。これは絶対にありえない」

「なぜですか?」

小松の質問は、番組作りを意識した口調だ。加納警視正は答える。

「迷路に侵入した時、利根川は凶器の矢を持っていなかったからだ」

「服の下に隠し持っていたのかも。自殺するつもりなら、それくらいやるでしょう」

ＡＤの真木が言う。加納に顎で指図された玉村は、携帯用のパソコンを立ち上げる。

「これはデジタル・ムービー・アナリシスといって、すべての状況を画像データに収めてから、犯罪現場を再現するソフトだ。今回は君たちが提出してくれたビデオから利根川氏の身体の輪郭を描き出してみた。すると……」

画面の中、利根川一郎の身体をスキャンの輝線が走査する。利根川の衣服がはぎ取られ、迷路のモニタ画面の利根川と死体のスキャン像が重ねられる。すると洋服が身体にぴったりはりつき、矢を隠し持つ空間がないことが一目瞭然になった。

「このように、利根川氏は矢を隠し持ってはいなかった。これにより凶器の矢は外部から持ち込まれたと証明される。さらに矢が貫通部まで到達するための射出初速を映像解析すると、三メートル離れた至近距離からボウガンと思われる専門補助器具によって発射されたものと一致する」

加納の朗々とした声が、がらんとした虚ろな部屋に響く。

「したがって第三者が発射した矢によって殺されたと断定できる」

被疑者全員がごくりと唾を呑み込む。加納は続けた。

「さらに、君たちの経歴を徹底的にスキャンし、君たち全員に利根川氏を殺す動機があることがわかった」

　加納の言葉に、三人は三様の姿勢で凍りついてしまった。

「コンジロウ氏は二年前、決まりかけたレギュラー番組を土壇場で奪われた。真木氏は書き溜《た》めたネタ帖を盗まれ、ギャグを使われた。小松女史は、利根川が理由なくドタキャンした番組の責任を取らされ、降格の憂き目に遭っている。まったく、利根川という男は、つくづくろくでもないヤツだったんだな。だからといって殺していいという理屈は成り立たないが」

　玉村が呆然と見つめる中、加納の目が次第に不気味な光を帯びてくる。

「君たちにはすべて動機があり、三人とも凶器のボウガンの矢を手に入れる機会があった。しかも殺人が行なわれた時、三人ともアリバイは確認されていない、ときてる」

「信じられない。理屈になってないわ。冤罪《えんざい》よ」

　小松の言葉に、加納は首を振る。

「心配するな。犯人以外に対する不当な疑いはすぐ晴れる。犯人を同定するまでの辛抱だ」

「犯人は誰なんですか。警察はもったいつけずにとっとと捕まえろよ。それが仕事だろ」

　コンジロウが言う。加納はうなずいて、答える。

「そのリクエストに応える前に、犯罪が行なわれた方法を解き明かす必要がある」

　加納は目を細めて三人を凝視する。そして、続ける。

「眼に突き刺さった矢の解析から、矢の軌跡が判明した。被害者から三メートルという至近距離からの発射だ。ところがボウガンの射出エネルギーを計算すると、矢の深達度は計算式の解よりもやや深い、ということもわかった。これが何を意味するか、わかるか？」

被疑者三人は一様に首を振る。加納は続ける。

「ボウガンの発射エネルギーの他に、矢を加速させる要素があるということだ」

「どういうことなんですか。あたし文系なんで、そういうの苦手なんです」

小松の、いかにも小松らしい率直な疑問に、加納警視正は答える。

「計算してみると、その差は重力の値とぴたりと一致した」

被疑者三人は不思議そうな表情になる。文系三人衆だから無理もないだろうな、とやはり文系出身の玉村警部補はひそかに共感する。

コンジロウが尋ねる。

「でも、腹部に設定されたモニタにも犯人の姿は映ってないんだろ?」

加納警視正はうなずく。そして両手の人差し指を立てると、真ん中で合わせる。

「その通りだ。だが、一見すると相矛盾する情報を合わせると、そこから正解が浮かび上がってくるんだ」

隣で聞いていた玉村警部補がごくりと唾を飲み込む。

部屋に沈黙が流れるが、加納警視正は口を開こうとしない。

やがて、小松が甲高い声を上げる。

「そこまで言ったら、もったいつけないで。でないと冤罪の精神的苦痛で訴えるわよ」

加納警視正はため息をつく。

「女人と小人は扱い難いというが、その通りだな」

顔を上げると、ホワイトボードに書きつける。

「三メートルという距離とボウガンのエネルギー水準が一致せず、ボウガンで射出したよりもエネルギーがわずかに大きい。すると考えられることはただひとつ。重力による落下エネルギーが加わったということだ。つまり天井が抜けた迷路の上から、被害者の眼を射抜いたわけだ。こうすれば、密室の謎も消失する」

加納は三人を交互に見つめながら言う。

「犯人は迷路の上部を歩いて、迷っている利根川氏を上方から射殺したんだ」

三人は驚いた表情になり、互いに顔を見合わせる。コンジロウが震える声で言う。

「迷路の上を歩く？　そんなこと、できるわけがないだろ。壁の高さは三メートル。いくら俺が身長二メートル近いからって、そんな高い壁はよじ登れないって」

「でもお前、垂直跳びの成績は抜群だったよな。それくらい届くだろ？」

真木が腰に下げたガムテをいじりながら、ぼそりと言う。

コンジロウはぎょっとして真木を見つめた。

加納はふたりのやり取りを見つめて、言う。

「真木氏の言う通りだ。だがコンジロウ氏が犯行を実行するのは極めて難しい。たとえ垂直跳びで迷路の上に手が届いても、片手にボウガンを持っていなければならないし、何よりその様子はモニタで監視している真木君から丸見えだからな」

小松が言う。

「それは違います。犯行時、コンジロウさんの姿は画面で捉えきれていません」

コンジロウは小松を見つめる。

「小松ねえさん、ひどいよ。アリバイがないのはみんな同じ条件だろ」

加納は片頬を歪めて笑う。

「仲間割れするな。あわてなくても、状況を演繹《えんえき》すれば、犯人の姿は自ずと現われる」

加納は周囲を見回す。その無機質な視線に、三人は唾を飲み込み、黙り込む。

ようやく自分の望む静寂を得た加納は、満足げな口調で言う。

「じらして申し訳ない。議論も煮詰まったことだし、そろそろ犯人を指名させていただこうか」

三人の被疑者の視線が錯綜する。誰もが他の二人に疑惑の視線を向けた。

加納はそんな三人をもう一度見回し、窓から見える青空に視線を投げる。

それからゆっくりと、ひとりの人物を指さした。

「犯人は、キミだ」

加納が指さした延長線上には、気弱そうな笑顔があった。

その笑顔が凍りついた。

加納が指さしたのは、ＡＤの真木だったのだ。

ＡＤの真木裕太はひきつった笑顔のまま尋ねる。

「どうして僕が犯人になるんですか？」

「逆算すると、キミしか犯人候補がいないからだ」

「ですから、どうしてですか、とお尋ねしているんです」

加納は眼を細めて、続ける。

「犯人候補はキミしかいないからだ。キミだけがモニタカメラを動かし、他人を確認できる立場にあった。他のふたりは、何をしてもモニタ係のキミから見られる危険が存在する。だから彼らが、いちかばちかの犯罪に打って出る可能性は低い」

真木は相変わらず笑顔で言う。

「可能性が低いだけで、ゼロじゃない。コンジロウが下り矢で射抜いた可能性だって……」

「あるわけないだろ、そんなバカなことが。下り矢など笑止千万、外側から正確に、姿の見えない利根川氏の眼を射抜くなど百パーセント不可能だ」

ちらりと玉村を見て、言う。

「家政婦の覗き見推理を許容する警察官だって、さすがにこのトリックは認めないだろうさ」

真木は素直に撤退する。

「では刑事さんの仮説には同意しましょう。でも、それでなぜ僕が犯人になるんですか」

「実はもうひとつハードルがある。三メートルの高さの迷路の壁の上に登るためには縄梯子《ばしこ》などの補助具が必要だ。その補助具を誰にも見られない位置に、見とがめられずに設置できる人物はキミしかいない。つまりこの殺人法が確定された時点で、犯人候補はモニタ係として人目に触れない迷路の裏側で蠢《うごめ》いていたキミに確定されるわけだ」

他のふたりの被疑者が、真木の顔を見つめる。加納は続ける。

「指示係だったキミは、利根川氏が迷路に入る前に、迷路上のヒットポイントで待ち構えることができた。事前にボウガンを迷路上部に置いておくことも可能だ。狙撃場所についてから、利根川氏に迷路に侵入するよう指示を出し利根川氏を待ち構え、狙いすまして射抜く。それが演出できたのは、真木クン、キミだけだったんだ」

真木は肩をすくめた。

「でも本当に可能なのかなあ、そんなこと。迷路をうろつく利根川は、自分を狙っている狙撃手に気がつくはずです。そしたらあんな正確に撃ち抜くことはできないでしょう」

加納はにやりと笑う。

「ボンクラ刑事なら、自分で壁を作り、不可能犯罪だと言って勝手にハードルを高くしてしまうが、俺はまったく逆のタイプでね。できるはずだという前提で考え抜いて、正解にたどりつけたというわけだ。犯人は被害者に顔を上げさせないやり方ができたんだ」

真木はひきつった笑顔になって、尋ねる。

「どんな方法です?」

加納は左ポケットから白い紙を取りだし、それを開いてガラス片を呈示する。

「利根川氏の死体の上に落ちていたガラスの破片だ。偏光レンズだ」

真木が無表情になる。加納はポケットからくしゃくしゃのビニールテープを取り出した。

「これは迷路の壁の下のところどころに貼られていた透明なビニールテープだ。偏光レンズを通してみると、テープの上に矢印が書かれていた」

　加納は続けた。

「つまり迷路の案内図だ。利根川氏はカンニングペーパーが迷路に設置されていることを知っていたから、迷わず迷路を抜けられたんだ。ヤツはいつも足元を注視していた。だから上から自分を狙う狙撃兵に気づかなかったんだ」

　真木の笑顔が純朴な青年のものから、ふてぶてしい笑顔へと変貌する。

「刑事さんって面白い方ですね。それならどうして眼を射抜けたんです？　ヤツはうつむいていたんでしょ」

　加納は答える。

「狙い澄ましているところに、上から声をかけたんだろう。そして顔を上げた瞬間を狙い撃ったんだ」

「なるほど。でも今の話って全部仮説でしょ。人を殺人犯だと疑うなら、きちんとした証拠を示してもらわないと」

　加納は真木を見つめた。そして片頬を歪めて笑う。

「証拠ねえ。実はあるんだよ」

　真木は眼を見開いた。素早く過去の自分の行動をスキャンする。

　穴はない。穴はないはずだ。

　真木の意識は過去の時制に戻っていった。

09　ホワイトウォール・ラビリンス（白壁迷宮）

9月某日

真木の巨大迷路の企画案は、採用は早かったが、その後が難渋した。

まず人選について番組の天皇、諸田からいきなり、有名人が何人か迷路をうろつくだけではスリリングでないから何とかしろ、というクレームがついたのだ。ただし真木は元コント原作者だけあって、そのクレームには即座に対応した。

「それでしたら、あの人は今、のシリーズにカブらせます。落ちぶれた芸人に競わせるんです。百万円はでかいですから、みんな血眼になります」

「さてはマッキー、お前も番組に出て、百万円をかっさらうつもりだな」

諸田藤吉郎の言葉に、場にいた全員が笑う。

「出してもらえるなら、もちろん狙います」

真木にしては珍しくお愛想を言った。諸田が即座に答える。

「ダメだ。マッキーが出演者になったら、迷路を設計するヤツがいなくなってしまうだろ」

真木は弱々しい愛想笑いを浮かべて言う。

「落ちぶれ芸人同士だけでなく、ライバルを置きます。たとえば学生時代に属していたサークルの同級生を同時参加させます。すると一般人の参加もあり、視聴者の層も増えます」

「うん、それモロ俺好み。よし、正月の特番はマッキーの案に決定だ。それなら今回は小松、お前が仕切ってみるか」

小松の顔が上気する。諸田の下についてもう何年になるのだろう。

臥薪嘗胆《がしんしょうたん》、ようやくチャンスが回ってきた。小松は顔を上げて、何度もうなずいた。

この企画、絶対に成功させてみせる。

諸田藤吉郎はあくびをして、のそりと立ち上がる。会議は諸田が立ち上がれば終了だ。

こうして真木の企画は正式に採用された。それは同時に小松のディレクターとしてのデビュー戦にもなったのだった。


迷路の設計時に、真木は小松にひとつの論文を渡した。

「参りました。こんな論文があったんです。閉塞した迷路でパニック障害を起こした、という論文です。閉ざされた空間では、精神的ショックを受けることもあるらしくて」

ディレクターの小松は困ったような表情になる。

「今さらそんなこと言われても参っちゃうなあ。何かいい手はないの？」

「ないわけでもないんですけど」

「早く言いなさいよ。相変わらずトロいわねえ」

真木は人のよさそうな笑顔を浮かべて、答える。

「迷路の天井を抜いてしまおうかと考えてます。そのことを逆手に取り青空迷宮と名づければ、いっそうアトラクティヴかと」

小松は口の中で何回か、青空迷宮と呟いて、うなずく。

「うん、それならOKね。予算オーバーしなければ何でもいいわ」

「しっかりした綺麗な迷路を造るため、ブロックを三メートルほど積み上げ、内部を白く塗り潰そうと思います。画面の作り込みは細部が大切ですから」

小松の顔が曇る。

「言うまでもないだろうけど、最近は制作費ががりがりに削られているわよ。そんな立派なのを造っちゃって大丈夫なのかな」

真木はうなずく。

「天井を抜けば、その分の予算で何とかやりくりできそうです。それにこうした部分で手抜きの安普請をして万が一、撮影事故でも起こったりしたら……」

小松の脳裏に、先月のバラエティ番組撮影で、やっつけ仕事で造ったお城の壁が崩れ、エキストラ数名が軽傷を負った事件がよぎった。ほんの擦り傷程度だったが、新聞で報道され、酷《ひど》い目に遭ったのは小松と同期のディレクターだった。

そのディレクターは今はもう現場にいない。

「わかった。予算内ならOKよ。思う存分やりな。これは真木のデビュー企画だもん」

さっぱりした口調で言い残し、小松は打ち合わせ部屋を出ていこうとする。

「ところで、雨が降ったらどうするつもり？」

出口で振り返ってひとこと尋ねた小松に、真木は即答する。

「その時はキャッチコピーを、『土砂降り百万円争奪戦』に切り替えます」

小松はにっこり笑う。

「その根性、立派だわ。でも青空のほうが画《え》は映えるわね」

真木は困ったような笑顔で答える。

「ご心配なく。僕は晴れ男ですから」

小松は手をひらひらと振って、部屋を出ていった。

最大の難関を突破した真木はほっとして、迷路の設計図をテーブルいっぱいに広げた。

❁

数日後。馴染みの喫茶店。

店内には三組の客がいたが、店が広いので、開店休業みたいな印象だ。

真木は店内を見回すのを止め、視線を目の前の利根川に戻した。

「マッキーから呼び出しを受けるのも、久しぶりだな。あの頃はネタを思いついたといっては、この店に呼び出されたっけ。なつかしいぜ」

かつての相方が、目の前で横柄にふんぞり返っている。一目で高級ブランドとわかる背広にサングラス。その姿には貫禄さえ漂う。

壁の鏡をちらりと見ると、サファリジャケットの上着に擦り切れたジーンズ姿の自分が映り、思わずうつむいてしまう。

ウエイトレスが珈琲を運んできたタイミングを捉えて、真木は顔を上げる。

「新春特番の依頼の返事をまだもらっていないんですが」

かつての同僚に下手に出る。真木の心の中に、隠し切れない敵意が頭をもたげる。

「ああ、迷路最速百万クイズ、だっけ？　実は悩んでるんだよなあ。お前の企画だから、協力したいのは山々だけど、あれって落ちぶれ芸人が目指す新春お年玉ってコンセプトだろ。今の俺が参加すると、反感を買わないかと心配でさ」

見栄っ張りのところは全然変わらないな、と真木は苦笑する。ギャンブルの借金で首も回らず、たとえ百万円でも、喉から手が出るくらい欲しいくせに。

現実的な交渉に入ろうと決意した真木は、昔のタメ口に戻って言う。

「この番組にはトネの存在が必要なんだ。成功者のトネが、落ちぶれ芸人を尻目に、賞金百万円をかっさらう。そしていつもの調子で『成功って、お腹いっぱいだと断っても向こうから勝手に来ちゃうんだね』と言い放つ。一般人は、恵まれない人間がいつまでも底辺に沈みっぱなしという絵を望むのさ。連中は、他人が成り上がる幸運なんて見たくはないんだよ」

利根川の表情が少し崩れた。サングラスを外す。

「なんだ、そこまでして、この俺を悪役にしたいのか、マッキーは」

そう言いながらも満更でもない表情になる。

利根川は続けた。

「コンセプトはわかった。でもそれって俺が賞金をかっさらえなければただのピエロじゃん。お前も知っての通り、俺ってすげえ方向音痴だし、迷路最速王なんて無理だよ」

真木はポケットからサングラスを取り出し、利根川に手渡す。

「偏光サングラス。で、そのグラサンでこのテープを見てみなよ」

ビニールテープも一緒に手渡す。

利根川はサングラスを掛けると、すぐに驚いたような声をあげる。

「何だよ、これ。矢印が浮かびあがってるぞ」

何度もサングラスを着けたり外したりして、矢印を確認している利根川に真木が言う。

「こいつを迷路の下の壁に貼っておく。だから、お前は矢印をたどるだけだ。あまり早すぎても疑われるから、適当に迷うようにしておく。お前は矢印をたどるだけで賞金百万円と落ちぶれた芸人たちの嫉妬を新年早々、一身に集められる。どうだ、ボロい話だろ？」

利根川は椅子にふんぞり返り、偏光サングラスを内ポケットに入れた。

「悪くない。明日にでもマネージャーから正式に返事をさせる」

サングラスを掛け直し、利根川は立ち上がる。

「ところで、なんでマッキーはそんなおいしい話を突然俺に振ろうと思ったわけ？」

真木は小さく深呼吸する。そして言う。

「実は近所のスナックにお気に入りの娘がいるんだけど、僕の薄給じゃなかなか通えなくてね。カネが要るんだ。ずばり、二十パーのキックバック。これが条件だ」

「二十はボリすぎだろう。十なら手を打つ」

真木はため息をつく。

「足元を見やがって。わかった。十でいいよ」

「商談成立。そういうことなら、ここのお代はそっち持ちな」

利根川は颯爽と店を出ていった。すれ違った女子高生が、あ、トネトネだ、と声をあげ、愛想良く手を挙げて応えた利根川は、あっという間に真木の視界から姿を消した。

喫茶店に一人残された真木は、うつむいて利根川が飲み残した珈琲カップを見つめる。

僕のネタ帖で散々いい思いをしてきたくせに、旧友に珈琲一杯奢らないとは。

それは真木の中に明確な殺意が輪郭を現わし、最終決断をした瞬間だった。

✺

真木の意識は現在に舞い戻る。利根川が企画内容を誰かに話す可能性はゼロだ。不正は口にした途端、羽が生えて世の中を駆けめぐる。そうしたことを、利根川は熟知している。そしてヤツはカネを死ぬほど必要としている。だからこの話は利根川から漏れることはない。

こうして情報の密室も成立した。

……そのはずだったのに。

真木は自分の目の前で自信満々の加納警視正のたたずまいを不安げに見つめた。

10　迷宮と論理の破壊

11月20日　午後4時

真木の不安を増幅するかのように、加納が正面から宣言した。

「それでは今から、真木君のアリバイを木っ端微塵に粉砕してみせようか」

加納警視正は、玉村警部補からノートパソコンを受け取り、素早くキータッチを始めた。

真木の不安が、黒雲のようにモニタ室を覆い始めている。

真木は明るい声で、加納警視正に言う。

「百歩譲って、刑事さんの方法が正しいとしましょう。でも証拠はあるんですか？　推理だけみたいなあやふやなもので裁かれたらたまりません」

その言葉を聞いて、加納警視正の隣で玉村警部補が不安そうな表情になる。

昨晩、加納は桜宮署に泊まり込んだが、一時間ほど外出している。外出から戻った加納は、朝までパソコンに向かっていた。そんな短い間に決定的な証拠を摑めたのだろうか。

加納がキーボードを操作すると、画面がモニタに映し出される。

やがて、画面に現われたのは青い地球儀、グーグル・アースの初期画面だ。

「天網恢々《かいかい》疎にして漏らさず、という格言は、まさに本件のためのような言葉だな」

加納は真木に向かい合う。クリックすると、画面の視点は地上に急降下する。富士山が見え、桜宮市の輪郭が見えてくる。

東城大医学部の白い建物の隣、少し離れた岬に白い四角い構造物が拡大されていく。

「ホワイトウォール・ラビリンス……」

小松が呟く。今、まさしく彼らがいる場所を、グーグルが提携する軍事衛星と接続した視野が、監視している。加納がキーボードを叩き続けながら言う。

「グーグル・アースは何日かに一度、画面を更新している。拡大すれば人物特定もできる。浮気現場が見つかったり個人の部屋が覗けたり、プライバシー侵害もあり、規制を取りざたされている。実はゆうべ、気晴らしでグーグル・アースで迷路を観察してみた。するとそこには驚くべき画面が映り込んでいたんだ」

加納は激しくキーボードを叩く。みるみる、神の視線が地上に舞い降り、三次元像を示した。画面に白い迷路の壁が映る。加納の操作で、迷路の上部に焦点が合わせられた。

「あれ、迷路の上に誰か立ってる」

小松の声。加納はキーボードを叩き続ける。視点は迷路上の男性に近づき、焦点が合う。居合わせた被疑者たちは息を呑み、迷路に君臨する狙撃兵の姿に眼を凝らした。

それはうつむき加減でたたずんでいる、真木の姿だった。加納が言う。

「殺人方法を推測し、その場に被疑者がいたことを実証した。これで犯罪証明は終了、ＱＥＤ」

加納はネット接続を切断し、グーグル・アースの画面はシャットダウンした。

真木は加納を見つめた。やがて、悪びれる様子も見せずに言う。

「ツイてないな。トネが絡むと、僕はいつもこうなっちゃうんだ」

「どうして……？　ネタを盗まれたことがそんなに悔しかったの？」

小松の呟きに、真木が答える。

「ネタ帖をパクられたくらいで人は殺せません。アイツは僕の本当に大切なものを滅茶苦茶にした。僕のたったひとりの理解者だった由香《ゆか》は、利根川に弄ばれ捨てられた。由香は絶望し自殺した。人ひとりを殺したんだから、成敗されても当然でしょう？」

「それは国家権力の役割であって、個人で代行することは許されない」

真木はうっすらと笑って答える。

「トネは法には触れていないから裁けません。ダマされた由香が悪いんです。でも、本当にそうなんですか。本当はダマしたヤツが悪くて、そういうヤツには鉄槌《てっつい》が下って当然でしょう」

真木は加納警視正を見た。加納は答える。

「甘ったれのたわごとに、いつまでもつきあうわけにはいかない。お前は罪を犯したから法によって裁かれる。それだけだ」

玉村が真木に歩み寄り、手錠を掛けた。平然とした表情の真木に加納は尋ねる。

「実はどうしてもわからなかったことがある。利根川はなぜ、サングラスを外したんだ？」

真木は笑って答える。

「トネはサングラスを外していません。ボウガンで撃った時に、サングラスを直撃して割ってしまいました。でも、予備のサングラスを準備しておいたので、現場に駆けつけてすぐに、割れたサングラスを外し、別のリングラスを手に持たせたんです」

小松が肩をすくめて呟く。

「あんたって、本当によく気が回るＡＤよね。もったいないわ」

加納は、質問を続けた。

「どうやって利根川の顔面を狙ったんだ？　ヤツは下に貼ってある偏光テープの道案内を気にして、うつむいて歩いていたから、顔は上げないだろ」

真木は顔を上げ、肩をすくめる。

「そんなこともわからないボンクラに捕まるとは、本当にツイてないな。まあいいや。せっかくだからトリックは披露します。偏光の道案内で突き当たりに誘導した僕は、行き止まりの壁に紙を貼ったんです。『道に迷ったら、青空を見上げて考えよう』ってね」

真木はモニタ室の壁に貼られたキャッチコピーを見て続ける。

「利根川には、偏光テープの指示に厳格にしたがうように伝えてありました。でないと画面があっさりしすぎてイカサマがバレるかもしれないから、と言ってね。つまり利根川は僕の指示に従わなければならなかったんです。でもって指示通りの場所で顔を上げ、その瞬間、待ち構えていた僕に右眼を射抜かれてしまったわけです」

加納警視正の眼がきらりと光った。

「割れたサングラスの破片がほとんど落ちてなかったが、どうした？」

真木は腰に下げたガムテを手にして放り投げる。

「ＡＤにとってガムテは雑巾でして。何か拭き取りたければガムテでぺたぺた貼るんです」

「レスキューに駆けつけた時、割れたサングラスを掃除し、指示テープも剝がしたのか。まさに早業だな」

真木はにこにこして言う。

「それってADにとっては、一番の褒め言葉です。そのひとことのおかげで、灰色の牢屋《ろうや》も我慢できそうです」

「あとひとつだけ。とっさに悲鳴をあげられると思わなかったのか？」

「もちろん、その危険はありました。実際利根川は僕の名を瞬間、叫びましたから」

「その録音はどうしたんだ？」

真木は呆《あき》れた、という表情で答える。

「消しました。僕にはたっぷりその時間がありましたから。現場に一番乗りして、誰にも見とがめられずに、録音を少し巻き戻しました。動作履歴が残らない録音機をベルトに装着させたのも、僕ですから」

加納警視正は吐息をついた。

「それだけの熱意を番組作りに向ければ、さぞや素晴らしい番組ができたんだろうな」

するとと真木は小松を見て、言った。

「うまくやれば、まだ充分正月特番で戦えます。視聴率はばっちり取れますよ。言うまでもありませんが、あおり文句は『利根川の最後のご挨拶』しかありません。そして、トネが迷路に姿を消す冒頭だけ映せば三十パーはイケます」

「マッキー、あんたって人は……」

小松は言葉を失う。真木は泣き笑いのような表情で、小松を見る。

それから振り返ると、加納警視正に言う。

「少し喋りすぎました。業務を遂行してください」

加納は片眉をぴくりと上げる。あわてて玉村警部補が真木を引き立て、調整室から姿を消した。

取り残された加納は調整室を見回す。そこには小松ディレクター、コンジロウ、そしてカメラを回すきっかけを見失ったカメラマンが立ちすくんでいた。

「時間を取らせたな。これにて一件落着だ」

小松は会釈し、すかさず言う。

「加納警視正、今度ぜひ正月特番・警察二十四時のメインに出演してくれませんか」

加納は顎を上げると、小松を見遣り、言い放つ。

「バカか、お前は」

小松は自分の両肘を抱き締めて、ぶるり、と身体を震わせる。

「その言い方、シビれるわあ」

加納は呆れ顔で小松を見る。そして大股でモニタ室を出ていった。

11　宴の終わり　　11月20日　午後5時

真木を乗せたパトカーがサイレンを鳴らし、発進する。加納と玉村は肩を並べ、去りゆくパトカーを見送った。

加納は、玉村の肩をぽん、と叩く。

「それじゃあ戻ろうか、タマ」

玉村はうなずき、車に乗り込む。キーを回そうとして、玉村は手を止める。

そして助手席で退屈そうにあくびをしている加納に向き直ると、尋ねた。

「それにしても、偶然というのは恐ろしいものですね。あんなに都合のいいタイミングでグーグル・アースが真木の姿を捉えたことが事件解決につながるだなんて」

加納はぽつんと言った。

「バカか、タマは。米国の軍事衛星の払い下げ情報がそんなグッド・タイミングで我々に対してアリバイ崩し情報を提供してくれるだなんて、あるわけないだろ」

「え？　それじゃあさっきの画像は一体？」

加納はノートパソコンを起動し、玉村に手渡す。

「『迷路』というフォルダー内の『白迷宮』を起動してみろ」

玉村は指示通りにパソコンを操作する。

「な、何ですか、これ」

玉村がすっとんきょうな声を上げる。

それはグーグル・アースの画像だったが、よく見ると画像展開は、さきほど真木に呈示した画面と瓜ふたつだ。

「ネットに接続しなくても見られるんですか？」

加納は片頬を歪めて笑う。

「ゆうべ俺が徹夜で作った、アリバイ崩し画面だ。グーグル・アースの検索画面を取り込んで、迷路画像をベースにして、モニタに映った真木の画像を組み込んだんだ」

「それって、でっちあげじゃないですか」

加納は人差し指を立て唇にあてがい、静かに、というゼスチャアをした。

「もとはと言えば、人殺しをしたあっちが汚いんだ。犯罪者を捕らえるため、こちらも少し道を踏み外すくらい、可愛いもんさ」

玉村はうなずきながら、反論する。

「でも、これでは証拠にはなりません。公判維持は不可能です。どうするつもりですか」

加納はにやりと笑う。

「心配性だな、タマは。その画面は自白を引きずり出すための補助線にすぎないから、公判に提出しない。確かにグーグル・アースでのアリバイ崩しはフェイクだが、犯人自身が自白したんだから、それでいいだろ」

玉村は呆然と加納警視正の言葉に耳を傾ける。

「さっきのやり取りを思い出せ。俺の疑問に、犯人《アイツ》は得々とやり方を喋っただろ？　あれこそ自白そのものでそのビニールテープを探し出せば、物証になる。これで公判維持は鉄板だ」

玉村は呆然と加納を見た。確かに論理に漏れはない。加納は続ける。

「取り調べの時、あり得ない情報を使って被疑者を揺さぶるのは、初歩のテクニックだ。今回はその応用さ。公判時はグーグル・アースのグの字も出さないから安心しろ」

「それは、『出さない』ではなく、『出せない』んでしょう」

玉村は、このやり方の危うさに思い至って、ぞっとする。

「今回、犯人が告白してくれたからよかったですけど、もしもそうならなかったらどうするおつもりでしたか？　捏造《ねつぞう》の責任をもろかぶりじゃないですか」

加納警視正はうなずく。

「確かに、危険はあったが、実際にはまず喋るだろうと思っていたよ」

「どうしてですか？」

「犯人は、かつてステージの片隅に立ったことがあった。自己顕示欲がなければ舞台には立てない。まして今、脚光の当たらない裏方に徹している、そんなヤツに突然スポットライトが当たる。そうしたら、絶対に我慢できなくなるだろうと思ったのさ」

一見危うげだが、加納警視正にとってすべては盤石の王道を進んでいるだけだったのか。しょげてしまった玉村を見て、加納は慰めるように言う。

「このやり方はフェアなんだぞ。ヤツは自分が作り上げた心理迷宮に自ら落ち込み、デッドエンドに突き当たり、洗いざらい白状する羽目になったんだ」

加納は理解し切れていない表情の玉村に言う。

「まだわからないのか。俺がヤツに尋ねたいくつかの疑問を、本当にこの俺がわからなかったとでも思っているのか、タマ？」

「ええ？　警視正は真相を看破していらしたんですか？」

「偏光サングラスの破片を見つけた時に、トリックはわかった。質問の中で、本当に俺がわからなかったことはひとつだけだ。最後に利根川の顔を上げさせるために、テープに何と書いたか、ということだけだ。あんな文学的な言葉だったとは、さすがに想像できなかった」

「『道に迷ったら、青空を見上げて考えよう』の、一体どこが文学なんですか」

「少なくとも俺には文学にしか思えないが」

「それじゃあ警視正は何て書いてあったと思っていたんですか」

加納はうつむいた。それから急に両足を投げ出し、ポケットに手を入れふんぞり返る。

「どうして俺がそんなことをタマに言わなければならないんだ？」

「警視正の思考法を学ばせていただき、捜査の参考にしようと思いまして」

まんざらでもない表情を浮かべ、加納は言う。

「仕方がない、教えてやる。俺は、『上を向いたら百万円』と書いてあると思ったんだ」

玉村は加納の顔を見つめた。次の瞬間、こらえきれずに大笑いする。

確かにその方が、利根川を確実に上を見させることができる。何という端的で即物的な表現だろう。つまり加納警視正は最初から最後まで真犯人を凌駕《りょうが》していたわけだ。

笑い転げる玉村を加納は憮然《ぶぜん》とした表情でちらりと見て、腕組みをした。


加納は笑い転げる玉村を苦々しげに見つめながら、続ける。

「結局、ヤツは自分が作り上げた心の迷宮に自分自身がはまり込み、自爆したんだ。俺は言葉で、ヤツの迷宮を捜査の密室に作り替えた。だが逃げ出すヒントは自分自身の中にあったんだ」

加納はため息をついた。

「ヤツが、この企画を心から愛していたなら迷宮から脱出できた。その迷宮は底抜けならぬ、天井抜けだからな。別の次元に逃げ出す。その鍵は、自分で呈示していたというのに」

「何ですか、その鍵って」

玉村が好奇心丸出しで尋ねる。

「あの横断幕さ。『道に迷ったら、青空を見上げて考えよう』。ヤツは自分が考え出した言葉の力を自分で信じていなかった。だから企画に裏切られてしまったんだ」

「どういうことです？」

「ヤツは天井の抜けた迷宮に画像監視の眼を導入して密室に作り替えた。その監視眼をかいくぐり犯行を行ない、アリバイを作り上げた。俺はそのやり方を逆手に取り、さらに高い次元からの監視で、ヤツの密室を破壊した」

「でっちあげ、ですけどね」

玉村がうなずくと、加納は続ける。

「そう、確かにでっちあげだ。つまりヤツは画像監視にフェイクの入り込む余地があることを熟知していた。だから俺がさらに上位の画像監視でアリバイ崩しに走った時、その真偽を疑うことはできたはずだ」

「難しすぎて、説明を聞いても一向にわかりません」

玉村が泣き声になる。加納警視正は優しい目で玉村を見て、言う。

「俺なら、指摘を受けた瞬間、自分のパソコンを起動して確認しただろう」

発進しない車の中、玉村は助手席に座る加納をまじまじと見つめた。

それから、はっと気がついて、手にしたノートパソコンでグーグル・アースを立ち上げる。キーボードを叩き地上を拡大すると、桜宮市上空にフォーカスを合わせる。

やがて玉村は顔を上げると、呆然と呟く。

「これは……」

そこには白い壁の迷路は、映っていなかった。その場所に映り込んでいたのは、今はなき碧翠院桜宮病院、通称でんでん虫の勇姿だった。

「周辺を見てみろ。撮影日時も特定できる」

玉村は画像上、その近隣を逍遥《しょうよう》する。そしてある場面で止まる。玉村は呟く。

「あ、火事だ」

加納が答える。

「ショッピングモール、チェリー大火災。桜宮の負のメモリアル・デイだ」

玉村はうなずく。桜宮市民であれば、忘れることができない大災害。年月を飛び越え、その日が眼下に蘇っている。

「こんなにタイム・ラグがあるんですか。これでは捜査には使えませんね」

加納はにやりと笑う。

「そうでもないぞ。グーグル・アースは画像をアップする頻度が少ないだけで、基礎画像情報は軍事衛星からは毎秒、地上に送られてきている。我々の目に触れないだけで、我々を監視している画像はこの世に存在している。俺はインターポールに働きかけ、その画像を捜査に利用できるよう協力せよと提案した。あちらはプライバシー問題があるので無理だと答えているが」

玉村は肩を落として加納に言う。

「これでは警視正が、足を使って調べる旧来型の捜査を時代遅れだとバカにするのも納得せざるを得ません」

加納は言う。

「捜査はモニタに張りつき検索かけまくりに変わるのかもな。そうしたらニートの引きこもりを大量雇用すればいい。連中は凝り性だから、丹念に捜査してくれるだろうし、ヒマ人間の余った時間の有効利用につながり、雇用創出、国力増強にもなるし、な」

加納は足元に転がっている、読みかけの推理小説を手にして続ける。

「これからは推理小説作家も困るだろうな。アリバイ崩しの最終兵器が素人にもこんなに簡単に手に入るようじゃ、旧来型の推理小説は成立しなくなる」

玉村は加納に反論する。

「今は推理小説なんて呼ばず、ミステリー小説と言うんです。それに、大丈夫です。ミステリー界はすぐに時代に追いつきますから」

「そうかな。新聞広告やネットであらすじを読む限り、推理小説の舞台になる時代は、どんどん過去に遡《さかのぼ》っているようだが」

玉村は少し考え、うなずく。

「おっしゃる通りかも。ＤＭＡもＡｉ（エーアイ＝死亡時画像診断）も、ミステリー界では一部専門家の他は未登場ですし」

加納は退屈そうに言った。

「最先端の科学や社会情勢を書かずして、いったい何が楽しいんだね、あの連中は？」

「そういう分野はＳＦとか社会派小説と言うんですよ、警視正」

「しち面倒くさい話だな」

「いずこも同じ秋の夕暮れ、です」

加納は肩をすくめ、玉村に言う。

「ま、今回の事件は、テレビという壮大で虚ろな世界に作り上げられた密室が見せた一幕の悪夢であり、その悪夢は天からの鉄槌によって、あえなく潰《つい》えたわけだ」

加納は笑う。

「人の心が作り上げた白い迷宮が崩れるのは、心の弱さゆえなんだな、タマ」

「加納警視正って、本当に詩人ですねえ」

加納は、玉村警部補の脇腹に一撃を食らわせてから、ぽつりと言う。

「さて、そろそろ行くか。谷口《たにぐち》本部長が首を長くして我々からの報告を待っているはずだ。さぞ驚いていることだろう。いきなり犯人だけが護送されてきたんだから」

そんな風にしてしまったのは、警視正の独断専行のせいでしょう、と言いかけて、止めた。また、脇腹に一発、痛撃を食らうのが目に見えていたからだ。

玉村は咳き込みながら、車のキーを回す。発進確認でバックミラーを覗き込むと、鏡の中で、迷路にかけられた横断幕が風に揺れていた。

「青空を見上げて考えよう、か」

玉村は呟く。その瞬間、今は流れていないはずの『カリフォルニアの青い空』の旋律が風と共に吹き過ぎていった。

夕空にちかりと星が光る。それが宵の明星か、はたまた軍事衛星の機影なのかは、玉村にはわからなかった。

不定愁訴外来での世迷い言　２

青空迷宮事件を語り終えた玉村警部補は深いため息をついた。田口が言う。

「いやあ、ナイチンゲール・クライシスの時も凄《すさ》まじいと思いましたけど、本当に加納警視正の捜査能力って高いんですねえ」

するとと玉村がため息をついてうなずく。

「ええ、あまりにも高すぎるので、いろいろ周囲との軋轢《あつれき》がありまして」

田口がぼそりと言う。

「そしてその軋轢の圧力がすべて玉村さんのところに集中する、と」

「ど、どうしてそんなことまでわかっちゃうんですか」

田口は、玉村と同じような、寂しそうな微笑を浮かべて、静かに答える。

「さて、何ででしょうかねえ」

田口は顔を上げて言う。

「それにしても、飛び道具ＶＳ飛び道具の空中戦は、本当に凄まじかったんですね」

「ええ、どうなることかと思いましたが、犯人が優しい人だったので、事なきを得ました」

ふたりは顔を見合わせて、黙り込む。ふたりの脳裏には、同時に加納の声が響きわたっていた。

——そういうのは優しいとは言わん。甘いと言うんだ。

気を取り直し、玉村が第三のファイルを取り上げる。

とたんに田口の顔色が変わる。

「ああ、そう言えばこんな事件もありましたね。この事件のあと、アリアドネ・フェノメノンが起こったんです」

「アリアドネ・フェノメノンも凄まじい事件でしたものね」

ふたりで会話を重ねていると、「凄まじい」という形容詞しか思い当たらない。

たぶん、厚生労働省の白鳥室長や警察庁の加納警視正ならば、もっと豪華絢爛《けんらん》たる形容詞の乱舞で飾り立てるに違いない、と思い、田口はふと、残念な気持ちになる。

それから、そんな妄想に囚《とら》われかかった自分にふと気づき、田口はあわてて首を振る。

そして田口は玉村を見た。

「このケースは、実は玉村さんに伺いたいこともたくさんあります。今後のウチの病院の方針とも深く関わる問題ですので」

「それはありがたいです。こちらとしても、今や東城大学医学部は心強い捜査協力者ですから」

田口の表情が一瞬、微妙なニュアンスを浮かべたのを、玉村警部補は、新たに出された珈琲を飲み干していたため、うっかり見逃してしまった。

では、と言うと、玉村は次のファイルを開いて、朗読を始めた。

3　四兆七千億分の一の憂鬱

01　まっとうな殺人事件

桜宮市警察本部　２００９年４月25日　午前９時30分

「加納警視正、大変です。殺人事件です」

桜宮市警察署、玉村警部補は震え声で告げる。顔に雑誌を伏せ、ソファに長々と寝そべっていた長身の加納が上半身を起こす。

くっきりした目鼻立ちと長い脚、一流ブランドに身を包んだその姿を見れば、この場面がテレビの刑事ドラマの一場面の収録中だと説明しても、観客は納得しただろう。

本庁に帰還していたが、短期出向で戻ってきた加納警視正は、気のない風に答える。

「タマ、何をそんな感動しているんだ？」

三十代半ば、中堅刑事然とした玉村警部補は、溢れ出る喜びの表情を隠そうともせず、言う。

「だって私が加納警視正と組むようになってから、いつも、ゆきずりで事件に遭遇したりとか、こっちから勝手に現場に押しかけたりとか、ふつうの事件に当たったことが一度もなかったものですから。こんなふつうの殺人事件を、加納警視正とご一緒できるなんて夢みたいです」

「あのな、タマ、お前の感覚はズレとるぞ。そもそも殺人事件はふつうでないから起こるのであって、一般的な殺人事件なんてあるはずないだろ」

「そうなんですけど、これはゆきずりの通り魔殺人で、桜宮署ど真ん中の事件なものですから」

加納警視正は起こした上半身を、再びソファに沈める。

「そんなありきたりの通り魔殺人に、この俺がかり出される必要もないだろう」

「あのう、お言葉ですが加納警視正、お話が矛盾してませんか?」

「なぜだ?」

「ありきたりの殺人事件というのはふつうの殺人事件ですよね。でもそんなのは存在しないと、たった今、ご自身でおっしゃったばかりなのでは?」

加納警視正ががばっと身体を起こす。

「口だけは達者になったな、タマ。よかろう、話を聞いてやる。簡略に話せ」

玉村警部補は手帳を開いた。

「第一報が入ったのは、昨晩です。刺し殺されていた女性が発見されたんです」

「ちょっと待て。それはおかしい。その手の通り魔殺人なら、捜査発表と同時にメディアが飛びつく。だがさっきからダダ流してる朝のワイドショーではちっともそんな話は聞こえてこない」

「はあ、加納警視正でもあんな番組をご覧になってるんですか。意外ですね」

ソファの脇に据えられたテレビから淡々と流れている画面を見遣り、玉村警部補が言う。

「情報を聞き流しているだけだ。どっちにしても通り魔殺人が報道されないのはおかしい」

玉村は加納に状況を説明する。

「私が通り魔殺人と言ったのは、容疑者は捕まったんですが、その容疑者と被害者の接点が過去にまったくなかったもので、便宜上、そのように表現しただけです」

「容疑者が確保されてる?」

加納警視正の声がすっとんきょうにひっくり返る。玉村は冷静に応じる。

「ええ、被害者《ガイシャ》の衣服に付着していた血痕のＤＮＡ型が、容疑者と一致したんです」

加納警視正は深々とソファに沈み込み、さらに顔の上に再び雑誌を載せてしまう。雑誌の下で、もごもごした声がする。

「それならもう、誰がやっても鉄板だろ。この俺に今さら何をしろというんだ、タマ？」

「ところがですね、コイツがなかなか難物でして、物証があるのに吐かないんです」

「血痕のＤＮＡ型が一致したなら、あとはアリバイを崩して、論理的に絞め上げれば簡単だ」

「ところが、それが意外に難しいんです。何しろ犯行日が同定できていないので」

加納警視正は再びがばりと身体を起こす。

「さっきから何をわけのわからないことを言っているんだ、タマ。通り魔殺人なら犯行日は同定されてるに決まってるだろうが。いつ、ガイシャは殺されたんだ？」

「ざっくり言わせていただければ、昨年十二月中旬頃です」

加納警視正はちらりとカレンダーを見て、言う。

「ざっくり、とは何なんだ。今は四月なのに昨日見つかったばかりの遺体の本人確認が済んでいるわ、殺人が行なわれたのが四カ月前と断定するわ、それを通り魔だと言うわ、挙げ句の果てに容疑者のＤＮＡ鑑定まで終了しているなどと、俺をからかっているのか、タマ？　今日は四月二十五日で、エイプリルフールはとっくに終わってる。もっとも、たとえエイプリルフールでも、そんなジョークを俺に仕掛けたらどうなるかは想像つくよな、タマ？」

玉村は、振り切れる限界に挑戦するかのように、思い切り首を左右に振る。

「とんでもないです。加納警視正にエイプリルフールのジョークを仕掛けるなんて、空弾倉のないロシアンルーレットに挑むみたいなものです。そんな勇気、私にはありません」

「ＯＫ。それじゃあ俺の疑問に答えろ。まず、四カ月前の遺体が昨日発見されたのならば、遺体は腐乱し本人同定には時間がかかる。なのにもう本人同定されているのはなぜだ？」

「遺体は綺麗な状態でして、家出人捜索願いと照合したらあっという間に身元が割れたんです」

加納警視正の表情が揺れた。少し興味が湧いたようだ。

「四カ月間綺麗なままの遺体だったのか。冷凍保存でもされていたのか？」

玉村警部補は目を見開いて、驚いたように言う。

「よくおわかりですね。その通り、彼女は四カ月間、雪の下に埋もれていたんです」

「雪の下？　遺体発見現場は一体どこだったんだ？」

「桜宮山脈の麓、桜宮スキー場・山頂積雪監視小屋の扉の前、です。積雪監視小屋は、スキー場から外れた場所に設置されています。そこで初雪を観測すると、その年のスキー場のオープンに向け始動する。同時に小屋は閉鎖されます。すぐに雪に埋もれてしまうものですから」

「なるほど、ひとつ疑問は解けたが、積雪を確認すると閉鎖するなんて、雪の監視小屋という名称のつけ方は論理的整合性にちと欠けるな」

加納のクレームを受け流し、玉村は説明を続ける。

「小屋は半地下に掘り下げられていて、降雪を感知すると小屋を閉鎖し、リフト運用を開始します。被害者は降雪直前に被害に遭い、そこに放置されたようです。で、雪解けと共に遺体が姿を現わした、それが昨日、というわけでして」

「なるほど。それで死体から血痕もサンプリングできたわけだな。すると次の疑問は、過去の通り魔なのに容疑者割り出しが異様に早いことだ。たった一日で犯人確保、その上ＤＮＡ鑑定まで終えるなんてそんな早業、どうやったんだ？　現場に犯人の名札でも落ちていたのか？」

玉村警部補が言う。

「順番が逆です。ＤＮＡ鑑定してから犯人を同定したんです」

「そんな曲芸みたいな捜査法、聞いたことがないぞ。どういう手品なんだ、それは？」

「お忘れですか？　二週間ほど前に大々的にされた桜宮署の広報を」

「知らん。広報には興味がないからな」

「でも、桜宮科学捜査研究所（ＳＣＬ）ＤＮＡ鑑定データベース・プロジェクト、通称ＤＤＰのことは耳にされたことがあるのでは？」

加納警視正の眼がきらりと光った。

「ＤＤＰ案件なのか、コイツは」

「ええ、その適用第一号です」

加納警視正は立ち上がる。

「容疑者を捜査で割り出しＤＮＡ鑑定したのではなく、現場の遺留物のＤＮＡ鑑定結果をデータベースにかけ、犯人を割り出したわけか」

「そうです。そうした捜査法を可能にしたのが二週間前、斑鳩《いかるが》広報官が大々的に創設をアピールしたＤＤＰだった、というわけです」

玉村はうなずくと、加納の眼が光った。

「それを早く言え。そうなると話が違ってくる。一刻も早く、容疑者にゲロさせて捜査の迅速性をアピールしなくてはいかん。現場は何をもたついているんだ」

「何しろまったく新しい検挙方法だったもので、従来の手法が通用できず、戸惑っています。そこで、ここはあらゆるしがらみからかけ離れた存在である加納警視正に、是非ともご登場願いたい、というのが谷口本部長のご意向でして」

加納は舌打ちをする。

「何て融通の利かない連中ばかりなんだ。仕方ない、取り調べに入る。だがまずはＳＣＬ（桜宮科捜研）に行って詳細な情報を確認してからだ。行くぞ、タマ」

声を掛けられる前に、玉村は扉を開け加納警視正の道を作ってかしずいていた。


セダンの助手席に長々と身体を伸ばした加納警視正の質問に、玉村警部補が答える。

「ガイシャの身元は？」

「白井《しらい》加奈《かな》、三十五歳、専業主婦です。趣味でネイルアートをたしなんでいます。夫は白井隆幸《たかゆき》、五十三歳、サンザシ薬品の常務で、サンザシ薬品研究所の副所長です。子どもはいません」

「十八歳差か。流行《はや》りの〝年の差婚〟というヤツだな」

玉村が驚いたように目を見開く。

「ええ？　警視正はそんなことまでご存じなんですか」

「何を驚いているんだ、タマ？　さっきワイドショーでやってたじゃないか」

玉村はなぜか安堵の表情を浮かべる。加納警視正は続けて尋ねる。

「コロシの方法は？」

「ダガーナイフで心臓を一突きです。今、司法解剖に回っていますが、警察官の経過報告によれば、死因は失血死でほぼ間違いないそうです」

玉村警部補が数枚のモノクロの写真を出す。加納はそれらをめくりながら言う。

「ダガーナイフ所持違反でもやれそうだな。そっちではしょっぴいたか？」

「残念ながら凶器のダガーナイフの所有者の裏付けは取れてません」

「こっそり持っているものだからな、ああいうのは」

加納は写真を玉村に返却する。写真の中で仰向けになっている女性は、驚くほど色が白い。

「まるで雪女だな」

加納にしては珍しく情緒的な台詞《せりふ》だった。玉村が応じる。

「失血死のあと、雪の下で冷凍保存ですからね。雪女の一歩手前まで行ったんでしょうね」

「五カ月近く失踪していたわけか。夫から捜索願いは出ていなかったのか？」

「出てはいたんですが、少々込み入った事情がありまして」

「奥歯にモノが挟まったみたいな言い方をせずに、とっとと話せ」

玉村警部補は、加納警視正の叱責に、思わず首をすくめながら答える。

「夫の隆幸氏が奥さんの不倫相手を訴えているんです。先日、和解勧告されたようですが」

「警察はストーカー以外の色事に関する民事には不介入だ。余計な情報は慎め」

「実は民事訴訟が起こされたのは、捜索願いが提出されたのと同時でして、どうも、その失踪も不倫相手が匿《かくま》っていると邪推したみたいなんです」

「つまり、その民事訴訟に失踪当時の状況が詳細に述べられている、というわけか」

玉村はうなずく。加納が言う。

「余計な情報と言った前言は撤回する。立派な容疑者候補だ。ところで、セレブな奥さまが、獣も通わない山深い場所へ足を運んだのはなぜだ？　拉致でもされたか？」

「民事裁判の陳情書から類推すると、不倫相手と会うために自分で行ったようです。彼女の相手は松原喜一《まつばらよしかず》、桜宮スキー場の専属インストラクターですので」

「なるほど、周辺事情は理解できた。ではＳＣＬで、間抜けな容疑者のプロフィールをじっくり拝見させてもらおうか」

玉村が運転する車は海岸沿いの桜宮バイパスを抜け、ゆったりと左にカーブを切った。そして針路を鬱蒼《うっそう》とした森に向けて、進入していく。

02　最新科学捜査

桜宮科学捜査研究所　4月25日　午前11時

杭打ち機の音が間断なく響き、加納警視正と玉村が乗った車と、砂利を運んだトラックがすれ違う。やがて広々とした空地に、三階建てのこぢんまりとした四角四面、グレーの建物が見えてきた。前庭の中ほどには『桜宮科学捜査研究所　Sakuranomiya Crime Laboratory（ＳＣＬ）』という看板が銀色に光っている。

隣では建築中の建物がカバーに覆われていた。ＳＣＬの高さの二倍はありそうだ。

加納警視正が車から降り立ちながら、呟くように言う。

「他に場所はなかったのか？　ここは桜宮にとって、あまりゲンのいい場所ではなかろうに」

この地は加納と玉村コンビにとっても思い出深い場所だった。一年半ほど前、正月特番撮影のための施設『青空迷宮』が建築された場所だったからだ。番組は収録中に起きた事件のためオンエアされず、お笑いマニアの間で幻の特番と呼ばれていた。

それだけではない。それよりもはるか以前、そこには桜宮の闇と呼ばれた、碧翠院桜宮病院があった場所でもある。

加納警視正は眼を細め、建設中の建物に背を向けて、銀色に光る海原に眼を凝らす。

海風が、ごう、と鳴り、加納警視正の背広の裾を揺らして、吹き抜けていった。

ＳＣＬ鑑識室室長に就任した棚橋鑑識官は、加納警視正に嬉々《きき》として所内に設置された最新機器の説明をしていた。

「でもってこの最新鋭のＤＮＡレーザー鑑定機が配備されている施設は世界中見回しても三カ所だけしかないんです」

「嬉しそうだな、タナ」

加納の言葉に、棚橋鑑識官はうなずく。

「そりゃそうですよ。この施設のおかげでどれほど鑑識業務がラクになることか。通常は数年かかるのに、斑鳩広報官のご尽力のおかげでたった半年で開所できたんです」

「斑鳩は、本庁でも得体が知れないヤツだったが、剛腕だな。さすが無声狂犬《サイレント・マッドドッグ》と呼ばれるだけのことはある」

手放しの褒め言葉とはうらはらに、加納警視正は渋面を作る。玉村警部補は本庁に行った時に小耳に挟んだウワサを思い出す。

——白い猟犬と黒い狂犬のペアが揃ったから、近いうちに桜宮で何かが起こる。こんな偏った采配など、平時では絶対にあり得ない。

斑鳩広報官は本庁でも室長待遇で、影響力が大きかったらしい。どうして警察庁きっての遣り手がふたりも、首都圏の端っこの弱小都市である桜宮に派遣されることになったのか。

それは霞ヶ関での暗闘の反映だ、というウワサもある。現在ＳＣＬの隣に建築中のＡｉセンターが焦点の的だというウワサなのだ。

加納警視正が棚橋鑑識官に尋ねる。

「先日、二十年前のDNA型鑑定の取り扱いを間違えた冤罪、松崎《まつざき》事件のせいで、検察のお偉方が謝罪したばかり。あれは法務・警察百年の歴史の中でも類を見ない、超特大級の不祥事だった。おかげでせっかく新しいシステムが立ち上がったというのに、逆風のスタートだ」

加納は眼を細め遠くの何かを睨みつける。それから柔和な表情に戻り、棚橋に言う。

「せっかくだからこの際、基礎から説明してもらおう。俺はDNA鑑定には詳しくないが、そんな言い訳を言っていられない時代になるだろうからな」

棚橋はうなずくと説明を開始する。

「DNA鑑定は一九八五年英国レスター大学のジェフリーズ博士が、DNAの塩基の繰り返し配列を調べれば個人識別できると『ネイチャー』誌に発表したのが最初です。当時はDNA指紋法と呼ばれましたが、分析のたびに違う結果が出るなど不安定でした。ところが同年、ユタ大学の中村祐輔《なかむらゆうすけ》氏がMCT一一八という部位に特化した検索法を樹立したところ有用性が格段に高まったんです。これを犯罪調査に応用したのが米国連邦捜査局（FBI）で、日本でも八九年に採用されました。その後、基礎技術が進化し、短い塩基配列の繰り返し（STR）部分の検査を併用しています。二〇〇六年には十五カ所のSTRを調べています」

「ち、やっぱり米国追随なのか」

加納警視正が吐き捨てると、質問を重ねる。

「そもそもDNAって何なんだ？　遺伝子とどう違うんだね？」

加納警視正の問いかけに、脇で聞いていた玉村が咳払いをして、言う。

「ＤＮＡは正式名称デオキシリボ核酸、二重螺旋構造の細い糸のような物質です。折り畳まれ、染色体となり細胞核に収納されています。この染色体の中に遺伝子があります。遺伝子によって親から子へ伝えられる遺伝情報は、タンパク質の設計図です。タンパク質はアミノ酸で構成され、アミノ酸はＤＮＡ上の四種の塩基、ＡＴＣＧの中から三種類の組み合わせで規定されます。配列は人によって異なり、特に遺伝情報と無関係のイントロン部分のＧＴＡＴＧＣやＡＧＡＴという配列の繰り返し回数は個人差が大きく、その差で個人を同定するのがＤＮＡ鑑定の基本です」

「よく知ってるな、タマ」

珍しく玉村を褒めた加納だったが、そんな風に感心するだけで終わらないのが加納の恐しさだ。すぐさま思いもよらないツッコミがやってくる。

「ところで、さっきからちらちら横目で見ているその本は、一体何だ？」

玉村警部補が避ける間もなく、加納警視正がその本を取り上げる。

「『トリセツ・カラダ』だと？　これは中学生向けの医学の参考書じゃないか」

「バカにしたもんじゃありません。医学の基礎は、大人だってわからないことだらけなんですから。私もこの本で娘にテストされ、身体の中身が全然描けなくて、散々バカにされました」

「タマの家庭内事情はどうでもいい。科学的なＤＮＡ鑑定になぜエラーが生じるんだ？」

棚橋が咳払いをして答える。

「二十年前、警察庁科学警察研究所が用いた鑑定法はＭＣＴ一一八法で、第一番染色体の部位の十六の塩基配列の繰り返し回数でＤＮＡ型を判定し、血液型と組み合わせ八百三十三人に一人が鑑別できるはずでした。しかしその後この方法では、実は百六十一人に一人という低率でしか鑑別できないことがわかってきたんです」

　棚橋の説明を、ふむふむ、と感心して聞いていた加納警視正が言う。

「百六十一人に一人では、桜宮市内だけでも容疑者が千人以上はいる勘定になる。そんな程度の精度では現場では、とても使えないな」

　棚橋はうなずく。

「そうですね。その問題が噴出したのが、先だっての松崎事件でした」

　棚橋の言葉に、加納警視正の表情がかすかに曇る。棚橋は無頓着に続ける。

「しかし、以前は増幅されたＤＮＡのバンドパターン判定が目視でエラーも起きやすかったのですが、現在はレーザー光を用いコンピューターが判定しますので、エラーは激減しました」

　棚橋が手元にある大型機械を愛《いと》おしげに撫でる。そして続ける。

「加えてＳＴＲを調べる箇所も十五カ所と増やしています。これで同じ型が出現する確率は四兆七千億分の一となりました。人類は七十億人ですから、つまり地球が百あっても特別なひとりを同定できる計算です。さらにＭＣＴ一一八法では、まとまった量の試料がないと分析できませんでしたが、ＳＴＲ法では微量サンプル、たとえば一滴の血液からでもＰＣＲ法を併用すれば分析が可能になったんです」

「よくわかりませんが、要は検査の精度が上がった、ということですか？」

玉村の合いの手に、棚橋はうなずいた。

「これでDNA鑑定の精度は飛躍的に向上しました。次はSCLの隣に建築中のAiセンターです。これで画像診断による医学的遺体検索が可能になります。ここまできたらあとは西の大型サイクロトロン、スプリング・エイトの次世代機種、小型サイクロトロン、スプリング・ナインを装備できれば完璧です。そうすれば微量物質の検出も一発で、硝煙反応もばっちりですし」

「いくら何でも、それは夢を見すぎだ。サイクロトロンの施設維持には膨大なコストがかかる。そんなもん、赤字が累積中の一地方都市にほいほい導入できるもんか」

加納警視正の言葉にはまったく反応もせず、棚橋はDDPシステムをうっとりと眺めている。

加納はぼそりと呟く。

「確かに科学技術の進歩は素晴らしい。だが過ちは過信から生まれるものなんだ」

加納警視正の警句は、有頂天の棚橋の耳には届いていないようだった。


加納警視正、玉村警部補、そして棚橋鑑識官の三人は、地下の試料室に向かう。階段を降りながら、棚橋が説明を続ける。

「この地下試料室が、DNA鑑定データベースプロジェクト、略称DDPの心臓部です。ご存じの通り、指紋は有用な捜査ツールですが完璧ではありません。もちろん、天下の加納警視正なら、それがなぜだかご説明するまでもなく、もうおわかりですよね？」

なぜか珍しく挑発気味な棚橋の質問に、加納警視正は視線をさらりと玉村に投げて言う。

「なぜだと思う、タマ？」

これは答えるに値しないと加納警視正が考え、なおかつそんな低俗な問題に対する回答を自身が知らない時によく使う手だ。仕方なく玉村は当てずっぽうで答える。

「世の中すべてのヒトの指紋を集めることができないからではないですか？」

「バカだな、タマ。そんな当たり前のこと……」

「正解です」

棚橋の回答に、発言も内容も腰を折られ、加納警視正の表情がぴくりと変わる。

そして即座に言い直す。

「バカだな、タマ。そんな当たり前のことを。正解に決まってるだろう」

棚橋はそんな加納の言葉のニュアンスの変化に気づかずに続ける。

「DNA型で容疑者を割り出すためには、背景に血液サンプルを基にした膨大なDNA型のデータベースが必要になりますが、このデータベース構築がもっとも困難なんです。医療現場に協力してもらえれば話は早いんですが、医療現場では捜査に個人情報を提供することにはきわめて消極的です。まあ、それはもっともな話なんですが」

加納はうなずく。

「最近は個人情報保護法とかいう厄介な法律が捜査の足を引っ張ること、甚だしいからな」

「そこをどうクリアするかが最大の課題でした。そこで斑鳩広報官が東城大学医学部と協議し、採用した骨格は実に画期的なものでした」

「どう対応したんだ、あの狂犬野郎は？」

加納の剣呑《けんのん》な形容詞を聞き流し、棚橋鑑識官は続けた。

「警察捜査という枠組みを超え、製薬会社や病院と協力体制を築いたんです。最大のポイントは、試料の個人情報とリンクさせるマスターキーを医療現場の手に委ねたことです。これには度量が必要です。何しろ警察も検察も情報を独占したがることにかけては双璧ですから、一部とはいえ捜査情報に関わる決定権を他分野に委ねるなど、本来なら決して対応できない相談です。でも斑鳩広報官がその提案を受諾した結果、ＤＤＰシステムによりこの事件が解決へ導かれたのです」

「なるほど。で、そのマスターキーとは何だ？」

「患者個人情報と試料のリンク情報です。試料にナンバリングし、ＤＮＡ解析します。でもって犯行現場で採取されたＤＮＡ情報と照合し、一致した場合にのみ試料提供を受けた医療担当部署に問い合わせ、個人情報を教えてもらう仕組みです」

「つまり容疑が固まった場合のみ、犯人の住所氏名年齢職業を教えてもらえるのか？」

「その通りです」

「だとしたら、教えてもらえない情報は何だ？」

「患者が血液サンプルを医療機関に提供した理由、つまり試料患者の病名です」

「まあ、妥当な対応だな」

「ですが、医療現場ではそうした情報秘匿が担保されなければ対応できない、という答えでして。それで斑鳩広報官はマスターキーは医療現場で管理するという妥協案を呑んだのです」

「興味深い。あの狂犬野郎をそこまで押し戻す、気骨のある医療組織はいったい、どこだ？」

加納警視正はそう言ってから、言葉を変える。

「いや、答えなくていい。そんな酔狂な施設は、日本中探してもあの大学病院以外にあり得ないからな。知りたいのは、実際に東城大のどの部署が渉外部署として対応したか、だ」

わくわくして答えを待ち構える加納警視正に、棚橋鑑識官は書類をめくりながら、答える。

「ええと、エシックス・コミティという組織で、責任者は沼田《ぬまた》准教授です」

「沼田先生、ねえ。聞かない名前だな」

予想が外れて拍子抜けした表情になった加納は、棚橋に言う。

「ということはつまりＳＣＬ《ここ》に来てもＤＮＡ鑑定で一致した容疑者の住所氏名年齢職業といった、調書の最初に記載される情報以上のものは得られない、というわけか」

棚橋はうなずく。加納は言う。

「そうとわかればこんな所には長居無用だ。行くぞ、タマ」

「行くぞって、どちらへ？」

「容疑者の取調室、もしくは東城大学医学部付属病院のどちらかだ」

「どちらにします？　身体はひとつしかありませんが」

「ドライブがてら、車中で決める」

03　捜査網にかかったフリーター　　桜宮市警察本部　4月25日　午後1時30分

結局、最初の行き先は桜宮署になった。

加納が、気乗りしない様子をありありと漂わせながら、桜宮市警察へ向かうように指示すると、玉村の運転するセダンは、ゆっくりと方向転換をした。

本当はまっさきに東城大に顔出ししたかったようだが、行き先がエシックス・コミティという顔なじみのない組織だったため、容疑者聴取を先にしたようだ。

バックミラーに建築中のＡｉセンターの威容が映り込み、車の加速と共にその像が小さく霞《かす》んでいった。

桜宮署に戻ると、加納は自分の居室で、玉村から容疑者のプロフィールの説明を受けた。

「被疑者は馬場利一《ばばりいち》、三十一歳、フリーターです。桜宮の蓮っ葉《はすぱ》通り裏手のおんぼろアパートに住んでいます。数年前殺人事件があり、建て直すため大家から立ち退きを求められているのですが、頑として聞かないようです」

加納警視正はちらりと調書の最初を見て、ふむ、と呟く。

「例の桜宮バラバラ事件の現場のアパートか。あそこも桜宮の結界のひとつだな」

玉村警部補は、淡々と続ける。

「馬場は四、五日バイトをしては、二週間部屋に引きこもるというパターンの生活だったようです。半年前のアリバイを確定してくれる証言は得られていません」

「犯行日時は特定できたのか？」

「昨年十二月の二十二日から二十四日の間と考えられます」

「どうしてわかった？」

「積雪観測小屋を閉める二十二日、周囲に遺体がなかったことを複数のスキー場スタッフが確認していますす。そして二十四日にドカ雪が降ったことを桜宮管区気象台で確認済みです。したがってその間に被害者が小屋の前に放置されたのは、ほぼ確実でしょう」

「理に適《かな》ってるな。ところで容疑者はどういうバイトをしてたんだ？」

「種々雑多なバイトをこなしていたようです。今のような不景気でも、きつくて安い仕事なら、よりどりみどり、ですから」

「生きていくだけなら、根無し草でもさほど難しくはない世の中なのか」

加納が呟くと、扉が開いた。制服を着た警官が敬礼し、告げる。

「容疑者を取調室に移送しました」

加納はのっそり立ち上がる。

容疑者は拘置所に留置されていた。一応任意ではあったが、ほぼ強制逮捕状態に近い。現場の被害者の衣服についていた血痕と、四兆七千億分にひとりの一致率でＤＮＡ型が一致したのだから、それも仕方がないだろう。

取調室に入ったとたん、加納はどんよりした気分に襲われてしまった。もっさりした体型からは〝仕事をしたくないオーラ〟が吹き出ていた。ひょっとしたら、自宅にいるよりも留置場にいた方がラクでいい、などと考えかねないような、覇気に乏しい、陰気な男だった。

「名前は？」

返事がない。もう一度質問を繰り返すと、くぐもった声でひとこと返ってきた。

「バンバン」

怪訝な表情で加納は馬場を見る。

隣で供述メモを眺めていた玉村が加納に耳打ちをする。

「バンバンと名乗る重度のゲーマーで、バーチャル世界ではそこそこの有名人です」

玉村は語感を確かめるようにもう一度小さく「バンバン」と呟いた。

お遊戯につきあってられるか、と小声で吐き捨て、加納は馬場に人差し指を突きつける。

「馬場利一、だな」

長いぼさぼさ髪を揺らし、容疑者・馬場利一は一瞬首をひねったが、加納の断固とした視線の強さを感じ取ったか、諦めたようにうなずく。ジャージの裾のほころびを気にする風もない。

加納が言う。

「お前は白井加奈殺しの容疑者として拘束された。単刀直入に聞く。お前が殺ったのか？」

馬場は首を振る。玉村警部補が丁寧な口調で尋ねる。

「白井加奈さんは昨年十二月の二十二日から二十四日の間に殺されたのではないかと思われます。

その間あなたはどこにいたか、覚えていますか？」

　馬場は首を振る。

「思い出してください。でないとあなたが犯人であることを否定できなくなってしまいます」

　馬場はようやく言葉を発する。

「だって、やってないんだから、やってないって言うしかないじゃん」

「それを証明してみろと言っているんだ」

　加納警視正が苛立たしげに言うと、馬場はぼんやりした表情を向けて、言う。

「覚えてないから仕方ないし」

「いいのか？　それなら犯人と断定してしまうぞ」

「じゃあ刑事さんは覚えてるの？　去年十二月二十二日から二十四日に何してたのか」

　玉村が肩をすくめる。

「そんな昔のことを突然言われても、急には思い出せないな」

「ほら、それなら犯人は刑事さんかもしれないじゃないか」

　加納と玉村は顔を見合わせた。諦め顔で加納が言う。

「では、質問を変えよう。鑑定の結果、被害者の衣服に残された大量の血痕が、お前のＤＮＡ型と一致した事実はどう説明する？」

「知らないよ。とにかく覚えがないんだよね」

　スローモーな応答に、加納は馬場の手首を摑んだ。

「ダメですよ、警視正」

玉村の制止を押し切って、加納は馬場の手首のジャージをまくり上げる。

「この傷はどうした？」

手首から二の腕にかけて、二条の傷痕がさらされる。

「さっきから気になっていたんだ。刃物の傷痕だな。どうしてこんな怪我をしたんだ？　被害者を襲った時に争ってついたんじゃないのか？」

馬場はぼんやりと、加納に摑まれた自分の腕を見た。そして答える。

「これはバイトの時の傷痕だよ」

「腕を傷つけるバイトをした、と言うのか？」

馬場はうなずく。「そうだよ」

「どんなバイトなんですか？」と玉村が畳み込む。

「斡旋業者に言われて行っただけだから中身はよくわからないけど、新薬を飲むバイトだよ。そういえば二回目が、十二月下旬だったような気もしたなあ」

「タマ、裏付けを」

「了解しました」

玉村が部屋を飛び出ていった。加納は馬場を見下ろし、言う。

「裏付けが取れるまで小休止だ。言っておくが、疑惑が晴れたわけではない。裏付けが取れても、DNA鑑定という物的証拠はお前をどこまでも追いつめるからな」

馬場は無表情に、加納の顔を見上げた。そしてぼりぼりと鬱陶しい長髪を掻《か》いた。

加納は居室で、ソファに寝そべり馬場の傷痕の写真を眺めている。そこへ玉村が息せき切って戻ってきた。

「警視正、ウラが取れました」

「腕を傷つけるバイトなんて、本当にあったのか?」

玉村がうなずくと、一枚の紙を差し出した。

「これがバンバン、いや、馬場のバイト歴です」

加納はちらりと眺める。

「タカサキパンの徹夜バイトに街角でのティッシュ配り、引っ越し屋の手伝い、意外によく働いているじゃないか」

「それは昨年下半期分の、ヤツの仕事歴なんですけど」

「なんだ、半年間でたったこれだけか。いい年をして何を考えているんだ」

「本人も正社員になりたい気持ちがあったらしいんですが、不況で無理だったみたいです。だからといって人を殺していいというわけでもないんですけど」

「決めつけるなよ、ヤツはまだ被疑者だ。ところでどれが手首を傷つけるバイトなんだ?」

玉村が項目を読み上げる。

「これです。某製薬会社・十一月十五日から一週間拘束。内容は極秘」

「さっぱりわからん。日時が違うから、アリバイにはならんが、もう少しわからないのか？」

「個人情報保護法のため、これ以上は無理です。でも抜け道がないわけでは……」

「何だ、あるならとっとと言え」

「このバイト、製薬会社が東城大に研究協力を求めているんです。つまり、研究主体は製薬会社ですが、実施は東城大学医学部付属病院なんです」

「それを早く言え」

加納はすっくと立ち上がる。

「どちらへ？」

「決まっているだろう。東城大学医学部付属病院だ」

「でも、研究協力した部署を調べてからでないと……」

「バカだな、タマ。そんな時はどこに行けばいいか、わかるだろ」

一瞬考え込んだ玉村は、ああ、と手を打つ。

「了解しました」

「行くぞ、タマ」

「アイアイサー」

04　不倫外来

東城大学医学部付属病院本館　4月25日　午後3時

東城大学医学部付属病院本館は十三階建てだが、現在、隣にホワイト・サリーと呼ばれる新病院棟が建築中だ。加納たちが向かったのは本館の方だった。

本館二階、外来の突き当たりの扉を開き、外付けの非常階段を一階に降りていくと、そこにはまた扉があり、そこを開くと隠し小部屋みたいな待合室になっている。

設計ミスでできた部屋だけあって、たどりつくための手順も手が込んでいる。

「ここも桜宮の結界のひとつなんだろうな」

加納警視正はぼそりと言いながら、とんとんとリズムよく、軽やかに階段を降りていく。

加納警視正が待合室の扉を開くと、珈琲の香りがぷん、と漂ってきた。ぴくり、と鼻を鳴らすと、ひとこと呟く。

「ブルマンか。相変わらず豆だけは贅沢していやがる」

部屋の中には、ぼさぼさ髪の中年男性が座って、のんびり珈琲を飲んでいた。その男性は、突然、形式ばかりのノックひとつで乱入してきた加納を見て、ぎょっとした表情になる。

加納警視正の非礼を詫びるかのように、玉村警部補が丁寧なお辞儀をする。

「ご無沙汰してます、田口先生。ご機嫌いかがですか」

田口はほっとした表情で玉村に穏やかな声で返礼する。

「そうですね、みなさんがお見えになる直前までは具合はよかったんです。今日は特別に穏やかで、あと二時間もすればお役御免になるはずだったんですけど……」

加納はずかずかと部屋に入り、どしんとソファに腰を下ろす。大股を広げポケットに手を入れ、ふんぞり返ると、田口に言う。

「よう、不倫外来の田口先生、久しぶりだな。実は今日はあんたにぴったりの事件の相談にやってきたんだ」

「不倫外来ではありません。不定愁訴外来です」

田口公平。東城大学医学部付属病院に所属する医師だ。中年という幅の広い表現が似合う年頃でもある。そして所属する部署と肩書きは、不定愁訴外来の責任者、院内リスクマネジメント委員会の委員長、そして近日中に創設される、Ａｉセンターのセンター長だ。

本職の不定愁訴とは、疾患は明瞭ではないが、ささやかな症候が生じる状態で、責任者の田口の名前をもじって愚痴外来とも呼ばれる。加納警視正は、役人らしく正式名称で呼ぼうとして、いつも不定愁訴という言葉と不倫という言葉を混同してしまう。

おそらくどちらも、加納の興味の対象外だから混同するのだろう、と玉村は勘繰っていた。

突然、加納の背後から音もなく珈琲カップが差し出された。

加納は顔を上げる。愚痴外来の専属看護師、藤原真琴《まこと》がにっと笑う。

加納はぼそりと呟く。

「相変わらず恐ろしい婆さんだ。まったく気配を気取らせずに、この俺の背後を取るとは」

加納はこれまでの経緯を一息で説明した後、珈琲を一気に飲み干した。

「というわけで、馬場利一が受けた実験バイトの内容を知りたい」

「実験バイトではなく、治験と呼ぶんですが。ただし……」

田口は、加納から視線を切らずに、続ける。

「この情報は個人情報保護法の下にあるので、警察の要請には対応しかねます」

加納は鼻先で、ふん、と笑う。背後から藤原看護師が二杯目の珈琲を注ぐ。加納は会釈で礼を返し、ひとくち珈琲をすする。

「相変わらず杓子《しやくし》定規だな。不倫先生はどうしてそんなに頭が固いかな」

「業務と不倫は無関係でして。何なら決定部署の責任者を、ご自分で説得してみてはいかがですか？」

「断る」

加納は即答した。

「どこが関連部署かご存じですか？」

田口の問いかけに、加納は答える。

「どうせ、エシックスなんとか、という屁理屈《へりくつ》部門だろ？」

図星だった。あまりの即断と正確な理解状況に、田口は話の接《つ》ぎ穂を失い黙り込む。そんな田口に向かって、加納は滔々《とうとう》と語り始める。

「そもそもエシックスなる、倫理野郎は屁理屈ばかりで、物事を何ひとつ決められない。そんなヤツらを相手にしたら情報を引き出す前に犯人に逃げられてしまう」

「よくご存じなんですね、エシックスのこと」

加納は首を横に振る。

「知らん。だが霞ヶ関にも検討会と称しそんな連中が舞台裏で大勢跋扈《ばっこ》しているからな。大方そんな連中のお仲間だろうと目星をつけただけだ」

——相変わらず、鼻が利くお方だ。

田口はため息をつきながら、ひそかに、電子猟犬・加納VS泥沼エシックス・沼田准教授の闘犬を見物しそこねたことをとても残念に思っている自分を発見していた。

「ではどうして、ここにお見えになったんです?」

訊《き》くだけ野暮な質問だ。案の定、加納はあっさり答える。

「ここが、この病院で一番、外圧に弱い部署だからだ」

「そんなことありませんよ。こう見えても私だって、病院のルールは遵守《じゅんしゅ》しますから」

「だからこそ、だ。例によって腹黒タヌキ、院長の了解は取りつけたから、これは院長命令だ。サンプルナンバーDD20090052、馬場利一の治験内容のデータを直ちに呈示しろ」

田口は加納を見つめた。やがて指を組んで言う。

「それは嘘ですね」

「なぜそう思う? 俺の表情の変化でも読み解いたのか?」

田口はゆっくり首を振る。

「加納さんはそんなことを表に出すほど、ナイーブな方ではありません」

「じゃあ、なぜわかった？」

田口は笑顔で加納の隣を指さす。加納の付き人、玉村警部補はぎょっとした表情になる。

「さっきから玉村さんがしきりに鼻をこすってました。これは加納さんが嘘をついている時に、玉村さんに出る症状なんです。おふたりともご存じなかったでしょうけど」

加納が首をめぐらせて、玉村を睨みつける。

「この役立たず。こんなことで俺の足を引っ張るとは、四国霊場八十八カ所の遍路めぐりに旅立ちたいのか？」

玉村は、ぶるぶると身体を震わせる。「と、とんでもございません」

「じゃあ、ミスをリカバリーしろ。どうすればいいか、わかってるな」

玉村は視線を宙に走らせ、とまどいの表情を浮かべる。加納は怒鳴りつけた。

「バカ野郎。俺がさっき言ったことを嘘から出た真実にすれば問題はないだろ。とっとと腹黒院長のところへ行って、正式な許可を取りつけてこい。すぐにＯＫが出るはずだ」

玉村警部補は言葉の勢いにはじかれ、脱兎の如《ごと》く姿を消した。

加納警視正はうまそうに二杯目の珈琲をすすり、じろりと田口を見る。

「どうしてそこまで手続きにこだわる？　あんたは、あの腹黒院長に似て、融通が利くタイプのはずだが」

田口は加納を見つめた。それから静かに微笑する。

「いつもなら、加納さんの勢いに押し流されていたでしょう。でもこれはＤＤＰ案件ですから」

「どこが違うんだ。いつもと同じ捜査情報提供だろう」

田口は静かに首を振る。

「これまでの協力は非公式、つまり私個人と加納さんとの関係に収束していました。でもこの案件は医療情報をシステマティックに捜査情報として提供する新システムです。そうであるならば、そこにはオフィシャルな境界線を引かなくてはならない。さもないと司法が医療を侵食し、境界線が破壊されてしまいます」

「信用がないんだな、俺たち捜査関係者は」

加納の静かな声に、田口も静かに返す。

「加納さんは信頼してます。でも医療システムの一員として、司法システム全体に対して抱いている不信感は、決してゼロにはなりません」

そう言いながら、田口はパソコンのキーボードを叩き始める。画面をクリックすると、隣のプリンタから紙が吐き出され始めた。書類の端を丁寧に揃え、ホチキスで留める。

その時、扉が開き、息せき切って玉村警部補が戻ってきた。その手には一枚の紙が握りしめられていた。

「高階病院長と膝詰め談判の末、ついに許可を頂戴しました。田口先生、馬場利一の治験情報の提供をお願いします」

田口は玉村から紙を受け取り、その内容を一瞥《いちべつ》すると、代わりにたった今ホチキスで留めたばかりの資料を手渡した。

「これが当院に保存されている馬場利一氏の個人情報です。お疲れでしょう。もう一杯珈琲を召し上がりますか？」

玉村警部補はぺこりとお辞儀をして、言う。

「せっかくですが時間がありません。お気持ちだけ頂戴します。警視正、署に戻りましょう」

加納警視正は何かを言いかけたが、黙って立ち上がる。

それから田口に小さく会釈をして、部屋を出ていった。


署に戻る車中、加納警視正は腕組みをして黙り込んでいた。獲得した書類を確認しようともしない。やがてぽつんとひとこと呟く。

「医療と司法の境界線か。どこかで聞いたことがある言葉だな」

それから深々とため息をつく。

「またしてもヤツにつまらん借りを作ってしまった。それにしても棚橋が言っていた、マスターキーを医療側に渡すという姿勢は、案外重要で有効な決定だったのかもしれんな」

玉村の運転する白いセダンが再び、桜宮署に滑り込んだ。

05　ふたりの参考人

桜宮市警察本部　4月26日　午前10時

　車中では珍しくアンニュイな様子だった加納は、部屋に戻った途端、いつもの表情に戻っていた。ぱらぱらと資料を眺め、机の上に放り投げる。

「つまらん。これで一件落着、捜査は終わりだな」

　玉村警部補が投げ出された資料を取り上げる。見ると書類には細かなデータと共に手首の写真が連続して数枚貼りつけられている。

「キズナオルという、傷の治りを早める新薬の治験だ。手首を刃物で傷つけ、薬を服用させながら傷の治り具合をチェックしてる。一週間採血し、薬剤の血中濃度を計測し、データ計測と解析部分を東城大が請け負う。ちなみに新薬の主成分は、パテントール・ハヤクチユというらしい」

「で、どうしてこれで終わりなんですか」

「見ろ、治験の傷は一カ所しかない。さっき、馬場の手首を確認しただろ？」

　玉村警部補はその光景を思い出す。古傷が二本、手首に走っていた。

「治験では一本の傷が、今は二本。残りの一本はいったいどこで、誰につけられたのかな？」

　退屈そうな加納の声が、部屋に響いた。

　念のため不倫相手も聴取しておこうという加納の気まぐれのせいで、その翌日、スキー・インストラクターの松原は任意同行を求められた。

年齢は四十代半ばだが、春先なのに真っ黒に日焼けし、胸毛がのぞく胸元には太いチェーンのネックレスをじゃらじゃらさせ、笑うと白い歯が眩《まぶ》しい様子は、年不相応で暑苦しい。

「何をへらへら笑ってるんだ？」

加納が言う。松原は答える。

「厄介ごとがいっぺんにふたつも片づいてしまったんで、嬉しくて、つい、ね」

「ふたつ、というと？」

「ひとつは加奈のこと、もうひとつは裁判沙汰です。加奈があんまりしつこいからいいかげんうんざりして、いつ別れを切り出そうか悩んでいた矢先の失踪騒ぎ。ラッキーと思っていたら、今度は突如旦那がトチ狂い、俺が加奈を匿ってるだなんてピントはずれの民事に訴えてきて、職場に怒鳴り込んでくるし、もう散々な目に遭いました。話し合おうにも、肝心の相手が不在ですから始末に負えません。でも加奈は死んでいたとわかったので、係争中の民事も和解の打診がありました。もう、向こうも投げ遣りですよ。そりゃそうでしょ。旦那も奥さんが亡くなってたら訴訟を続行する意欲なんてなくなりますもの」

「もうちょっと言い方があるんじゃないか。かりそめにも一時は情を通じた相手だろ」

玉村の非難を松原はあっさり切り捨てる。

「情を通じたなんて、古くさい表現ですね。昼メロの見すぎですよ、刑事さん。今や不倫なんて挨拶代わり、社会問題にもなりません」

加納がぎろりと松原をにらんで、言う。

「ならばこの俺が、生きた化石の刑法、姦通罪《かんつう》で刑事告訴してやろうか？」

加納の脅し文句は、松原には何の影響も与えなかった。

さすがの加納もため息をつく。姦通なんてもはや死語だ。そんな法律を持ち出しても、誰もびびらない。そしてそんな法律が未だに冷凍保存されていることに誰も疑問を抱かない。

社会は法律の頑迷さと時代遅れの珍妙さに、とても寛容だ。

加納は松原の肩をぽんぽんと叩いて、言う。

「今回の事件では容疑者が拘束されてるから、安心して大口を叩いているんだろうが、俺はすべての可能性が否定されるまで、容疑者は犯人でないかもしれないというスタンスで捜査する。ということはお前もまだ容疑者だ。そうやってぺらぺら自己中心的な心情を垂れ流していたら、いつ何時《なんどき》、状況が変わっても不思議はない。覚悟するがいいさ」

「何言ってるんですか。事情聴取した刑事さんが教えてくれましたけど、捕まった犯人のDNA型と、被害者の衣服に付着した血液のDNA型が、四兆七千億人にひとりの確率で完全に一致してるんでしょ。だったらその容疑者を逮捕すれば終わりだ」

加納は目を細めて言う。

「お前を取り調べた刑事は相当口が軽いようだな。後でとっちめておく。だが科学が百パーセント正しいとは限らない。それなら別の情報を教えてやる。いいか、容疑者には動機がない。被害者との接点が確認されていないんだ」

「通り魔事件だから、面識なんて、なくても当然でしょ」

「事件は半年前。たまたまＤＮＡ型が完全一致した容疑者が見つかり、被害者との接点が見つからなかったから通り魔犯罪だ、と判断しただけのことだ。見直せば、ふつうの動機がある犯罪の可能性も捨てきれない。そして捕まっている容疑者は、誰かにハメられたか、あるいは単なる捜査ミスだという可能性も、ないこともない」

「でも、ＤＮＡ鑑定で完全一致してるんでしょ」

「問題はそこだ。通り魔と称された容疑者にはＤＮＡ型完全一致という物証があるが動機はない。そしてお前は、物証はゼロだが動機はある。ふたり合わせると完璧な犯人像になるんだが」

松原は呆然として加納を見つめた。

「まさか俺が共犯で、ヤツをけしかけたとでも言いたいんですか？」

「そう考えないと、あんな辺鄙《へんぴ》な場所で見知らぬふたりがたまたま出会う可能性なんて、それこそ四兆七千億分の一程度の確率でしか起こり得ない気がしてね」

松原の表情が一瞬、真っ青になる。それから震える唇で、言う。

「バカなこと言わないでください。俺が共犯なら、今頃容疑者はそのことを喋ってるでしょ。自分だけ捕まるなんてバカらしいですから」

「常識で考えれば、な。だが容疑者は、見知らぬ女性をそれまで行ったこともない山奥で準備周到に用意したダガーナイフで刺し殺してる。おまけにヤツはやってない、と主張してる。非常識な話だろ。もし仮に、ヤツが犯人でなかったら警察は次の容疑者を捜さなければならないのさ」

加納は人差し指のピストルで、日焼けした松原のにやけた笑顔に向かって、空砲を発射する。

「その時、第一容疑者に格上げされるのは、一体誰だろうな」

松原の表情が凍りつく。

「お前には立派な動機がある。それだけではなくて、被害者と最後に会った人物で、遺体発見場所はお前の勤務地に近い。な、無罪放免するのは時期尚早だろ？」

松原はごくりと唾を飲み込んだ。加納は続けた。

「俺はお前を聴取した警官とは違うタイプでね。思い込みは激しいし、人使いも荒い。徹底的に部下に調べさせたりもする」

加納は片頬を歪めて笑う。

「だから今ここで、詳しく思い出せ。最後に被害者と会ったのは、いつだ？　いい加減なことを言っても調べればすぐにわかる。一から徹底的に洗い直すからな。その時、聴取と違う事実が出てきたら、遠慮なくしょっぴかせてもらう。お前が犯人でないのなら、今のうちに事実を正直にウタっておいた方が身のためだぞ」

松原は震えながら加納を見つめる。それから小声で言う。

「本当でしょうね？　正直に言えば手荒なことはしないでくれますね？」

「当たり前だ。日本は法治国家だし、俺は国家の番犬だ。ただし例外がある。それは、お前が犯人だと確信した場合だ。だがそれは約束違反ではない」

松原は力なく首を振る。加納は追い打ちをかける。

「もうひとつ、重要情報を教えてやる。俺はこれまで捜査場面では一度もウソはついたことがない。だよな、タマ？」

質問を突然振られた玉村は、ものすごい勢いでうなずいた。

松原はしばらく考え込んでいたが、やがてぼそりと言った。

「積雪監視小屋の閉鎖日が決まった前の晩、加奈を小屋に呼び出しイッパツやりました。そういうシチュエーションになると燃える女なんです、アイツ。翌朝、寝ていた加奈をたたき起こし、小屋から追い出し鍵を掛けました。寝坊して遅刻しそうだったので、私はそのままスキー場に向かいました。それが加奈を見た最後です」

「愛人を山奥の山荘に置き去りにしたわけか」

「加奈は自分の車で来ていて、小屋から歩いて十分の駐車場に車を止めていたんです。浮気だから、小屋の前に駐車するわけにいかなかったんです。俺は仕事だから、小屋の前に止めましたけど。別れたあとは駐車場まで歩いていって、車で自宅に戻ったとばかり思ってました。たぶん、その途中で通り魔に襲われたんでしょう」

「駐車場まで送ってやろうとは思わなかったのか。冷たい野郎だな」

加納が吐き捨てると、松原は言い訳するように言う。

「仕方がなかったんですよ、刑事さん。リフト開きの日は社長が訓辞するんですが、こいつに遅刻するとクビが危ないんです。加奈も、文句は言いましたが結局納得してくれました。この間の聴取で言わなかったことはこれだけです」

「ということは、お前が被害者を最後に確認したのは、十二月二十三日の朝でいいんだな？」

加納はドスを利かせ、念押しする。松原は青ざめた顔を何度も前後に揺らした。


取調室を松原が出ていったあと、玉村が尋ねる。

「どうしてあんな挑発的な言い方をしたんです？」

質問には答えず、加納は警官を呼ぶ。

「今の重要参考人に、誰か張り付けておけ」

敬礼した警察官が姿を消した。

「彼は容疑者ですか？」

加納は玉村を面倒くさそうに眺めた。

「どうしてタマはそんな風に結論ばかりを急ぐんだ？　もっと捜査の過程を楽しまなければ磨《す》り減ってしまうぞ。気をつけろよ、警察は労災を認めない組織だからな」

加納は爪切りを取り出し、爪を切り始める。ぱちん、ぱちんという音がのどかに響く。

隣にたたずんでいた玉村は我慢しきれなくなって、言う。

「次はどうすればよろしいでしょうか、加納警視正」

切り揃えた爪を電灯にかざし、加納は答える。

「そうだな、被害者の旦那に話でも聞いておくか」

取調室に入ってきたのは、髪を七三に分けた神経質そうな男性だった。

ひとめで上等だとわかる背広に、うるさくない程度に自己主張をしているネクタイがマッチしている。男性は名刺を取り出す。


『サンザシ薬品常務取締役　白井隆幸』


白井隆幸は銀縁眼鏡をずりあげた。加納は黙っているので、仕方なく玉村警部補が言う。

「奥さまがお亡くなりになったという状況でお疲れのところ申し訳ないのですが、奥さまが失踪される前後のお話をお聞かせいただけたらと思いまして」

こほん、と咳き込んで、白井隆幸は言う。

「詳細な事実を書いた民事訴訟の陳情書を提出しているが、あれでは不足かね」

「つまりアレですべてだ、ということでいいわけだな」

腕組みをし、ふんぞり返った加納が言う。

「他に何か？　陳情書を作成するため、弁護士から根ほり葉ほり聞かれた。私自身の恥になることも、洗いざらい話した。半年近く前なので、今となっては陳情書以上のことを思い出せるはずがないでしょう。もし不足部分があるのなら、今ここで質問してほしいですな」

ちらりと時計を見る。

「私が出席しないと始まらない会議があるので、一時間以内でお願いしたいのだが」

加納は机を叩いて威嚇する。

「奥さんが殺され、我々はその捜査のため働いている。遺族が協力するのは当然だろう」

白井隆幸は眼を細めて、加納を見た。

「私は加奈に愛想を尽かしていたから正直、殺してくれた通り魔に感謝したいくらいだ。それに死者は生き返らない。犯人が捕まった以上、そんなことにかまけるのはムダだ」

加納は腕組みをしたまま、白井隆幸の顔を見つめ、ぼそりと言う。

「そこまで言うのなら単刀直入に聞かせてもらう。あんたはどうして奥さんの不倫相手が松原だとわかったんだ？　陳情書には、その経緯は書かれてなかったが」

白井隆幸は銀縁眼鏡の奥深く、加納を見つめながら言う。

「家内の携帯メールを盗み見したからだ。つきあって二年だということも、失踪前日も逢《あ》い引きをしてたことも知っている。その場所が彼女の終焉《しゅうえん》の地になったのは天罰だろう」

「松原氏がどういう人物か、知っていたのか？」

「家内がスノボのコーチを受けていた。それくらいしか、知らない」

「それで充分だ。それが高じて不倫関係になったわけだな」

「おそらくは」

「で、あんたは憎しみと嫉妬を覚えた、と」

白井隆幸は首をひねって、考え込む。それから答える。

「憎しみは多少あった。ごたごたのせいで仕事の邪魔になったからな。でも、嫉妬はなかった。

あいつのワガママには、ほとほと手を焼いていたから、かえってせいせいした」

加納はげんなりした表情で言う。

「あとひとつ。奥さんと最後に会った日の様子は覚えているか?」

白井隆幸はうなずく。

「陳情書に書く時に思い出しながら確認したので、よく覚えている。昨年の十二月二十二日の朝だ。刑事さん、もう行ってもいいかな。これ以上かかると、会議に間に合わなくなる」

加納は無言でうなずき、顎で出口を指し示す。

白井隆幸は部屋を出ていった。玉村はその背中を見送って、加納に言う。

「薄情な旦那ですね」

「犯人も捕まったから、余計な手間をかけたくないんだろう。気持ちはわからんでもない」

「話には矛盾はありませんね。松原と会って以降、足取りが途絶えた。こうなると松原が有力容疑者として再浮上しますかね」

総括してから、玉村があわててつけ加える。

「そうそう、バンバン、じゃなくて馬場がいましたね。うっかり忘れてました」

「影の薄い容疑者だからな。参考人の方がよっぽどキャラが濃いぜ」

そう答えながら、加納は白井隆幸の名刺を弄んでいた。やがてぴたりと手を止めた。

「しかし、何かが引っかかるな」

06 『ダモレスクの剣』

桜宮市警察本部　4月26日　午後1時30分

取調室で、加納は再び馬場と向き合っていた。

「残念ながら君のアリバイと主張は根底から崩れてしまったようだ」

馬場は面倒臭そうな顔で加納を見る。

「そんなこと言ったって、やってねえもんはやってねえし」

「その傷、治験バイトでつけられたって言っていたな」

馬場はうなずく。加納は紙を呈示して続ける。

「確かにお前は治験バイトをやっている。お前は治験内容を理解していなかったようだが、結構危ないバイトだぜ。手首から前腕に傷をつけ、傷の治りを早める新薬キズナオルという開発中の新薬を飲み、血中濃度を測定する。同時に傷の治り具合の観察と副作用の有無の確認、これが治験の中身だ。知ってたか？」

馬場は首を振る。馬場にとって治験の内容などはどうでもいいことなのだろう。要はどれくらい拘束され、どれくらい金を貰えるか、だけが関心事だったのだ。

玉村が写真を呈示して、言う。

「この写真は東城大のレポートに添付された君の写真だ。腕の傷は一本しかないね」

加納は馬場の手首を摑む。ジャージをめくり、傷口を露《あら》わにする。

「ところが今、君の腕の傷は二本。一本は治験の傷。もう一本の傷はどうした？」

馬場は薄目を開け、写真と自分の腕を見比べる。そしてぼそりと答える。

「二本目も同じ治験バイトでつけられたんだよ」

加納は机をばん、と拳で叩く。

「ふざけるな。治験は一回こっきりだ。東城大にも記録は一回分しか残されていない」

「ウソじゃねえよ。本当に二回やったんだって」

「じゃあ二回目はいつ、どこでやった？」

「ちょっと待ってよ、思い出すから。そうだ、十二月末だ。クリスマスのちょっと前。バイトを終えたら街はクリスマス一色だったから」

加納と玉村は顔を見合わせる。玉村が尋ねる。

「バイトの拘束って、東城大に入院してたの？」

馬場は首を振る。

「実験の間中、寮みたいな個室に閉じ込められてた。中ではテレビ見放題、ゲームやり放題の天国みたいなところさ。僕は今、『ダモレスクの剣』に凝ってるけど。そういえば、あれはユナちんたちと力を合わせてドラゴンを三匹同時にやっつけた時だっけ」

加納は怪訝そうな表情で、隣の玉村に小声で尋ねる。

「何なんだ、『ダモレスクの剣』って？」

玉村が小声で答える。

「今、一番流行っているネトゲです」

「ネトゲって、何だ？」

「ネットゲームの略語です。ネットの中で大勢の人間が参加する、テレビゲームの変種です」

馬場は、きっと顔を上げる。

「でたらめを言っちゃダメだよ、刑事さん。ネットゲームとテレビゲームをごちゃまぜで語ったりしたら、暴動になるよ」

のんべんだらりとした口調が一転、馬場利一は鋭く言い放つ。

加納と玉村は顔を見合わせる。馬場は再びのろのろとした口調に戻る。

「ああ、そうだ、だんだん思い出してきた。本当に妙なバイトでさあ、期間中部屋から一歩も外に出ちゃいけないんだけど、飯は三食きちんと出るし、バイト料もいいし、おまけにネトゲはハイスペックでやりたい放題の万々歳だったから一カ月後に二回目の話があった時、他のバイトが決まっていたのをキャンセルして参加したんだ」

加納の目が光った。

「二回目のバイトは向こうから持ちかけられたのか？」

加納は腕組みをして考え込む。黙り込んだ加納を補うように、玉村が尋ねる。

「その治験を受けた場所がどこか、わかる？」

「わかんねえよ、そんなこと。だって集合場所の桜宮駅に行ったら、いきなりワゴンに乗せられて、どこかへ連れて行かれちゃったからね」

「他にもバイトはいたか？」

馬場は遠い目をして、思い出そうとしていた。やがて言う。

「うん、いたいた。男二人、女二人ずつだったな……あ、ちょっと待って。それは一回目で、二回目は僕ひとりを黒塗りの乗用車が迎えにきたんだった」

「一回目と違う車だったんだな」

「うん。一回目はワゴン車だったから」

加納は馬場の肩を、ぽん、と叩く。

「よかったなあ、タコ部屋送りじゃなくて」

巷ではこんな無防備な若者が増殖しているかと思うと、暗澹《あんたん》たる気持ちになる。

その時、部屋に書類を持参した警官が顔を出したので、加納は玉村に眼で合図をする。

すると玉村は立ち上がり部屋を出ていく。

玉村が不在になり、ふたりきりになった捜査室で、加納は馬場に尋ねた。

「一回目と二回目のバイトで、何か違いはあったかな」

「なかったね。採血係のお医者さんは違ってたけど、あとは同じだった」

馬場は思い出したように言う。

「そうだ、二回目は五日の約束が三日で終わっちゃったんだ。あれは残念だったな。あと二日あれば、ユナちんと力を合わせて敵のラスボス、ヒョートル大帝をやっつけられたのに」

「ユナちんって誰だ？」

「ゲーム・パートナーだよ。他にも仲間は何人かいるけどね、モズク、ヘンロ、ドミンゴ。でも何ていってもユナちんがヒロインさ」

「そいつらは、どこの誰だ？」

「知らない。リアルの属性には、踏み込まないのが僕たちのルールなんだ」


部屋に戻ると、玉村が警官から受け取ったメモ書きを加納に手渡した。

「田口先生からの情報です。新薬キズナオルの治験は東城大でデータ解析が行なわれていますが、被験者は別の場所に拘束されていました。サンザシ薬品の研究所に付随して建築された、実験棟の宿泊施設です」

加納は腕組みをして考え込む。

やがて目を見開くと、すっくと立ち上がる。

「これでひとつの細い線がつながったな、タマ」

「といいますと？」

加納は手の中の名刺を玉村に渡す。白井隆幸の名刺だった。

「裏を見てみろ」

裏返すと複数ある肩書きに、サンザシ薬品研究所副所長とあった。

「偶然にしてはできすぎだ。洗い直す価値がある。あの七三野郎は胡散臭いと思っていたんだ」

07　創傷治癒薬・キズナオル

サンザシ薬品研究所　4月26日　午後3時

サンザシ薬品研究所の応接室に姿を現わした白井隆幸は、そこに見慣れた訪問者の姿を認めると、あからさまに不愉快そうな声を出した。

「何だね、君たち。私への聴取は、あれで終わったのではないのかね」

白井隆幸は神経質そうに眼鏡をずりあげる。加納はずけずけと答える。

「被害者の夫としての聴取は、ね。今度は重要参考人としての聴取だ」

「まさか私を疑っているんですか」

加納はあっさりうなずく。

「まあ、ほんの少々だけ。まず身内を疑えというのは捜査の鉄則でね」

「ばかな」

加納は白井隆幸の抗議を聞き流し、言う。

「問題がなければすぐ終わる。まず奥さんがいなくなった当日のアリバイを聞かせてほしい」

「私を疑う根拠を言いたまえ」

「第一は、身内を疑うのは捜査の鉄則。第二は、あんたに動機があったことだ」

「不仲なだけで妻を殺したりしたら世の男性のほとんどが殺人容疑者になってしまうぞ」

玉村がくすりと笑う。加納がじろりと玉村を睨みつけると、玉村は咳払いをして真顔に戻る。

「警察は容疑者を拘束しているのだろう？　鑑定で確定されたと仄聞《そくぶん》したが」

白井隆幸がそう言うと、加納はうなずく。

「確かに四兆七千億人にひとりの一致率で、そいつが犯人だと示すデータはある。だがこの確率こそ、あんたを容疑者として浮上させることにもなるわけだ」

「どういう意味だね？」

「妻殺しの動機のある夫が、現場に四兆七千億分の一の確率で一致する証拠をたまたま残した間抜けな通り魔と接点があった。これだけでも疑うには充分さ」

「容疑者との接点、だと？」

「容疑者は事件の一月《ひとつき》前、ここで治験を受けていた。本人によれば、奥さんが殺された時に二回目の治験を受けたそうだ。それが証明できればアリバイが成立し、他の容疑者が浮上する。その時には夫のあんたと、不倫相手の松原氏のどちらかが最有力候補になる、という寸法だ」

「容疑者が当研究所で治験を受けていたのか？　事実は小説より奇なり、だな」

白井隆幸は微笑して、続ける。

「だがその情報の流れは、看過できないな。警察はどうやって容疑者の治験情報を入手した？　ＤＤＰ（ＤＮＡ鑑定データベース・プロジェクト）に検体を提供した者の医療関係情報が警察に漏れていたのであれば、協定違反だ」

「その点はこっちが逆に聞きたい。どうしてあんたがそんな内部ルールを知っているんだ？」

白井隆幸は笑みを浮かべて答える。

「ＤＤＰ創設時、私は検討会の一員として参加していたからだ。会議の場で、警察担当者がそう言っていた」

「あんたはＤＤＰ創設協力者のひとりだったのか」

白井隆幸はうなずいた。

「民間のデータベースが警察にも無償で協力しようというけなげな申し出だ。それなのに、善意の協力者のひとりをいきなり容疑者扱いだなんて、ひどすぎるな」

白井隆幸は皮肉めいた笑顔を浮かべながら、続ける。

「私は捜査にＤＮＡ情報を提供するのはやぶさかでないという積極的な協力者だったが、考え直す必要があるかもしれん。協力要請を受けた時は、まさか自分がその恩恵を受けることになるとは、夢にも思わなかったからな」

加納はにやりと笑う。

「情報が漏れたわけではない。容疑者が治験バイトのことを思い出したから、別のルートで裏付けを取っただけだ」

白井隆幸は眼をうろうろとさせた。それから改まった調子で尋ねる。

「これが任意捜査なら、これ以上はお断りしたいのだが」

加納は深追いをせず、うなずいた。

「ご協力、感謝する。ところでわがままついでに、もうひとつお願いしたいことがあるんだが」

即座に、お引き取りくださいと言われるかと思ったが、案に相違し、白井隆幸は尋ねた。

「何だね？」

「この研究施設を見学させてもらえたら、と思ったんだが。もちろん令状はないが」

白井隆幸は天井を見上げ、一瞬考え込む。それから陽気な調子で軽やかに答える。

「それは構わないだろう。気が済むまで調べてみればいい」

「いえ、あの、これは捜査ではなく単なる見学なんですけど」

玉村のフォローを、白井隆幸は耳に入れようともしない。

白井隆幸がベルを押すと、しばらくして秘書の女性がやってきた。

「この方たちは刑事さんだ。家内の件で研究所内部を調べたいそうだ。申し出があったら、何でも対応して差し上げなさい」

秘書はうなずく。それから書類を差し出した。

「副所長の、明日からの海外視察の日程は、これでよろしいでしょうか」

白井隆幸はちらりと紙を見て、うなずく。そして加納に言う。

「明日から三日ほど、韓国への視察旅行で留守にする。留守中も調べたいことがあったら自由に申し出てくれたまえ。もっともいくら調べても何も出てこないだろうが」

バトンタッチした秘書に案内され、研究所の内部を一通り見学した加納に、玉村が小声で言う。

「自由に見学させるくらいですから、問題なさそうですね」

「いや、限られた時間では、俺たちが真相を見破れないだろうとナメられているんだ」

言い返した加納警視正は、案内役の女性秘書に言う。

「被験者を宿泊させている施設を拝見したいのだが」

秘書はにっこり笑って、「こちらです」と言うと、先に立ち、歩き出した。


「居心地よさそうな部屋ですね」

ちょっとしたビジネスホテルよりもホスピタリティが高そうな部屋だった。エアコン完備で、おまけにテレビ、パソコン、冷蔵庫も備え付け。これで三食昼寝付きだというのだから、ゲームおたくの馬場には、さぞ天国だっただろう。

「あれは？」

加納が目敏《めざと》く天井からぶらさがったカメラを見つける。秘書がこともなげに言う。

「監視カメラです。治験では何が起こるかわかりませんので、迅速な対応ができるよう、被験者の承諾をいただいて監視させていただいていますので、カメラに映る範囲は限定されていますので、プライバシーに関わる行為をする場合には、フレームから外れていただければいいのです」

加納と玉村が顔を見合わせる。玉村が言う。

「その監視映像、記録されたビデオに残っていませんか？」

色よい答えを期待していなかったので、次の答えにはふたりともびっくりした。

「あります。一年間の画像を保存しています」

加納と玉村のふたりは、同時に言った。

「その保存画像、見せてください」

モニタ室に行くと、女性秘書は加納が指定した日時をパソコン上で手早く検索した。十一月、馬場が治験を受けた時の画像がモニタ上に現われた。四分割された画面の中のひとつの枠の中で、熊のようにうろうろしていたかと思うと、パソコン画面にかじりつき長時間動かない。これが『ダモレスクの剣』ゲーム最中の馬場の姿かと、玉村は苦笑する。

続いて焦点の十二月二十二日からのビデオを見る。

供述で、馬場が二回目の治験を受けていた、と言っていた時期だ。

四分割画面が現われる。そこには三人の姿しか映っておらず、ひとつの四角はブランクになっていた。そして画面の中に馬場の姿はなかった。加納は吐き捨てる。

「ち、やっぱり馬場の話はでまかせだったか」

宿泊台帳をめくっていた玉村が尋ねる。

「台帳ではこの週は四人宿泊されていますが、ビデオは三人分しかありません。あと一人はどうされたんですか?」

秘書は、画面と台帳を確認し、加納に言う。

「その方は特別案件ですので、ビデオは切られています」

「何なんですか、その、特別案件って?」

「外国や他社のお客様が桜宮にお見えになると、研修施設に宿泊していただくんです。ビジネスホテルより質が高いと評判で、申し出も多いんです。料金も格安ですし、副所長の決裁が降りれば無料になります」

「気前がいいな。つまり治験以外のお客さんも泊まることがあり、その時はビデオ監視は切られるわけか。で、その特別案件を受けるには、何か条件があるのか？」

「所長、もしくは副所長の裁可が必要になります」

加納の眼が鋭く光った。

「この宿泊台帳のコピーをいただけますか？」

加納の図々しい依頼を、秘書嬢は快く引き受けた。


事務部門の側にある小部屋で、書類をひっくり返しながら、加納は玉村に向かってぶつぶつと文句を言う。

「気に入らん。余裕がありすぎる。あの落ち着き払った態度が解せない。絶対に何かあるはずだ。必ず尻尾《しっぽ》を摑んでやる」

「お言葉ですが、白井は真犯人じゃないから余裕があるのでは？」

加納警視正は玉村をまじまじと見つめる。それから間延びした声を出す。

「タマ、お前の言葉にしたがえば、この世から犯罪者なんていなくなっちまうだろうなあ。疑わしきはひっくくれ、というのが我々警官の金科玉条だろ」

「知りませんよ、そんな玉条」

玉村が答える。加納が言う。

「タマがたわけたことを言ってくれたおかげで、それらしきものが見つかったぞ」

加納が取り出したのは、食事係の業務日誌だった。

「さっきの裏付け情報だ。被験者が滞在している部屋と被験者の名前、そこに運んだ食事内容が記載されている。どれどれ」

頁をめくると、十一月に馬場利一の名前があった。滞在日数は一週間。続いて十二月二十二日の週の頁をめくる。四名の被験者が滞在していた。

「おや？」と、加納が首をひねる。

「十二月二十二日のクールは治験患者は四人だ。秘書は特別案件だと言ってたのに」

「特別案件の治験かもしれませんよ」

「タマ、お前は現実を規則に落とし込むのが実にうまいな。さぞ出世するだろうよ」

「加納警視正と組むことさえなければ、ですけどね」

加納に聞こえないように、玉村は小声で答えた。聞こえなかったのだろう、加納は続けた。

「おまけにこの四人目は治験を途中で打ち切っている。こうなってくると、怪しい臭いがぷんぷんと漂ってきたな、タマ」

わくわくした表情で台帳の頁をめくっていた加納警視正の表情が突然曇った。

「やはり馬場の名前はないな」

「そりゃそうですよ、そんな都合いいアリバイが簡単に見つかるわけがないです」

「今のは実に興味深い発言だ」

加納警視正はうなずいて続ける。

「裏返せば、この施設内に閉じ込めておけば、ヤツのアリバイを奪うことが簡単にできたわけだ。それはあの副所長にとっては朝飯前のことだったわけだ。何しろ、ヤツはこのサティアンの独裁者なんだからな」

加納警視正はぽつんと呟く。

「ふん、どうやら、事件の構図が見えてきたな。じゃあ行くか」

「行くって、どこへです？」

加納は立ち上がる。

「ここまで来たら、どこへ行くかなんてことは決まってるだろ。不倫外来だ。俺は頭脳でお前は足だ。口を動かさず頭と足を働かせ。走れ番犬」

なぜ、という玉村の疑問符をひきちぎり、加納は大股で部屋を出ていく。やむなく玉村もそのあとを追う。

08　舞い戻ってきた災難

東城大学医学部付属病院1F　4月26日　午後4時

不定愁訴外来の一室では、困惑した表情の田口を前に、加納がまるで自分の居室で寛いでいるかのような様子で、うまそうに珈琲を飲んでいた。そして背後に影のようにひかえている藤原看護師を振り返ると、軽い口調で言った。

「うまい珈琲を淹れる能力と、性格のよさは相関しないものなんだな」

「あら、それって一体、どういう意味でしょう?」

藤原看護師が眼を細めて加納を見る。加納は片頬を歪めて笑う。

「深く考えることはないさ。そのままの意味なんだから」

加納の言葉に、藤原看護師の目がすうっと細くなる。加納はあわてて、彼女から視線を逸らすと、田口に向き直って言った。

「ところで不倫外来の田口先生よ、ヤツの治験情報を早く教えてもらえないかな」

「ちょっと待ってください。今この情報をお出しすることが規定違反かどうか確認しますから」

「規定違反になるはずがないだろう。何も氏名を提供しろと言っているのではない。十二月二十二日の治験患者の氏名を確認したいだけだ。別の施設で得た氏名がここで治験されているかどうかの確認だけだ。個人情報保護法に抵触する可能性はないのさ」

加納の言葉に田口は考え込む。やがて言う。

「おっしゃる通りですね。わかりました」

田口は顔を上げ、うなずく。

「では、こうしましょう。十二月二十二日からのクールで受けた治験被験者の方のリストをこちらの画面に出しますので、そちらはお名前を読みあげてください。その名前があるかどうかについてだけ、お答えします」

「グッド」

加納に顎で促された玉村は咳払いをすると、名前を読みあげ始める。

「多田《ただ》慎太郎《しんたろう》、二十五歳」「広川《ひろかわ》みゆき、二十二歳」「戸田《とだ》おさむ、四十三歳」

ひとりひとり名前が呼ばれるたび、田口はモニタに目を落とし、うなずいていく。

「笛田《ふえた》勇一《ゆういち》、三十一歳」

四人目の名前に対し、田口は首を振る。

「おらんのか」

田口はうなずく。加納は畳みかけるように尋ねる。

「他の名前と間違えてはいないか？」

田口はもう一度首を振り、答える。

「間違いありません。この時期の治験の被験者として申請されているのは三名だけですね」

「ビンゴ」

加納は玉村に指の形のピストルを突きつけて、発射した。

帰路の車中で、加納が玉村に言う。

「研究所責任者の白井隆幸は、馬場を疑似治験患者に仕立ててアリバイを奪い、馬場に犯人役を押しつけたんだ。なかなかやるな」

「どうやって白井は、馬場に犯人役を押しつけたんでしょう？」

「相変わらず鈍いな、タマ。被害者と関わりのない馬場が犯人に同定された理由は？　それを考えればそのやり口は一瞬で見透かせる」

「馬場が犯人と断定されたのはＤＮＡ鑑定で四兆七千億人にひとりの一致率で被害者の衣服に付着した血痕と被疑者のＤＮＡ型が一致したから……。あ、そうか」

「わかったか、タマ？」

玉村はこくりとうなずく。

「治験で採取した血液を被害者の衣服にふりかけた。これでＤＮＡ型は一致します」

「大正解の巻、だ」

玉村は怒った様子で言う。

「とんでもないヤツですね。今すぐしょっぴきましょう」

「それは無理だ。何しろ物証がない。白井隆幸は安全地帯で高みの見物、へらへら笑ってやがる。だから捜査の真っ最中に韓国に行く余裕を見せつけた。ならばお仕置きをしてやらんとな」

「加納警視正は本当に偽装殺人だと思っているんですか？」

加納はにやりと笑う。

「もしも真犯人が馬場であれば捜査はラクだ。だが我々が追及しなければならないのは、簡単に手に入る安楽さではなく、道は険しくとも決して濁ることのない真実だ。そんな永遠不滅の真実を確実にこの手中に収めるまでは、絶対に結論を急ぐな」

言われてみれば確かに加納が打ち立てて見せたその仮説は、振り返りざまに目に入った、幼い夏の日の陽炎《かげろう》のように、摑みどころのないものでしかなかった。

09　斑鳩芳正・桜宮市警察広報官

桜宮市警察本部　4月26日　午後5時

ノックの音が響いた。控えめだがしっかりと自己主張しているような音だ。

「どうぞ」

加納が応えると、扉が開いた。

ふたりの前に顔を出したのは中肉中背の中年男性だった。その男性を見て、加納は陽気な声を上げる。

「おお、斑鳩、そろそろやってくる頃だと思っていたよ。さすが、ドンピシャだ」

出迎えた明るい声とは正反対の陰気な容貌は、いくらあとで思い出そうとしてもどうしてもその印象が思い浮かばない。斑鳩はまさにそういうタイプの人間だった。

「加納警視正、そろそろ被疑者逮捕をメディアに打ちたいのですが」

「まあ、そうあわてるなよ、斑鳩。これは桜宮科捜研・DNA鑑定データベース・プロジェクトの記念すべき第一号案件だ。ここでミソをつけると末代までたたる」

「DNA鑑定が完全一致しているという情報が、こちらにも上がってきております。容疑者を捕獲しているわけですので、一刻も早くメディア展開したいのですが」

そう言うと、斑鳩は細い目を一層細める。見方によっては笑っているようにも見えるような、その表情を見て、玉村は、言いようのない不安感を呼び起こされる。

斑鳩は低い声で言う。

「何しろ、本庁からせっつかれておりまして」

加納はにやりと片頬を歪める。

「ほう、そいつはお気の毒なことだ。だが霞ヶ関で生きていくには、桜宮は小さすぎる。一刻も早く転勤願いを出した方がいい」

斑鳩芳正《ほうせい》広報官は、陰気な表情を変えずに答えた。

「あいにく当地に赴任したのは、自分の希望でして」

加納は斑鳩を見つめる。

「ウワサ通り、変わったヤツだな」

「加納警視正ほどではありませんが」

薄目を開けた斑鳩は、無表情に続ける。

「いつまで公表を待てばよろしいですか」

加納は腕組みをして考え込む。そして言う。

「あと四日、だな。その間に新たな進展がなければ、容疑者逮捕を公表してもいい」

「了解しました」

掠れ声を残し、部屋の空気ひとつ揺らさずに斑鳩広報官は姿を消した。

玉村が心配そうな声を出す。

「大丈夫ですか、あんな安請け合いをして」

「仕方ないさ。よく四日も辛抱したな、とヤツの度量に感心してる。俺がヤツの立場なら、二日も保《も》たないな」

それなのに相手には四日待て、と言えるわけね、と玉村警部補は、加納警視正に聞きとがめられないように、小さなため息をついた。それにしても、と話を変える。

「斑鳩広報官の評価は高いんですね」

「最新のＤＮＡ鑑定で完全に本人同定されてるなんて鉄板だ。これで逸《はや》らない広報がいたらお目にかかりたいものだ」

玉村は尋ねる。

「どうして斑鳩広報官は加納警視正の言い分を呑んだのでしょう？」

加納は玉村を見上げて、言う。

「たぶん、事件に関して俺と同じ臭いを嗅ぎ取っているんだろう」

「同じ臭い、と言いますと？」

「流れが美しすぎる。まるで誰かが作り上げた人工物みたいに、な。その不自然さがずっと引っかかっているんだ」

「で、その不協和音の焦点が白井隆幸に収束する、というわけですね」

加納は感心したように言う。

「さすが家政婦推理小説を読みこなしているだけあって、タマの表現は詩的だな」

珍しく褒められ、玉村警部補は照れてうつむく。

加納は腕組みをして考え込んでいたが、立ち上がると大きく伸びをした。

「タマ、気分転換にステーキでも食いに行くか」

玉村はとまどいながら、うなずく。

「いいですけど、どの店にしましょう」

「何を言ってるんだ、ステーキといえば神戸牛に決まってるだろう」

「はあ」

玉村は気の抜けた返事をする。

「蓮っ葉通りに神戸牛の店なんてありましたっけ？」

加納はまじまじと玉村を見た。

「ばかか、タマ。神戸牛を食わせるうまい店は神戸にしかない。さ、行くぞ」

「行くって、まさか、今から神戸へ？」

玉村は腕時計を見る。午後五時。新幹線に飛び乗れば、何とかディナーには間に合いそうな時間ではある。

加納はすたすた歩き、扉のところで振り返る。

「何をぼんやりしている？　晩飯のステーキ前にひとつ用事を済ませるんだから、急げ」

もやもやした思考がひとことですっ飛び、玉村は弾《はじ》けるように加納の後を追った。

10　成分分析曲線

サンザシ薬品研究所　4月30日　午前10時

四日後、午前十時。

サンザシ薬品桜宮研究所の一室で、副所長の白井隆幸と、加納・玉村のコンビが相対していた。部屋の片隅にはキャリーバッグが置かれ、韓国出張から直行した風情の白井隆幸の顔には、迷惑千万という表情がありありと浮かんでいる。

「まだ何か？　私も忙しい。あなたたちの道楽におつきあいしている暇はないのだが」

加納はソファにふんぞり返り、白井隆幸を見つめ、にやりと笑う。

「すみませんが今日は、奥さんを殺した真犯人が判明しましたので、そのご報告に参りました」

銀縁眼鏡の奥で、白井隆幸の細い眼が光った。

「やっとあの容疑者が自白したのか。やれやれ、これで一安心だ」

「ほほう、やはりこの件は肩の荷になっていましたか」

白井隆幸はむっとした表情で言い返す。

「当たり前だ。かりそめにも妻が殺されたんだ、心労は他人には計り知れないものがある」

「特に実行犯であれば、身代わりが逮捕されればまさに肩の荷が下りたという表現がぴったりなんだろうな」

白井隆幸はまじまじと加納を見つめる。それから腕組みをし、加納と同じようにふんぞり返る。

隣で玉村が固唾《かたず》を呑んでふたりの対決の様子を見つめている。

白井隆幸が言う。

「つまりおたくは、私が犯人だと言いたいわけか」

加納が答える。「ビンゴ」

「それなら血痕と容疑者のＤＮＡ鑑定が一致した事実はどう説明する？」

「偽装、だ」

白井隆幸は深々とソファに沈み込む。

「なるほど、面白い」

白井隆幸はぽつんと続けた。

「ではそこから一足飛びに私が容疑者になるステップはいかなる論理の飛躍かな？」

「偽装を行なえる人物は限定される。そこに動機を持った人間がいれば、ソイツが本命だろ？」

「さっきから聞いているとしきりに偽装、偽装とおっしゃるが、どうやって偽装したのかね」

「犯行後、犯行を押しつける間抜けの血液を、被害者の衣服にばらまけば済む」

「実に興味深い物語だが……」

白井隆幸は腕組みをし直し、言葉を続ける。

「刑事さんの話は、推理小説のネタとしては面白い。だがあなたも現職刑事なら、妄想を語る前に、裏付けを提示しないといかんだろう」

「あんたなら、きっとそう言うだろうと思ったよ、白井さん」

加納は不遜な笑みを浮かべると、ノートパソコンをオンにした。玉村が携帯用プロジェクターに接続する。副所長室の白い壁が、即席の映写スクリーンに変貌した。

「新薬キズナオルの治験結果をプレゼンしてみよう。これはおたくの秘書嬢が提供してくれたものだ。余談だが、彼女はなかなか優秀なお嬢さんだな」

加納が画面をクリックすると、折れ線グラフが出現する。

「治験。採血は血中残留濃度の計測に使用される。その一部が桜宮科捜研・DNA鑑定データベース・プロジェクト、通称DDPに提供され、その情報を基にして今回の逮捕につながったわけだ。グラフでは新薬キズナオルの血中残留期間は三日、蓄積効果もまったく見られない。三日後には血中残留濃度がゼロとは優秀なドラッグだな。まあ、こんなことは専門家のあんたには、今さら説明の必要もないんだろうが」

白井隆幸はうなずく。専門領域のせいか、動揺する気配はまったく見られない。

「でもってこれが十一月に馬場利一が受けた治験データだ。一般人同様、残留曲線は同じパターンで三日後には血中残留量はゼロになっている。ここまで何か質問はないかな？」

返事を待たずに加納がクリックすると、急峻《きゅうしゅん》なピークをいくつか持つグラフが出現した。

そのグラフには『DNA鑑定検体番号DD200900052』とある。

「これはDDPで調べたDNA鑑定結果だ。現場に残された血痕と、提供されたDNAのバンドパターンが完全一致した。四兆七千億分の一の一致率だから、こうなったらもう、本人しかあり得ない」

「だからその男が犯人なんだろう？」

白井隆幸の言葉に答えず、加納はクリックを繰り返す。画面が変わり、なだらかな赤い曲線が現われる。タイトルは「桜宮積雪観測小屋通り魔殺人事件遺留物Ｄ・電気泳動バンド」とある。

白井隆幸が怪訝そうな表情になる。「それは？」

「この赤い曲線は、事件現場の遺留物に付着した血痕の成分分析結果だ。実はここからが面白いのさ」

クリックすると「新薬キズナオル治験検体・電気泳動バンド」という別の青い曲線が現われる。

赤と青のふたつの曲線が、加納のクリックで重ね合わせられていく。次の瞬間、ふたつの曲線はぴたりと重なり紫色の光を発した後、グレーに色褪《あ》せる。

「タイトル通り、青い曲線はＤＤＰに提供された元血液サンプルの成分分析結果だ。青い曲線と赤い曲線とを比較するとピークが一致する。つまり、この物質が遺留品の血痕にも提供サンプルにも含まれていたことを示している」

白井隆幸は不思議そうな表情になる。

「そりゃ同一人物の血液成分だから、一致して当然だ。こんな茶番は時間のムダ遣いだ」

加納は片頬を歪めて、笑う。

「俺には実に興味深い結果に思えるんだが。この微量成分が何か、興味ないか？」

白井隆幸はふてくされたように短く答える。「別に」

加納は歪んだ笑顔のまま、続ける。

「これほど緻密な殺人計画を立てる頭脳があるあんたなら、すぐに気づくかと思ったんだが」

思わせぶりな加納の言葉に、白井隆幸の視線は再びスクリーン上の曲線に注がれる。

あちこちを視線が動いていたが、徐々に白井の顔色が変わり始める。

目をつむって考え込んでいたが、しわがれた声で呟く。

「……分子量八万六千のピーク。まさか、いや、しかし」

「ようやくわかったようだな。お察しの通りこれはパテントール・ハヤクチユの成分抽出曲線だ。今さらあんたには説明の必要はないよな、これは、サンザシ薬品が総力を挙げて開発中の新世代創傷治癒新薬『キズナオル』の主成分なんだから」

白井の表情に動揺の色が走った。だがすぐに冷静な表情を取り戻す。

白井隆幸は震える声を押し殺し、言う。

「手の込んだでっちあげだな。ここまで詳細な成分分析曲線は、血痕のような微量検体からは、絶対に描くことができないはずだ。通常の成分分析は、血痕の分量では無理なんだ」

「バレたか」

加納は肩をすくめて笑う。

「詐欺だな。そんなことをしたら、特別公務員職権濫用罪で告発することもできるんだぞ」

白井隆幸の脅し文句に、加納はクリックで答える。

「あんたがこのグラフのトリックを見破ることなど、想定内さ。確かに呈示したグラフはでっちあげだが、その中身は真実だ。本当のデータはこちらだ」

加納は一本のピークが出現した図を呈示する。白井隆幸は首をひねる。

「これは?」

加納警視正は無表情になり、ぼそりと答える。「微量物質検出曲線」

白井隆幸は怪訝そうな表情のままだ。

「それがどうしたんだ。何を検出したというんだね」

「遺留品の血痕から検出されたパテントトール・ハヤクチユだ。こっちは正真正銘の生データだ」

「何だと」

白井隆幸は加納を凝視する。加納は続ける。

「パテントトール・ハヤクチユは人工合成物で自然界には存在しない。だから検出されれば被検者は新薬キズナオルに曝露《ばくろ》したと確定できる」

「またそれか。またもわずかな血痕、しかも半年も前の血痕から微量のパテントトール・ハヤクチユを検出するなど、無茶なでっちあげだ。そんな技術がこの世に存在するわけが……」

玉村がふたりを取りなすように鞄からごそごそと品物を出す。

「上司がご迷惑をおかけしてまして、申し訳ありません。このたび部下の私がお詫びの気持ちを込めて、先日出張先で購入したお土産を持参しました。お納めください」

玉村が差し出した箱には、『特撰神戸牛・すき焼きセット』とあった。

11　スプリング・エイト　　サンザシ薬品研究所　4月30日　午前10時30分

白井隆幸は思わず声を荒らげ、言う。

「いったいどういうつもりだ、神戸牛など……」

言葉を途中で途切らせ、白井隆幸は頰を強ばらせた。そして土産セットの下敷きになっている包装紙に目を留めた。そこに加納の言葉が覆い被《かぶ》さる。

「血痕のような微量検体から特定成分を検出できる特殊な機械は実在するよな。専門家であるあんたならよく知っているはずだ」

白井隆幸は加納を見つめた。やがて絞り出すようなしわがれた声で言う。

「神戸牛……まさか、スプリング・エイトか?」

加納は手を打ち、人差し指のピストルで白井隆幸の胸に照準を合わせた。

「ご名答。さすが製薬会社の研究所のトップだ。神戸と聞いて即座にスプリング・エイトを思い浮かべるなんて、やはり一般人の発想とは、一味違う」

白井隆幸はうめくように呟く。

「神戸に設置されたイオン加速器、スプリング・エイトはマシンタイムの順番待ちがきつくて、いきなり検査をもぐり込ませるなど、不可能なはず……」

すかさず玉村が鞄からカラフルなパンフレットを取り出した。

それは今、白井隆幸が口にした大型サイクロトロン、スプリング・エイトのパンフレットだった。玉村がその一節を読み上げる。

「スプリング・エイトでは微量成分の分析依頼を受け付けております。警察庁とは専属契約を結び、事件検体の解析を優先的に行なう枠があります。某知事狙撃事件では衣服の硝煙反応を検出するため、また毒物カレー事件では砒素《ひそ》の微量成分分析を行なうための稼働実績もあります」

玉村はスプリング・エイトのパンフレットを白井隆幸に手渡した。加納が補足する。

「飛び込みの場合、早朝のイレギュラーな時間帯しか使わせてもらえないのが玉に瑕《きず》、だがね」

白井隆幸はため息をつく。

「スプリング・エイトの稼働料は莫大《ばくだい》なはずだ」

玉村が白井隆幸にそっと耳打ちをする。白井は顔をしかめる。

「たったこれだけのために、何という税金の無駄遣いを」

「殺人犯を捕らえるためなら、ムダではない。これが警察庁の公式見解だ」

白井は顔面が蒼白になったが、すぐに笑顔を取り戻す。

「容疑者はかつて弊社の治験を受けていたのだから、新薬キズナオルの微量物質が検出されても、不思議はないだろう」

「副所長のくせに、さっきのプレゼン結果を忘れたのか？　新薬キズナオルの主成分、パテントール・ハヤクチユは三日経つとゼロに減衰する。つまり奥さんの衣服に付着した馬場の血痕は治験後三日以内の検体だということを図らずも証明してしまっているわけだ」

それから加納警視正は、目を細めて白井隆幸を凝視した。

「ところが十二月の治験名簿に馬場の名前はない」

白井は腕組みをして考え込む。「なるほど……」

しばらく考え込んでいた白井隆幸は、再び顔を上げる。

「治験患者登録に落ちがあった可能性があるな。念のためチェックしてみよう」

白井はインターホンを鳴らし、女性秘書を呼ぶ。

「昨年十二月の治験名簿をこちらに」

小柄な秘書がしずしずと名簿を持ってきた。白井は受け取り、ぱらぱらとめくる。

「これだな」

十二月二十二日のページを開いて、言う。

「ひょっとしたらこの人物かもしれん。私の特別枠になっているが、何らかのルートで飛び込みで追加したんだと思う。覚えていないが、治験ではそういうことが時々起こる」

よどみない白井隆幸の返答に、玉村が尋ねる。

「なぜ彼はわざわざ偽名を使ったのでしょうか?」

「非合法応募を自覚していたんだろう。この治験は半年以内に他の治験を受けていないという条件がある。これに抵触するから本名を隠して応募したんだろう。何しろ、払いのいい、おいしい治験だという評判だからな、うちのは。それに被験者すべてに面談するわけではないものでね。次回からは、もっときちんと審査をしないといかんな」

加納が言い放つ。

「安心しろ。次回の治験審査にあんたが関わることはない」

「どういう意味だ？」

「今の説明で、拘留中の容疑者が通り魔ではないことが証明されたからだ」

「なぜだ？」

「治験を受けていれば、馬場のアリバイが成立するからだよ」

「なるほど。私は挑発されているのだな」

白井は深々と椅子に沈み込む。そして傍らの秘書に言う。

「では、治験部屋のモニタを確認してみよう」

「この案件は特別案件対応でしたので」

「モニタはオフだったのか？」

秘書はうなずく。

白井は深くソファに沈み込み、頭を抱える。

「おお、何ということだ」

顔を上げて、言う。

「お聞きの通り、容疑者が事件当時この部屋にいたという確証はなくなった。日誌でも途中で治験を放棄している。ということは治験開始時に新薬キズナオルを飲み、ここから脱走、偶然遭遇した家内を殺害したという筋書きが成立する。これですべての整合性はつく」

「なかなかしぶといな。さすが次期所長の呼び声高い出世頭だ」

加納は呟くと、白井隆幸に視線を据える。

「それでも容疑者が犯行当日、この部屋にいたというアリバイは成立しているんだ。そうなったら白井さん、もはや犯人はあんたしかいないんだよ」

「どうすれば彼が事件当日、あの部屋にいたと証明できる？」

「その答えは、『ダモレスクの剣』だけが知っていたのさ」

白井隆幸は、顔を上げて不思議そうに尋ねる。

「『ダモレスクの剣』だと？　何だ、それは？」

「俺もそうだが、たぶんあんたも知らないだろう。この世には我々の与《あずか》り知らない世界が広がっている。そのひとつがネットゲーム世界さ。『ダモレスクの剣』は、ネトゲで今一番流行っている。そのヴァーチャルな世界を、別人格で放浪し冒険する、というわけだ。まったく、何が悲しくて、大の大人がこんなことを説明せねばならんのか……」

加納は、深々とため息をついた。

12 かなぐり捨てたマスカレード

サンザシ薬品研究所　4月30日　午前11時

自嘲の入り混じる口調で加納は説明を始めた。

「ゲームにログインするためにはパスワードが必要で、課金のためゲームのプレイ時間は厳格に管理されている。容疑者は部屋にいる間ずっと『ダモレスクの剣』をプレイしていた。その証拠が管理サイトに残っている。そしてネットに接続したのがこの研究所からだという裏付けも取れた。これで容疑者が殺人が起こった日に、一日中研究所内にいたことが証明されたんだ」

白井の顔が苦しげに歪む。

「では、百歩譲って、仮にすべてが君の言った通りだとしてもいい。だがそれでどうして私がいきなり容疑者になるのかね。別の通り魔が家内を殺した可能性もある。ひょっとして不倫相手の松原が……」

加納は片手を挙げ、白井の悪あがきを制する。

「せっかくシャープな犯罪者と認知してやったんだから、もっと往生際はよくしろよ。あんたは馬場を通り魔に仕立て上げるため、奥さんの衣服に馬場の血液をふりまいた。治験中に採取した血液だ。その馬場が研究所内にいたというアリバイが成立した。誰が奥さんの衣服に研究所でテレビゲームに熱狂している容疑者の血液をばらまけた？　それは、一介のスキーインストラクターである松原にできることか？」

加納の目が、次第に炯々《けいけい》とした光を増していく。そして人差し指でびしりと白井隆幸を指さす。

「いいか、そんなことができるのは世界中見回してもたったひとりしかいない。それは白井さん、あんただけなんだよ」

白井は穴があくほど、加納の顔を見つめた。

「今の話はＤＤＰシステムにおける協定違反だ」

白井は思わぬ反撃をしてきた。

「ＤＤＰに治験検体の情報を提供した場合、個人情報保護の観点から個人識別のみに情報を用い、それに伴う医療情報は捜査現場には提供しないという協定があったはずだ。まさしくそれに抵触する行為だ。そうなると東城大および桜宮市警察は協定違反を犯したことになる。これを公にしたら、この情報取得方法自体が非合法となり、証拠採用が不可能になる。そうなったら公判は維持できなくなるぞ」

加納は答える。

「確かにＤＤＰに対する情報提供における協定ではそういう取り決めになっている。だが馬場が治験を受けたという情報は、東城大から受けたわけではない。ヤツが自分で提供した情報に対する裏付け捜査の賜物《たまもの》だ。したがってこれは個人情報保護の範疇《はんちゅう》からは外れる。何しろ、本人が自らの利益のために調べてくれ、と依頼してきたわけだから、立派な人権保護行為ですらある。したがってＤＤＰと東城大、そして桜宮市警察の間にまったく問題はない」

白井隆幸はがっくりうなだれる。加納は尋ねる。

「それにしても、なぜ雪の中に遺体を放り出したりしたんだ？　あれではまるで、見つけてくれと言わんばかりだろうに」

白井隆幸は、虚ろな目で加納を見た。

「そんなこと、切れ者のあんたにはわかっているだろう」

「残念ながらそこだけは、どうしてもわからなかったんだ」

白井隆幸はため息をつく。そして続ける。

「家内の死体は、いつか見つけてもらわないと困る。でないと家内は失踪したままで、社会的に収まりがつかない。そう、あれは賭けだった」

白井隆幸は遠い視線を壁に投げかける。

「家内の浮気に気づいた私は、家内の車にGPS付きの携帯電話を仕掛けた。そして翌朝、家内が一晩を過ごした小屋の駐車場で待ち構えていると、家内が姿を現わした。それを見て激昂《げっこう》し、手元のナイフで腹部を一突きした。突発的な激情だった。家内に対してはとっくに割り切っていたつもりだったんだが」

白井隆幸の口許《くちもと》を、加納は爪を弾きながら退屈そうに眺めている。白井は独り舞台を続ける。

「動かなくなった家内を前にして、どうしようと悩んだが、そこに放置しようと思いついた。雪が積もれば春まで死体は隠される。そうすれば松原の犯行に思わせることもできる。その時、前日に治験に応募してきた容疑者のことが浮かんだ。非合法でもぐり込んできたルール違反のバイト。そいつを犯人に仕立て上げれば、捜査ミスを誘導でき、一石二鳥だと考えた」

そう言うと白井隆幸は言葉を切って、小さく吐息をついた。その時初めて玉村は、尊大な白井隆幸の身体が小さく縮こまっているのに気がついた。

「そう思うと、すべての物事が、私に向かって、こうした偶然を利用すべきだ、と囁きかけているようにも思えてきた。実はあの日、私は会議に行くというついでがあったので、検体を運ぶ役を買って出ていたからソイツの血液サンプルを車内に持ち合わせていた。それでつい、悪いことだとは思いながらも咄嗟《とっさ》にああした行為を思いつき、実行してしまったんだ」

「なるほど、いろいろなピースが偶然にも揃っていたというわけですね」

玉村がうなずくと、加納は首を左右に振りながら、へらりと笑う。

「つくづくタマはお人好しだな。犯行がバレたとたんに今度は情状酌量で、殺人ではなく、衝動的な傷害を装って減刑を狙い始める。こいつは極上の冷酷な知能犯だ。ダマされるなよ」

白井隆幸は加納を見つめて弱々しく言う。

「刑事さんの慧眼《けいがん》には敵《かな》わないと思ったから、こうして正直に話したが、君はどうしても私を冷酷な殺人犯に仕立て上げたいようだな」

加納は笑顔で答える。

「そんな三文芝居はやるだけムダさ。二度目の治験を馬場に持ちかけたのはあんただろう」

白井隆幸が、心外だ、という表情で尋ねる。

「なぜ、そんなことがわかる?」

「馬場が特別案件待遇されているからだ。偶然なら、偽名でも普通の治験扱いになるはずだ」

そう言うと加納は、ぐい、と身を乗り出した。

「しかも三日で治験を中断し、データが残らないよう事前に工作した。これでは奥さんを突然の激情で刺殺した、という業務上過失致死罪の適用は無理だ。事前の準備万端の立派な殺人、それも極めて綿密な計画殺人なんだからな」

白井隆幸は吐息をつく。そして加納をまじまじと見つめると、やがて静かに呟いた。

「雪が……」

玉村と加納は白井を見つめる。白井は続ける。

「発見される前に雪が死体を覆い隠すかどうか、だけが不確定要素だった。昨年は、誂《あつら》えたかのように家内の死体をうち捨てた直後に大雪が降った。あれで勝ったと思った。ここまでは完璧だったんだ。それなのにどうして……」

声にならない白井隆幸のうめき声を引き取り、加納は片頬を歪めて笑う。

「あんたの計画はあまりに完璧すぎた。だから人工的な嘘臭さが残ってしまったんだ」

そして言い放つ。

「最後は、俺の嗅覚がその不自然さを嗅ぎ当ててしまったというわけさ」

白井隆幸はがくりと首を折った。

「そんな非論理的で不確定な要素のために……」

「俺は、論理的整合性は尊重するタチなんだが、必ずしも論理が最上だとは、決して思ってはいないもんでね」

加納は慰めるように言った。

「それはちょうどこの研究所の骨格みたいなものだ。一切のムダなく機能的に構築されている。だがここには生命が息づくことはない。そういう場所にいると、蕁麻疹《じんましん》が出てくる体質なんだよ、俺は」

加納はぐるりと無機質な部屋の中を見回して、続けた。

「自分の身の安全のため、さまざまなロジックを徹底的に重ね上げていったんだろうが、あまりにも完璧を目指しすぎたな。だから一カ所がほころびると、他の部分も一斉に崩壊してしまう。あまり賢いやり方ではなかったな」

玉村が、白井隆幸に歩み寄る。

「行こうか。手錠は掛けないでおいてやるから」

白井隆幸は弱々しくうなずいて、立ち上がる。

秘書嬢が口に手を当て、目を見開いている。

白井は言う。

「しばらく留守にする。私の留守中は大野《おおの》君に指揮を執ってもらうように」

秘書嬢は両手で口を押さえながらも、うなずく。

玉村と白井が部屋を出ていく。

加納警視正は立ち上がると、秘書嬢に会釈をし、大股でふたりの後を追った。

13　勇者バンバンの帰還

桜宮市警察本部　5月1日　午前10時

「というわけで、今回の一件でのＤＤＰのお披露目はナシ、だ」

これまでの経緯を説明し終えた加納に向かって、斑鳩広報官は小さく頭を下げる。

「ありがとうございました。あやうく冤罪の片棒を担ぐ最悪の船出になるところでした」

部屋を出ていった斑鳩の後ろ姿を見送って、玉村が言う。

「何だか淡々としてますね。もっと悔しがるかと思いましたけど」

「おとなしい狂犬ほど不気味なものはない。それでも斑鳩にしては喋りすぎだ。ヤツの渾名《あだな》は、サイレント・マッドドッグだからな」

玉村が加納に尋ねる。

「ひとつだけ、どうしても白井の説明を聞かされても腑に落ちなかったことがあります。白井が奥さんを刺し殺したあと、どこかに埋めたりせずに、あんなややこしいことをしたことは不自然すぎて理由が納得できないんです」

「そんな基本的なこともわからずにヤツを送検したのか。心許ない話だな」

加納はくわえ煙草の煙を玉村に吹き付ける。

「確かに白井は本音を吐いていない。だからタマも腑に落ちないんだ。本当の理由はこうだ。奥さんを殺し、どこかに埋めれば、死体が見つかった時、第一容疑者は誰だ？」

玉村は少し考えて答える。

「夫の白井か、不倫相手の松原さんでしょうね」

「すると動機面では白井隆幸は容疑者候補ナンバーワンだ。しかも真犯人であれば逃げ切れるという保証はない。ところが今回のような状況なら、警察捜査は第一容疑者の犯行証明に集中する。ヤツに対する捜査は甘くなり、うまくいけば他人に罪を被せられ、永久に捜査から解放される。それならリスクを冒してもやってみる価値はあると、白井は考えたんだ」

玉村はうなずいた。加納は続ける。

「四兆七千億人にひとりの一致率で人物同定できても真犯人とは限らない。厄介な時代になったものだ。我々は往々にして科学に頼りすぎ、一番大切なことを見失ってしまう。可能性を徹底的に考えれば、落とし穴にはまらずに済むんだが」

「今回は本当に危なかったですね」

「捜査において、証拠はひとつの客観的事実にすぎない。鑑定情報を使う、使わないは捜査の恣意性に左右される。だとしたら捜査の基本情報を提供するシステムは司法から独立、分離させた方がエラーは少ない。第三者の冷静なチェックが入るからな」

加納の脳裏に、ぼんやりした表情で珈琲をすする田口の姿が像を結ぶ。

「そうか、そういうことか……」

加納は呟くと、気を取り直したように、玉村に尋ねる。

「それにしても一体どんな人物なんだ、ＤＤＰのマスターキーを医療現場に残すという蛮勇を、あの斑鳩相手に断行できた、沼田なる人物は？」

「何でも、田口先生の天敵だそうですよ」

玉村の答えを聞いて、加納は笑顔になる。

「それくらいの強敵がいるくらいが、不倫先生にはちょうどいいんだろうな。結構なことだ」

それから加納は空を見上げて呟く。

「医療と司法の分離独立、か。それをベースにした新システム設立を検討してみるか」

加納は玉村に言う。

「それよりもタマ、今回の事件現場になったサンザシ薬品研究所のたたずまい、どこかで見たことないか？」

「さあ？」

玉村が首をひねる。加納は真顔で言う。

「気がつかなかったのか？　あの研究所の構造はＳＣＬ（桜宮科捜研）と瓜二つだったんだぞ」

玉村は呆然と加納を見つめた。背筋に一筋、冷や汗が流れ落ちるのを感じていた。

釈放された馬場は、背後から玉村に声を掛けられ振り返る。

「自由になったら、何をなさるつもりですか？」

馬場は玉村を睨みつけて、言う。

「余計なこと聞かないでよ。早く戻らないと、僕の大切なユナちゃんが殺されてしまう」

加納と玉村は顔を見合わせる。

「実生活より、ヴァーチャルな『ダモレスクの剣』の世界の方が大切なのか。やれやれ」

玉村は加納を差し置き、笑顔で馬場に尋ねる。

「『ダモレスクの剣』セカンドシーズンで、我らがユナちんがボンバーズ魔王を倒した時、片隅で三匹目の龍《りゅう》、バッカスドラゴンの足を引っ張っていたヘンロという魔術師は、あのバトルで少しはみなさんのお役に立ってましたか？」

「もちろんだよ。絶妙のタイミングで放たれたヘンロの呪文〝ハイパーパライホ〟がなければ、バッカスドラゴンが麻痺《まひ》することもなかったし、そうでなければユナちんもヤツを倒せなかったんだもの。……って、あれ？」

馬場は首をひねる。そして玉村を凝視する。

「あの伝説の闘いは外部モニタされていないから、詳しい闘いぶりは、場に居合わせた少数の人間しか知らないはず。ましてやヘンロなんてマイナーなキャラ、知っている人はほとんどいないし……まさか、ひょっとして刑事さん、あんた……」

玉村がうなずいて、頭を下げた。

「プライベート領域には立ち入らない、という我々のパーティのルールを破ってしまったことをお許しください。はじめまして、勇者バンバン。私がヘンロです」

「そうか、あんたがヘンロだったのか」

馬場は玉村に抱きついた。そして強く握り締めた両手を、何度も何度も振り続けた。

「本当にありがとう。もしヘンロの足の引っ張りがなかったら、ユナちんは本当に危なかった」

加納はぼそりと呟く。

「足を引っ張って感謝されるなんて、変な世界だな。こいつらの話は理解不能だ」

玉村は馬場の肩を抱き締め、賞賛に応える。

「いえ、あの闘いでは、勇者バンバンが一番の功労者ですよ」

「いやいや、あそこで僕のイナズマ・カッターを炸裂させることができたのも、その前にヘンロの〝銀色スクリーン〟効果があったからこそだよ」

加納は肩をすくめて、ふたりの抱擁を後にする。

「ばかばかしい。何がヘンロだ。何がユナちんだ。てめえら永遠に檻《おり》の中でネトゲしてろ」

加納の吐き捨てた辛辣《しんらつ》な台詞は、残念ながら、幸せな抱擁を繰り返す『ダモレスクの剣』の勇者たちの耳に届くことはなかった。

桜宮署では、今日も平和な一日が終わろうとしていた。

不定愁訴外来での世迷い言　3

メモを読み終えた玉村と田口は同時にため息をつく。

「全然知りませんでした。ここにちらりとお見えになったあの時に、まさかこんな大変な捜査をなさっていたとはねえ」

「私が病院長室に伺っている間に、あの警視正とこんな丁々発止のやり取りをなさっていたんですねえ」

ふたりはそう言いながら、互いに相手の言葉に耳を傾け、同時に相づちを打つ。

「本当に大変でしたねえ」

その重なった言葉は、半分は自分に向けられ、半分は相手の労をねぎらうために発せられた。なので、ふたりで互いに半分ずつ、相手に振り向けたので、ふたり合わせると、自分にも相手にも、同じ分量のねぎらいを投げ掛けることができ、そうしたねぎらいの言葉を同時に受け取ることもできたわけだ。

なんだか、ずっと昔からこうやって互いにいたわり合える相手を探していたような気がする。

なぜかふたりとも、同時に同じ事を考えていた。

玉村も田口も、いつまでもこの時間を共有し続けていたい、と思ったが、やがて玉村警部補が意を決したように、最後のファイルを取り上げる。

「ああ、これは……」

「お祭しの通りです。あの事件ですよ」

田口は遠い目をして、何かを懐かしむような表情になる。

「あの時までは、まさかこんなことになるなんて、夢にも思っていませんでしたからねえ」

田口はぐるりと周りを見回す。

「以前と同じ部屋、窓から見える光景も同じ、やってくる患者も変わらない。それなのに、世界の見え方が大きく変わってしまいました」

玉村警部補が、はっと気づいて、首を振る。

「そんなことはありません。今だって、この大学病院を必要としている人は大勢いるんですから。それなら、大切なことは何ひとつ変わっていないじゃないですか」

田口は、玉村の言葉に静かにうなずく。

「そうですね。残された者が頑張らなくては、ね」

そう言って、玉村は四冊目のファイルを開いた。

4　エナメルの証言

01

児童公園　２００９年３月17日　午後１時

昼下がりの公園はどうして、こうもやかましいのだろうか。

ぼくがここに来るのは、読書をするのに都合がいい木陰と、お気に入りのベンチがあるからだ。そのベンチに座って詩集を読むのが、仕事の合間の、ぼくの唯一の楽しみだった。

それなのに、これではすべてが台無しだ。

さっきから泣き止まない乳児の声にいらいらしながら、立ち上がる。

今日は諦めよう、と歩き出したぼくの足に、背後から衝撃が走る。

その反動で、手にしたリルケの詩集を落としてしまう。

振り返ると、三歳くらいのガキがぼくに勝手に衝突し、勝手に尻餅をついている。ぼくを見上げたその目からみるみる涙が溢れ出し、やがて公園中に響き渡るような大声で泣き出した。

口を無意味にぱくぱくさせている。その様は、釣り上げられ、岸壁に放り出されたダボハゼみたいだ。でも、ダボハゼの方がずっとマシだ。ダボハゼは決して、大声で泣き出したりしないのだから。

耳を塞ぎたくなりながらも、ぼくは目の前で大きく開かれた口に視線を注ぐ。

我ながら職業病だな、と思う。

「トオルちゃん、どうしたの？　この悪いおにいさんがいじめたの？」

離れた木陰で母親同士の社交に励んでいた母親が一目散に駆け寄ってくると、一気にまくし立てる。二十代だろうか。まだ、若い母親だ。一見すると、高そうな服に身を包み、きちんとした母親のようだが、よく見ると袖口が薄汚れていたりスカートの裾がほつれていたりして、本当の上流階級ではないことがわかる。

ふつうそんなところにまで気が回らないものだよ、と知り合いに言われたこともあって、そうした観察眼は封印していたのだが、こういうちぐはぐな人物を目の前にすると、ついそうした矛盾点を露わにしてしまうという性癖があるのは、困ったものだ。

後ろでは、似たようなナリをした母親たちが、好奇心剝《む》き出しの視線で、顚末《てんまつ》を見守っている。そのひとりが胸に大切そうに抱いているのが、さっきから公園の最大の騒音源だということに、その時にようやくぼくは気がついた。

駆け寄った母親は、その子の側にしゃがみ込むと、親子してぼくを非難の目で見上げる。親子おそろいのヤンキー座り。まるでチョウチンアンコウだな、と思う。見たくもない下着が目に入り、思わずうつむいてしまう。ほらね、こうしたところでもお里が知れてしまうわけで。というわけでぼくはその時なぜか、日本の未来は暗いぞ、と確信してしまったんだけど。

ぼくはそこはかとない殺意を抱きそうになりながらも、つい、プロフェッショナル意識に支配されてしまう。尻餅をついた男の子の前に膝をつき、顔を覗き込む。おもむろに両手の人差し指をそれぞれ上の前歯と下の前歯にひっかけ、ガキの口を大きく開けた。

「な、なにすんのよ」

上品ぶっているものの、所詮はチョウチンアンコウでしかない、ダボハゼの母親がきいきいわめき出す。ダボハゼは、といえば、思いもかけないぼくの攻撃を受け、泣きわめくのをやめて固まってしまった。

母親はぼくの身体に手を掛け、ガキから引き離そうとし始めた。どうやら母性本能だけはそこそこ持ち合わせているようだ。

ぼくは、背中に貼りついた母親を無視して、虚空に向かって所見を読み上げ始める。

「左上はAからCまでゼロ、DとEがC2、右上はA、Bがゼロ、Cが欠損、DとEはC1、左下はAからEまでC1、ゼロ、欠損、欠損、C2、そして右下はAからEまでオールC1」

一気に言い立てる声に母親は呆然とし、肩に掛けた手を離す。さっきの威勢はどこへやら、異次元の生物でも見るような目で、母親はぼくを見下ろしている。

ぼくはガキの口から手を離すと、ポケットからウエットティッシュを取り出す。そしてダボハゼの唾液でべたべたになった自分の指をゆっくりとぬぐう。ぼくが離れたのを見て、奪い取るようにしてダボハゼを抱き寄せたチョウチンアンコウを見下ろし、ぼくは告げる。

「今すぐ歯医者に連れて行った方がいいですね。奥歯の手入れの仕方がひどすぎます。乳歯の虫歯はやがて永久歯の歯並びに影響してきますし、乳歯が虫歯になる子どもは、たいてい永久歯も虫歯になってしまうものです。以後、くれぐれも気をつけてください」

歯は健康の基本なのに、大切な子どもの歯を放置しているずぼらな母親に、ぼくは冷静に告げた。だが、母親には折角のアドバイスは届かず、ひたすら非難の視線を投げてくる。

子どものために忠告してあげたのに非難される、という不条理を噛みしめる。さっきガキがぶつかってきた時に落とした詩集を拾い上げ、砂をはらうとジーンズの尻のポケットに入れる。公園を後にすると、背中では、チョウチンアンコウの周りにフグとミノカサゴが寄ってきた。彼女たちの、一斉に非難するような視線がわずらわしい。

イヤな世の中になったものだ。

公園で静かに読書を楽しむこともできないし、ガキが走り回るのを母親は止めようとしないし、善意で診察をしてやってもお礼のひとつも言われない。

ぼくはため息をつく。これじゃあ、世も末だ。

ぼくはひとり職場に戻る。

ぼくのオフィスは、深海魚に占拠されてしまった公園からは徒歩十分。人気の多い蓮っ葉通りにあるものの、通りの外れのため人の出入りは目立たない。本当なら職場というものはもっと人里離れたところに設定するべきだ、というのが、ぼくの師匠である高岡《たかおか》さんのモットーだし、実際、高岡さんの事務所は田んぼの真ん中にぽつんとあるから言行一致しているわけだけど、ぼくは新世代のワーク・スタイルを目指しているので、職場の立地条件という、そこだけは我を通させてもらった。

だって、そこはぼくのオフィスだし。そんなことさえできないなら、そもそも独立した意味がなくなってしまうではないか。

アーケードの終わりから、少し離れた一戸建て。それがぼくのオフィス兼住居だ。

以前は、流行った精肉店だったらしいが、郊外に大型量販店ができて人の流れが変わってしまい、蓮っ葉通りもいつしかシャッター通りになった。そこに二代目のぼんぼん店主がギャンブルにはまり、お決まりのごとく仕事を放り出した。

かさんだ借金を払えず自己破産、借金のカタに取り上げられた店舗が流れ流れて、ぼくが所属している組織の持ち物になった。そして組織の一部門の業務を担う、ぼくの職場として無償提供されている、というわけだ。

仕事は出来高払いだから安定はしていないけど、家賃が無料《タダ》なのでとても助かっている。

オフィス兼住宅の後ろには空き地があり、何年も放置されている。だから多少の音がしても文句を言う人もいない。もっともぼくがどれほど手荒く治療しても、患者が声を上げることは絶対にないから、そんな心配は杞憂《きゆう》なんだけど。

空き地の先には、精肉保存の巨大冷蔵庫付きの倉庫がある。組織はその巨大冷蔵庫が欲しかったのではないかと、ぼくはひそかに勘繰っていた。

もちろん、その勘繰りには何の根拠もない。

ぼくが使っている快適なオフィス兼自宅を手に入れられたのも、組織の大方針のおこぼれかもしれない。でも、もう今となってはそんなことはどうでもいい。だってぼくは所詮、得体の知れない組織の末端構成員で、たぶん組織名簿にも載せてもらえないような下請けだ。だから組織の全体像がわかるはずもないし、また、知りたいとも思わなかった。

時計の歯車と同じ。歯車は自分が時を刻んでいるという自覚がなくても、ただそこで回っていればいいだけのことだ。

ぼくがそこはかとなく属している組織の名前は〝ホーネット・ジャム〟という。

大混乱の蜂の巣、とでも訳すべきなのだろうか。聞き慣れない単語だが、たぶん親分が学のあるインテリなのだろう。気取ったインテリは物事をわかりにくくするのが趣味だ。

蜂の巣が混乱していれば大騒ぎだろうが、名称と違い、組織はとても静かだ。宣伝広告も見たことないし、誰かがウワサしているのを聞いたこともない。ぼくも、最初に連絡係を紹介された時にただ一回、高岡さんから聞かされただけだ。

オフィスにたどりつくと、身体が妙に汗ばんでいるのに気がつく。

春先の生暖かい空気が身体にまとわりついてくる。べたべたして気持ちが悪い。

まずシャワーを浴びることにしよう。

02

オフィス・クリタ　3月17日　午後2時

職場兼自宅の前に、黒塗りのバンが路駐していた。

ぼくはため息をつく。

仕事はひと月に一、二件、あるかないかだから、留守中に依頼者が来る可能性は低い。なのにそのタイミングで仕事がきたということは、ラッキーな案件ではなさそうだ。

今月は二件目。月半ばなのに異常な繁盛ぶりだ。

玄関の鍵は開いていた。

応接室に入ると、黒服姿の男性がたたずんでいた。いつも黒いサングラスをかけているから、彼の素顔は知らない。それでも差し支えのない程度のつきあいだ、ということなんだけど。

黒サングラスは頭を下げる。

「お留守だったもので、勝手に入らせていただきました」

ぼくはリルケの詩集を黒サングラスの目に触れないようにして、ズボンの尻ポケットから取り出し、背後の本棚に置く。

それから振り返り、陽気な口調で答える。

「構いませんよ。ここはあんたたちから借りている物件ですから」

黒サングラスは首を振る。

「でも貸与している以上、居住権は守りたいので、今回のような事態はイレギュラーなことだと、どうかご寛恕《かんじょ》いただけるとありがたいのですが」

「だから大丈夫だってば。ぼくみたいな風来坊、そういうのには慣れてるんだ」

ふと、黒サングラスが遠い目をする。

「そういえば、栗田《くりた》さまがこちらにお見えになって、もう五年になるんですね」

ぼくは、小さく吐息をついた。

「五年、かあ。ぼくにしたらひとつの街に留まった最長不倒の滞在期間だよ。まだ三十年しか生きていないから、大したことじゃないんだけどさ」

ぼくは、業界では若手だし、家族がいないので、業界向きの人材でもある。黒サングラスが属するホーネット・ジャムは非合法行為を合理化し社会適応させる団体なんだけど、その組織からの信任はそこそこに篤《あつ》い。

ぼくは四方山話を打ち切り、黒サングラスに尋ねる。

「で、患者は？」

黒サングラスはぼくにカルテを二冊差し出し、言う。

「治療室に運んであります」

ぼくは一冊のカルテを一瞥する。都内の某有名歯科医のカルテのコピーだ。

「歯の手入れが悪いね。インレイとクラウンが二本ずつ、か。少し時間がかかるけど」

インレイというのは歯の治療痕で、エナメル質の一部を削りレジンや金属で補填すること。クラウンは、治療した歯全体を金属などで覆う処置のことだ。

ぼくはカルテの中から、一ページを開いてコピーする。それは歯の治療痕を表に記載したデンタルチャートだ。それからもう一枚の紙もコピーして、黒サングラスに返却した。

黒サングラスは尋ねる。

「どのくらい、かかりそうですか」

「明朝にはお返しできると思うけど」

そう言いながらぼくは、もう一枚のコピーを見る。そちらは手書きのラフなものだ。よく見ると、メモの下に桜宮市警察署という文字が見える。

「ちょっと待って。やっぱり終わるのは明日の夕方になりそうだ」

「大丈夫です。でも、なぜ延びたんですか？」

「こちらは抜歯してある。両方を合わせるためにはインプラントしないと」

「わかりました。では本部にはそのように報告しておきます」

その時、応接室の扉が開き、どかどかと、でっぷりと肥えた中年の男性が入り込んできた。

ぼくのオフィスにチャイムを鳴らさずに入ることが許されるのは、ホーネット・ジャムの連絡係の黒サングラス、時々迷い込んでくる鼻の頭が白い野良猫、そして目の前で腕組みをしてぼくを睨みつけている、ぼくの師匠の高岡さんだ。

だぼだぼのアロハシャツを着て、足にはビーチサンダル。どこに行くにも、いつの季節も一貫してこの格好だ。なのでこれは高岡さんにとっての正装なのかもしれない。

ぼくをちらりと見ながら、高岡さんは黒サングラスに言う。

「今月、これで坊やは二件目だな。先月から考えると四件連続、坊やになっているんだぞ。それなのに師匠の俺はゼロというのはどういうことだ。お前ら、この俺を干すつもりなのか」

ホーネット・ジャムの黒サングラスは、丁寧に頭を下げる。

「栗田さまの仕事の評判が大変よろしく、この四件はすべて依頼主のご指名で竜宮《りゅうぐう》組の案件でして。ご理解ください」

「竜宮組が坊やを気に入った、というわけか。鯨岡《くじらおか》組長は好き嫌いが激しい人だそうだからな」

黒サングラスは曖昧にうなずく。

そのやり取りを聞いて、ぼくは最近、どうして急に多忙になったのか、ようやく理解した。知らないうちにぼくは、指名の多い売れっ子に格上げされていたのだ。

高岡さんは、ぼくへの剝き出しの憎悪を隠そうともせずに、言う。

「坊やみたいにちまちまやっていたら、足が出ちまう。俺ならこんな仕事、ちゃちゃっとやっつけて三時のおやつの頃にはお返しするぞ」

黒サングラスはもう一度、丁寧に頭を下げる。

「申し訳ありませんが、この件は顧客の意向であり、組織の意向ではございません」

高岡師匠は、ち、と舌打ちをする。そしてぼくに言う。

「おう、坊や。ちょっと売れてるからって、いい気になるなよな。この業界は奥が深いんだ。坊やにはまだ教えてないことがたくさんあるんだからな」

ぼくは治療室に向かいながら、静かに答える。

「わかってますよ、高岡さん。今日、ぼくがこうして仕事にありつけるのも、高岡さんのご指導の賜物なんですから」

高岡師匠は満足げにうなずく。

「それがわかっていればいいんだ」

そう言うとアロハシャツのポケットをごそごそ探す。高岡さんはヘビースモーカーだ。だが煙草の持ち合わせがなかったらしく、不機嫌な顔で黙り込む。

ぼくを覗き込んで言う。

「それにしても、ここまでバランスが崩れると困っちまう。ウチのヤツ、最近は煙草銭までうるさくてな。自分はパチンコ屋にさんざん貢いでいるクセによお」

脳裏に、高岡さんの奥さんの人の好《い》い笑顔が浮かぶ。欠点があるとすれば、家の片付けが上手ではないこと、パチンコ屋に対する忠誠心が強すぎること、それからふくよかというにはあまりにも肉付きのよすぎる身体つき、といったところだろうか。

もっとも最後に関しては、人によっては美点なのかもしれないけど。

どっちにしてもこれは高岡さんの愚痴だ。ぼくがどうこう言うエリアではない。

「この患者の引き取りは明日の夕方か。じゃあその時、俺もここに来るよ。今後の分担の方針について、三人で腹蔵なく話し合おうぜ」

黒サングラスはちらりとぼくを見る。ぼくがかすかにうなずいたのを見て、言う。

「わかりました。では、明日夕方四時、患者の引き取り時にお目にかかりましょう」

黒サングラスがオフィスを出て行くと、高岡さんはぼくをじろりと見る。それから、急に弱々しい表情になり、すがりつくように言う。

「なあ、坊や、わかってくれよ。俺だって食っていかなくちゃならないんだ。お前がここまでこれたのも、俺のおかげだろ。そこんところを考えずに、自分だけがブイブイ言わせていたら、いつかどこかで足をすくわれるかもしれないぞ」

そして口調にぴったりの、優しい視線でぼくを見て、ぼそりと言う。

「あんまりハネると、潰すよ」

ぼくは背筋に寒気を感じた。そして、震える声で言う。

「わかっていますよ、高岡さん」

高岡さんはぼくの目を覗き込む。

そこに嘘の色がないことを確認したのか、何も言わずに部屋を出て行った。

アロハシャツの原色のどぎつさが、ぼくの網膜に残像として残り続けた。

✺

ぼくにとって、高岡さんは素晴らしい師匠だった。

どの業界でもそうだと思うが、新技術を導入しようとすると、古株の先輩が文句を言うのは世の常だ。その意味では、高岡さんはかなりマシな部類だと思う。ぼくの新しい技術対応は、師匠にとっては文句を言いたくなる類のものだったろうし、実際、文句たらたらだったけど、頭ごなしにやめろと言ったり、足を引っ張ったりはしなかった。

もっともそれは、この業界の人材が極端に乏しいせいだ、ということも関係している。同業者は東日本では桜宮に、ぼくの他に一軒、といってもそれは師匠の事務所だから、同業者というよりも先輩に当たるが、これで計二軒。他には関西は浪速《なにわ》市の天目《てんもく》区に一軒。北海道の雪《ゆき》見《み》市に一軒。九州には太宰《だざい》県の舎人町に一軒。四国は空白だけど、あそこはなぜか、いろいろなものが空白になっている、不思議議島だ。たぶん、社会規範のすべてがお遍路を基本単位にしているからだ、というのが高岡さんの持論だった。

日本は四つの大きな島でできているが、ぼくの同業者の分布は島ごとに一軒、もしくは二、三軒しかない。しかもひとつの島は空白ときてる。ぼくと師匠で支えるこの業務のお得意先は東日本全般、ただし東京を除く、というわけだ。商売というものはすべからく、一番のマーケットの東京中心になるものだが、珍しくぼくたちの同業者は東京にはいない。東京はあまりに先進的すぎる都市なので、うっかり出店しようものなら、大変なことになってしまう恐れが高いからだ。

ぼくたちは、臆病なチンアナゴだ。物音がしたら、たちまち海底の砂の中に身を隠す。

——君子、危うきに近寄らず。

それがぼくの人生訓だった。

03

治療室　3月17日　午後3時

ぼくは応接室から廊下を抜け、奥の部屋に入る。すっかり待たせたが、これくらいで文句を言うようなお客なら、こっちからお断りだ。ぼくの治療室は静粛がモットーなのだから。

部屋を開けると、ひんやりとした空気が流れ出す。ぼくの住んでいる家はかつて精肉店だったので、小さな応接室くらいの冷蔵庫がある。その冷蔵庫に空調をつけ、密室にならないよう改造してもらった。そのため、部屋の温度はいつも摂氏四度に安定している。

部屋に入ると、ぼくはCDをかける。

部屋の中で重奏するパイプオルガンが反響し、幾重にも木霊《こだま》を曳《ひ》いて耳に殺到する。金属製の巨大冷蔵庫の中は音響が抜群だ。

こうして目を閉じていると、中世ドイツの教会にタイムスリップしているみたいだ。

それから、水槽のクリオネを眺める。和名はハダカカメガイ。もしもクリオネという名前でなかったら、コイツの人生はずいぶん変わっていただろう。少なくとも水族館でヒロインの座に就くことはなかったし、ぼくが作業場のペットに選ぶこともなかっただろう。

ただし今、この部屋の、狭い水槽の中にいることがコイツの幸せかどうかはわからない。

手がかかるペットだが、眺めているだけで癒やされる。これも、摂氏四度の作業場だからできる贅沢だ。そんな寒々とした治療台の上に、男性が横たわっている。

「お待たせしました」と声をかけても返事もしない。ぼくは患者の感情には無頓着なので、その無愛想さは気にはならないけれど。

治療台の周りには、潰れた歯科医院から安く譲り受けた治療機器一式が配置されている。ドリルが一本、通電しない不良品だが、大した問題ではない。

カルテ台に二枚のデンタルチャートのコピーを置く。患者Aと患者Bだ。

患者Aのチャートには K53番、と記載されている。ぼくが独立して53番目の患者だ。ちなみにKはぼくの名字、クリタの頭文字を意味している。今、目の前で寝そべっているリアル患者だ。

患者Bのカルテには、鯨岡、という氏名が記載されている。こちらはカルテだけのヴァーチャル患者だ。今回は歯のレントゲン写真も添付されている。こういう対応は珍しい。ふだんは顧客情報にまったく頓着しないホーネット・ジャムの黒サングラスが、珍しく今回は「竜宮組の組長ですからくれぐれもよろしく」とわざわざ言ってきただけのことはある。

この手の顧客はわがままで、レントゲン写真をお願いしても、まず持ってくることはない。理解できないのは、こうしたささいなことからほころびが生じるということもわからない、そのバカさ加減だ。それでよくもまあ、非合理きわまりない、暴力主体の非論理的世界で生き延び、頂点に君臨できるものだ、とつくづく感心させられる。

案外、世の中は、ぼくが考えるよりずっとラフなのかもしれない。

そうなると高岡さんのやり方の方が案外、この社会に合っているのかもしれない。

ぼくは男性の側に座り、口の中を覗き込む。

半開きの口に両手の人差し指を差し込み、左手で上の前歯を、右手で下の前歯を引っかけ、じわじわ力をかけていく。頑固な患者Aは、なかなか口を開こうとしなかったが、とうとう根負けしたように、がくり、と口を開いた。ぼくはドリルを手にして、ぽつんと呟く。

「患者A、53番さんは、右上奥歯、5番、C2、インレイか」

口の中を覗き込む。カルテだけの存在であるヴァーチャル患者Bの右上5番は無傷だった。その代わりに、左下7番と右上4番は欠損している。

簡単に言うと、ぼくの仕事はヴァーチャル患者Bのデンタルを、リアル患者Aの口の中で再現すること、つまり歯型を移し変えるわけだ。すると大変なのは、リアル患者Aで欠損している歯がヴァーチャル患者Bで存在している場合だ。その場合はリアル患者Aにインプラントしてやらなければならない。逆ならば、単なる抜歯で済むのだが。

ぼくはおもむろにドリルを駆動させ、健全な歯を削り始める。相手は不平不満を訴えないので、気力のおもむくまま、好きなだけ治療を続けられる。

やがてドリルを停止させ、ペンチを取り出すと、ぺきん、ぺきんと無麻酔で抜歯していく。抜歯も相手が無意識ならば簡単だ。ペンチで摑み、左右にぐらぐらゆすり続けると、急に抵抗感がなくなり、ぺきり、と抜ける。ぼくの患者は、出血する心配がないから抜歯は楽勝だ。

一息つき、顔を上げる。オルガンの重厚な音が狭い空間に響く。

ぼくは周囲を見回す。ここはパラダイスだ。

かつてぼくが対応できなかった、歯学部の実習を思い出す。

いくら言っても、患者は歯を削られる恐怖に微動する。治療に集中していると、微細な動きが邪魔なので、その都度、怒鳴りつけてしまう。すると、ぽんぽん、と肩を叩かれ、青い紙マスクで顔を隠した指導教官にドリルを取り上げられてしまう。指導教官によるリリーフ治療が終わり患者が退出すると、教官はマスクを外しながら、呆れ顔でぼくに言ったものだ。

「栗田君の技術は高いけど、臨床には向いていないね。患者さんは生きているんだよ」

結局ぼくは実習の単位をもらえず、一年留年して粘ったが、歯大を卒業できなかった。

中退が決定した時、指導教官が気の毒そうに言った。

「栗田君の技工技術は素晴らしいから、歯科技工士とかの裏方に鞍替《くら》えしたほうがいいかもね」

当時ぼくは、そんな言葉に反感を抱いたものだ。だが、さすが数多くの生徒を見ている指導教官だけあって、ぼくの資質をよく見抜いて適切にアドバイスをしてくれていたわけだ。

今、ぼくはこうして、治療技術で勝負できる、アンダーグラウンドな歯科医になれたのだから。

右上奥5番C2インレイの治療を終えたぼくは、最後の難関に取りかかる。リアル患者Aには欠損しているが、ヴァーチャル患者Bには残存している左下第二大臼歯のインプラントをしなければならない。

戸棚からビスケットの缶を取り出す。蓋を開けると、中には小箱がぎっしり詰め込まれている。駄菓子屋で大量に買い込んだ小さなガムの箱。丸いオレンジガムが四つ、入っているヤツだが、一箱の大人買いをすると、当たりが一割もあった。薄利多売なのに、太っ腹なものだ。

ぼくは、缶の中から「C2」と書かれた小箱を取り出す。中から出てくるのは丸いオレンジガムでも当たりカードでもなかった。かつて他の患者から抜歯した歯をストックしたものだ。箱から取り出した大臼歯を無影灯にかざす。

——よし、ぴったりだ。

同じサイズの歯を一発で引き当てたので気分がいい。

ぼくは、大臼歯のインプラントに取りかかる。この技術は高岡さんが開発し、業界ナンバーワンになった。ぼくもその技術を教えてもらった。正直に言えば、概念を教えてもらっただけで、具体的な手技は独学で身につけた。でも発想こそが大切だ。なので高岡さんの言葉ももっともだし、ぼくの答えにも嘘いつわりはない。

高岡さんがいなければ、今のぼくはない。

ぼくは自分を義理堅いヤツだと自任している。裏を返せば、業界を牛耳るなどという野心や覇気に欠けるヘナチョコ、という評価にもなるのだけれど。

微動だにしない今日の患者を眺めながら、そんなことを考える。

動かないのも当たり前、相手は死者なのだ。その日、ぼくは調子がよかったので、徹夜して仕事を仕上げた。十時間近くぶっ通しの治療が可能なのも、相手が死体だからこそ、だ。

死体の歯医者。高岡さんは自分の職業をそう呼ぶ。

でも、もしぼくが名刺を作る時は、ネクロデンティストという肩書きにしようと思っている。そんな日が決して来ないだろう、ということは、よくわかっているのだけれど。

でも、そんなことはどうでもよかった。自分にぴったりの職業に就くことができて、ぼくは幸せだったのだから。

翌日。

ホーネット・ジャムの連絡係、黒サングラスが遺体を引き取りにきた。黒服に黒いサングラスなんて没個性のきわみだが、あまりにも典型的すぎて、実社会ではかえって目立ちまくりではないか、などと余計な心配をしてしまう。まあ、彼らにしてみれば、大きなお世話なんだろうけど。

遺体を引き取りながら、黒サングラスは言う。

「相変わらず丁寧なお仕事ですし、期日は守ってくださるし、大変助かります」

応接室を見回し、高岡さんがまだ来ていないのを確認すると、ちらりと腕時計を見る。

「それに引き替え、高岡さまは時間にルーズですね。まあ、特殊技能をお持ちですので許容はしますが。同等、もしくはそれ以上の品質の品を納めてくれる方が、時間もきっちり守ってくださるのであれば、勝負になりません」

黒サングラスが評価コメントを述べるのは、大変珍しいことだ。

組織での師匠の評価は低く定着しつつあるのかもしれない、とふと思う。

黒サングラスはもう一度、今度はしっかりと腕時計を見てから頭を下げる。

「高岡さまは何時にお見えになるのか、わかりませんので、先に納品してきます。一時間以内に戻ります」

黒サングラスは助手ふたりに遺体を運び出させた。

ぼくは、一仕事終えた充実感と疲労感に包まれてソファに沈み込んだ。

三十を過ぎるとさすがに徹夜はこたえる。これからは徹夜はやめよう、と思った。

うつらうつらしていると、扉が突然開いた。

「なんだなんだ、黒服野郎は、アポをすっぽかしたのか?」

威勢のいい声は、徹夜明けには少々鬱陶しい。

高岡さんは部屋を見回すと、ぼくの正面のソファにどすりと腰を下ろす。

「こちらでついさきほどまで待っていたんですが、納品場所が近いので、一時間ほどで先に納品を済ませてから戻ってくるそうです」

「ちょうどいい。俺たちの棲《す》み分けの相談には、連中の同席は必要はないからな。これは坊やと俺の問題なんだ」

「あのう、ぼくは高岡さんの仕事を取ろうなんてつもりは毛頭ないのですが……」

言いかけると、高岡さんは右手を挙げ、ぼくの話を遮った。

「それは百も承知さ。問題は連中の方だ。連中は俺の技術を低く見ている。それは坊やの技術が高いからだ。むかつく話だが、もっともな道理でもある」

ぼくの目の奥を覗き込んで、にやりと笑う。

「そこんところがはっきりしているから助かる。もし坊やが俺を追い落とそうなんて思っていたら、こんな風ににこやかに話はできないし、坊やも無事では済まないだろう」

最後は真顔になった高岡さんの目に、一瞬、鋭い光が宿る。

背筋に寒気が走る。ぼくは、あわててうなずく。

「ええ。ぼくは高岡さんの弟子です。ですから師匠には逆らいませんよ」

それは半分本当で、半分は嘘だった。ぼくが高岡さんに逆らわないのは、弟子だからではなく、単にぼくが横着者だからだ。

別にぼくは仕事をばりばりやりたいわけではない。どうせやるなら美しく仕上げたいと願っているだけなのだから。だからこそ、バリバリ仕事をしてがんがん稼ぎたい、という高岡さんとのペアがうまくいっていたわけで。

「じゃあこうしよう。竜宮組は坊やがお気に入りのようだから、ヤツらは坊や専属とする。それ以外の仕事は全部俺が受ける。これでどうだ？」

ぼくは素早く計算して、高岡さんのしたたかさに感動する。

竜宮組は大口の優良顧客だが、業務全体に占めるシェアは三割程度。現状では、ぼくと高岡さんは五分五分で仕事を分け合っているから、この申し入れが締結されると、ぼくの仕事はたぶん二割減になってしまうだろう。

でも、ぼくは高岡さんの申し出を素直に呑むことにした。

理由は簡単だ。ぼくは高岡さんのようにばりばり稼ぎたいと思ったこともないし、もともと仕事熱心でもないので、仕事が減るのはありがたかったわけだ。

ぼくが了承すると、高岡さんは満足げにうなずいた。

「それでこそ、一番弟子だ。黒服連中が戻ってくるまで、楽しいティータイムにしようぜ」

高岡さんは上機嫌で言った。

やがて黒サングラスが戻ってくると、高岡さんはふたりの間で交わされた取り決めを告げた。

黒サングラスはぼくの顔を見て、言う。

「栗田さまはそれでよろしいのでしょうか」

ぼくがうなずくのを見て、黒服は言った。

「おふたりが合意されたのであれば、当社には異存はございません。我々は非合法活動の合法的支援を行なうサポート会社です。非合法的存在である顧客の方々のご意向を実現化すべく活動しておりますので。ただ、ひとつお願いが。我々は同時に、依頼主の意思も尊重しております。現在、竜宮組が栗田さまを指名されていますが、他の方もご指名の場合は、栗田さまにお願いしたいのです。よろしいでしょうか」

「指名とあっちゃ、仕方がないさ。文句はないよ」

ぼくもうなずく。

「師匠がよければ、異存ありません」

こうして桜宮市における、ということはつまり東日本全体、ただし東京は除く、というエリアにおける、遺体歯科業務の棲み分けは円満に完了した。

ぼくはほっとした。なにしろぼくは、争いを好まない平和主義者なのだから。

04

桜宮市警察本部　3月19日　午前9時

桜宮市警の玉村警部補は、幸せな朝を迎えていた。

懸案の事件が解決し、昨晩は捜査本部解散の打ち上げだった。そして今日、経理請求の書類を提出したら、三日間もの有給休暇をもらえることになっていた。

それだけではない。その打ち上げの席上、滅多に人を褒めない上司が、名指しで玉村を褒めたのだ。こんな素晴らしいことが続くと、その反動でとんでもない不幸に襲われそうだ、と玉村はふと思い、いかんいかんと首を振り、そうした弱気の考え方こそが、そうした不幸を招き寄せるのだと自分を強く戒める。

そして隣の席で、やはり玉村同様に、にこやかな顔をしている同期の猪熊《いのくま》を見た。

捜査本部第一班はめでたく解散したが、猪熊が所属している隣の第二班は昨日までは大変そうだった。一昨晩、不審火が一件あったため、ほろ酔い気分で署に戻った玉村の隣を、猪熊が駆け抜けていったのを玉村は見ていた。

だが今朝、隣の席の猪熊は椅子に座り、ぼんやりしていた。実にヒマそうだ。

玉村が猪熊に尋ねる。

「一昨日の事件はもう済んだのかい？」

名前はいかついが、どちらかというと華奢《きゃしゃ》と言ってもいいくらいの体型の猪熊はうなずく。

「ああ、結局、ヤクザの焼身自殺だった」

「よかったな。でもそういうの、何か多くないか、最近？」

玉村の相づちをまったく聞いていなかったのか、猪熊は明るい声で言う。

「玉村も今日から有休だよな。実は俺も今日からなんだ。こじれなくてほっとしたぜ。何しろ三カ月前から予約していた温泉だから。かみさんも楽しみにしてる。ところで玉村はこの有休で何をするつもりなんだ」

玉村は頭を掻いて、にやにや笑う。

「ヒミツ、だよ」

妻と子どもたちは、春休みで一週間ほど、妻の実家に遊びにいくことになっていた。つまりこの一週間は、玉村は独身貴族の身分だった。その上、その時に三日間も有給休暇を取る。しかもそのことを玉村は家族に告げていない。

その三日間、一体玉村は何をしようとしているのか。

まさか三日間、自室にこもってネットゲーム、『ダモレスクの剣』をやりつくそうとしているなんて、誰にも言えない。でもネット世界では、お互いを知り尽くした仲間が待っている。

玉村は最後の領収書を台紙に貼りつけ、経理係に持っていこうとして立ち上がる。これを提出すれば、待ちに待った有給休暇だ。

玉村は猪熊に手を振り、部屋を出て行こうとした。

その時、扉の前の玉村に、巨大な壁が立ちふさがった。

「どこへ行くんだ、タマ」

モデルを思わせる長身の、端整な顔立ちをした男性が玉村の肩に手を置いて言う。

悪い予感は当たった。盛大に着飾ったアンラッキーが、靴音高く目の前に現われたのだ。

玉村はぎょっとして、身体を硬直させる。しばらくして、絞り出すように言う。

「加納警視正……どうしてこんなところへ」

半年前に本庁に帰還したはずの加納警視正だった。

加納はその問いに答えず、逆に玉村に尋ねる。

「タマ、今の捜査一課長はどこのどいつだ？」

玉村はおそるおそる、机のところで鼻毛を抜きながらスポーツ新聞を読んでいる紙谷《かみや》課長を指さす。加納警視正は顎を上げると、じろりと紙谷課長を見た。それから一気呵成《かせい》につかつかと紙谷課長に歩み寄る。

紙谷課長は読みかけのスポーツ新聞をばさりと落とす。その顔に一瞬、怯えの色が走った。

「な、な、何ですか、あなたは」

すると加納警視正は紙谷課長の面前で急停止し、内ポケットに手を入れる。がたがたと音を立て、紙谷課長は立ち上がる。

一カ月前に転任してきたばかりの紙谷課長は、桜宮市警に二年出向した後、半年前に本庁に帰還した加納警視正のことを知らなかった。このため、インテリヤクザの急襲で、ポケットから取り出されるのは拳銃かも、と誤解したらしい。

加納警視正は内ポケットからゆっくり手を出した。

手には、白い名刺がある。紙谷課長はおずおずと名刺を受け取ると、声を上げて読む。

「警察庁刑事局刑事企画課電子網監視室室長、加納達也警視正……あなたはあの、デジタル・ハウンドドッグ……」

「ほう、俺のことをご存じとは、実に光栄だ。それなら話が早い。さっそくだが、昨晩、桜宮で起こったヤクザの焼身自殺の件について、捜査状況を聞きたい」

すると急展開に目を白黒させていた紙谷課長が、かろうじて反撃の糸口を見つけて言い返す。

「サッチョウの電子網監視室の室長さんが、どうしてマル暴の捜査に口出ししてくるんですか。領空侵犯したりすれば、室長さんのキャリアに傷がつきますよ」

加納警視正は、片頰を歪めた笑顔になる。

「俺の業務内容まで心配していただいて、ありがたいがね。新興暴力団のマネーロンダリングを監視するのも、業務でね。そのために、ほんのわずかばかり、縄張りを越境させてもらっている、というわけだ」

こんな調子では、ほんのわずかな越境だとは誰も絶対に思わないだろう、と思いながら、玉村警部補はゆっくり、そしてひそやかに後ずさる。

巻き込まれたら、有給休暇が台無しだ。

完全に気配を消し去り、扉にたどりつく。あと少し。あとほんの少し。

その時、紙谷課長を睥睨《へいげい》していた加納警視正が、振り返らずに鋭い声を上げる。

「どこへ行くんだ、タマ？」

玉村がぎくりとして身を硬直させる。

――背中に目があるのか、この人は。

それからおずおずと答える。

「私、玉村は本日より三日間、有給休暇をいただいておりまして……」

「延期しろ」

加納警視正は短く言い放つ。

「え？　でも……」

加納警視正は振り返ると、玉村に言う。

「日本国の警察官において、捜査よりも優先されるべきものがあったとは初耳だ。それとも、タマの身代わりに俺の助手として、誰かを差し出すつもりか？」

玉村警部補は、唾を飲み込む。隣の席で、この寸劇をあっけにとられて見守っていた猪熊と目が合う。猪熊も唾を飲み込む。そして大急ぎで首を横に振る。震える声で玉村警部補が言う。

「ゆうべの事件は、そっちの班の受け持ちだろ」

猪熊は両手を合わせ、玉村を拝む。

「頼むよ、ただでさえ俺のとこ、夫婦の危機なんだ。今回の旅行は最後の頼みの綱なんだ。今回ドタキャンしたら、たぶんアイツは出ていってしまう」

「ぼくだって、ぼくが行かなければユナちんが……」

『ダモレスクの剣』のパーティのヒロイン、ユナちんとの約束が、玉村警部補の心を縛りつけている。玉村と猪熊は、自分が大切にしているものを守るため、降って湧いた災難を押しつけようと互いにおしくらまんじゅうをしていた。

そこへ加納警視正の冷たい声が響く。

「ユナちん、だと。まだあんな他愛もないゲームをクリアできないのか、タマ」

「くだらなくありません。今は最終決戦、ハルマゲドンを退治中なんですから」

玉村警部補が加納警視正に向かって珍しく、きっぱりと言い返す。一瞬、加納警視正は鼻白んだが、ポケットをごそごそ漁《あさ》ると、銀色に光るスマートフォンを投げ渡した。

キャッチした玉村は加納警視正とスマートフォンを交互に見つめた。加納警視正が言う。

「そいつは超高速通信可能な新機種だ。光ファイバーより速いぞ。タマが年休中だということを考慮し、捜査協力してる時間以外は、それでネトゲすることを許す。その条件でどうだ?」

玉村警部補は呆然とした。まさか、あの天上天下唯我独尊の加納警視正から、このようにまともな妥協案が提示されるだなんて、夢のようだ。

それから玉村は、自分の隣の席で、両手を合わせてこちらを拝んでいる猪熊を見る。

ため息をついた玉村は、仕方なく言った。

「わかりました。私はユナちんさえ救えれば、それで結構です。年休を返上して、加納警視正の非合法不規則捜査の助手をお引き受けします」

加納警視正は大きくうなずく。

「それでこそ正義の味方、タマだ。俺の助手を務めながら、ユナちんと桜宮市の平和を守れ」

玉村はスマホをいじってみた。加納警視正の言葉に嘘いつわりはなかった。その反応速度はこれまで見たこともないようなものだった。玉村は心からの笑顔を浮かべて言った。

「喜んで、お手伝いさせていただきます」

加納警視正は、震える紙谷課長を振り返り、言う。

「ただちに捜査関係者を集めろ」

その時には、玉村の隣の席の猪熊は、もはや影も形もなかった。


ホワイトボードに書き付けられた情報を眺めて、加納警視正は言う。

「つまり、検視官の現場検視だけで自殺と断定したわけだな」

紙谷課長の顔色は、紙よりも白くなっていた。そしてうなずく。

「自殺で問題なさそうでしたし、遺体は真っ黒焦げでしたので、解剖しても意味なさそうでしたし、何より検視官と協力歯科医の森《もり》先生も同行してくださり、デンタルチャートも作りました。燃えなかった部屋に署名入りの遺書もありました。おまけに相手はヤクザです」

加納警視正は片頬を歪めて笑う。

「まあ、ヤクザの検視は手抜きされるから、仕方ないんだろうな。話を聞く限りでは特に問題はなさそうに思える。だがやはりこれは自殺ではない、と俺の直感が叫んでいる以上、納得するまで調べさせてもらおう」

「と言いましても、現場検証も終わっていますから、今から現場に行っても、もはや何もないと思いますけど」

自信たっぷりに紙谷課長が言う。加納警視正はうなずく。

「そうだとは思うがね。それでも一応、念のためだ。まず、遺書を見せてもらおう」

手渡された遺書をざっと読むと、加納は紙谷課長に突き返す。

「何か、不審な点でもありましたか」

「いや、ない」

加納警視正は即答する。

「筆跡は鯨岡組長のものだし、知性のない文章もヤツがひねり出したものであることは一目瞭然だ。ヤツの文章のひどさは、高いオリジナリティを持っている。あそこまで徹底した悪文というのは、書こうとしても、なかなか書けるものではない」

「では、やはり自殺ということで……」

加納警視正は、紙谷課長の言葉を途中で遮って答える。

「いや、それでもこれは自殺ではない。俺が知る鯨岡組長は、絶対に自殺をするようなタマではない。たとえ世の中のすべての人間がヤツを指さして非難囂々《ごうごう》をかましても、泣く喚《わめ》くわ、そして挙げ句の果てにはへらへら笑いながらでも生き永らえようとするようなヤツだ。自殺なんて、百パーセントあり得ない」

「調べですと、鯨岡組長は最近、東京から進出してきたばかりなのに、蓮っ葉通りのみかじめ料を他の組に奪われ、売り上げが大層落ち込んでいたとか。それを苦にしての自殺なのでは」

「だから、そんなタマじゃないんだって」

さっきから「そんなタマじゃない」と言われる度に玉村の身体がぴくりと揺れる。

加納警視正の目がぎらりと光る。

「それにな、その情報は根本的に間違っている。竜宮組のシノギが悪い、というのはデマだ。あそこは今、警察庁《サッチョウ》では、景気がよすぎる新興暴力団として目をつけられ始めているくらいだからな。ま、いずれにしても気が済むまで調べさせてもらう」

「はいはい、どうぞお好きなように」

紙谷課長はふてくされたように答えると、テーブルの上に投げ出したスポーツ新聞を取り上げて、記事を読み始める。

「タマ、行くぞ」

加納警視正に声を掛けられ、玉村警部補は、ぴょん、とはね上がる。

そして、まるで首輪でつながれたイヌのように、加納警視正に引きずられるようにして部屋から出ていった。

05

規制線の内側　3月19日　午前10時

運転席の玉村は、隣の助手席で腕組みをして目を閉じている加納に、おそるおそる尋ねる。

「どちらへ向かいますか」

加納は黙っているが、やがてぼそりと言う。

「とりあえず、事件現場だ」

玉村がアクセルを踏むと、車はゆっくりと発進した。

車を十五分ほど走らせ、たどりついた事件現場には黄色い規制線が張りめぐらされていた。炭が焼け焦げたような匂いが、現場にはまだかすかに漂っている。

焼け跡は半焼。家の外壁は残っていたが、中はかなり燃えて、壁が崩れ落ちていた。

黄色い規制線をひとまたぎして、加納は部屋に入っていった。そして火元と思われる部屋を鋭い視線で眺める。

「課長のオリエンテーションによれば、自殺現場はこの部屋だったらしいな」

「遺体は真っ黒焦げで、おそらく灯油をかぶり、部屋中に撒いてから、火を点けたのかと」

玉村が言う。加納はうなずく。

「ご丁寧なことだ。おかげで遺体は解剖にもならないわけだな」

「ヤクザの遺書つきの焼身自殺では、調べる気にもならないでしょう」

加納は火元にたたずんでいたが、踵を返すと、大股で焼け落ちた部屋を出て行く。

玉村があとを追う。一足先に助手席に座り、瞑目《めいもく》していた加納は言った。

「次は、検案に立ち会った森歯科医院だ」


森歯科医院は、今にも崩れ落ちそうな廃屋みたいな建物だった。

呼び鈴に対して出てきたのは少なくとも七十代、下手をしたら八十代に達していようという、ひからびた院長だった。だが、発した声には朗々とした張りがある。

「昨日のヤクザの焼死の件？　なんでそんなささいな件で、わざわざ私のところへ来たんだ」

加納が手を挙げて、言葉を途中でさえぎる。

「自殺したヤクザはよく知っているヤツなんだが、ソイツは絶対自殺するようなタマじゃない、ということを誰よりもよく、知っているもんでね」

森院長はゆっくり二度、三度、うなずいて言う。

「自殺者の関係者は誰もがそう言うものさ。人は見かけにはよらないということは、こういう仕事をしているとイヤというほど見せつけられるからねえ」

冗長になりがちな森院長の、言葉の末尾を切り取って、加納が尋ねる。

「本当に、自殺したのは鯨岡だったのか」

「自殺したヤクザは歯医者にかかっていて、手回しよく写真を入手してもらえていた。現地で作成したチャートと比較し、確認した上、署名付きの遺書まである。人定は簡単さ」

「そのチャート、見せてもらえるかな」

森院長はうなずく。「どうぞどうぞ」

歯形の描かれた紙にマルバツの書き込みがあった。玉村が思わず尋ねる。

「デンタルチャートって、単なるメモ書きなんですか」

森院長はうなずく。

「ま、そうとも言えるな」

玉村は呆然とする。歯形の絵が描いてあり、そこにインレイとかクラウンとか、聞き慣れないカタカナが書き込まれているが、要はそれだけのものだった。

加納警視正が舌打ちをする。

「まったく、これでは今、警察庁で推奨しているデンタルチェックとは遠くかけ離れた、前世紀の遺物だな」

「こんなラフなやり方で人定できるんですか?」

玉村は、思わず尋ねる。森院長はうなずく。

「一見ラフに見えるだろうが、これで全人類の中からたったひとりを同定できることになったわけだ。歯は、上十四本、下十四本、合計二十八本ある。これに親不知《おやしらず》をいれるとプラス四本で三二本。すると歯があるなしだけで、二の三十二乗分の一で確定できる」

「二の三十二乗分の一、というと?」

「四二九四九六七二九六分の一だから、つまりは四十二億にひとりの割合で人定できるという理屈になるわけだ」

　玉村が感心してうなずくと、すかさず加納がチャチャをいれる。

「そこまで高い確率であるはずはないだろう。虫歯のない者同士なら判別できないはずだ」

　森院長はうなずく。

「おっしゃる通りだが、今回の件は限りなく百パーセント近い。生前のデンタルチャートを検討してから遺体を見たが、インレイやクラウンなどの治療痕も完全に一致していたからな」

　加納はしぶしぶうなずいた。

「確かに治療痕の様子までが一致していたら、まず間違いないだろうな。しかしあの鯨岡組長が自殺するなんて、どうしても信じられないが」

　加納はぶつぶつ言いながら、森歯科医院を後にした。

　再び車に乗り込むと、玉村に言う。

「タマ、署に戻るぞ。ちなみに鯨岡の遺体はどうした？」

「翌日、舎弟が引き取りに来たそうです。でもって昨日、組葬にしたそうです」

「早いな。火葬にしたのか？」

「いえ、土葬です。何でも鯨岡組の掟らしくて」

「土葬にするのがルール、か。妙な組だな」

　加納警視正は目を細めて玉村を見る。どうやら加納本人は愛想笑いをしようと試みているようにも思えるが、玉村からすれば、単にすごまれているようにしか思えない。

「タマ、極秘情報《いいこと》を教えてやる。ここ半年の間に、竜宮組の幹部が次々に自殺している。それも申し合わせたように焼身自殺だ。今度の鯨岡組長で、実は四人目なんだ」

「竜宮組に何かあったんですか？」

「さっきも言ったが、今、警察庁が目をつけて、徹底的にマネーロンダリング口座を洗っている最中でな。巨大な組織が関わる新商売に成功しているようだ。景気はすこぶるいい。だから自殺なんて、絶対におかしいんだ」

　加納は顎で玉村に車を出すように指示を出す。

「とりあえず、違和感は払拭できないが、現場に問題点はない。今回はここまでにしておこう。だがな、タマ、この一件はまだ終わっていない予感がする。もしも次にまた、似たような自殺があったら、その携帯で俺に連絡しろ」

　すると玉村は驚いたように目を見開いた。

「え？　それじゃあ、それまでこの機種を私が使っていていいんですか？」

「これまで粉骨砕身、よく働いてくれたボーナス代わりだ。通話料は警察庁《サッチョウ》が持つ」

　玉村はその時、初めて、加納についてきてよかった、としみじみ思った。

06

高岡事務所　7月10日　午後3時

　高岡さんとの話し合いがついてから、三カ月が経った。巷には夏が来ていた。皮肉なもので、分担が決まったとたん、依頼がぱたりと止んだ。全部高岡さんに回っているのかな、と思っていたら、一週間前、高岡さんがぺたぺたとビーチサンダルを鳴らしながら、さぐりを入れにやってきた。その時、高岡さんにも仕事が回ってきていないことが判明した。

　ぼくも開店休業状態になっていることを確認した高岡さんは、吐息をつく。

「分担したとたん、こんな日照りだもんな。先行きは暗いぞ、この業界は」

「もともと、需要は少ないんですから」

「桜宮で検視を一手に引き受けていた碧翠院が燃えてから、特需だったけれど、それまでは二カ月に一例のペースだったから、あの頃に逆戻りしたと考えればいいのかもな」

「それにしても、どうしてここ二、三年、急にビジネスが繁盛しだしたんでしょう」

　ずっと抱いていた疑問をぶつけてみる。高岡さんは答えた。

「おっかない桜宮巌雄《いわお》院長が亡くなり、重石《おもし》が外れたから、かな」

　その名には聞き覚えがあった。ぼくが桜宮に流れてきて、高岡さんの下に就いて修業に入った時、まっさきに言われたのが「桜宮病院の院長には気をつけろ」という言葉だった。だけどある日、そのアラームはあっさり解除された。

桜宮巌雄院長の碧翠院桜宮病院を不幸が襲ったのだ。その時、高岡さんが心底ほっとした顔をしていたのを思い出す。だがそれは、ぼくには何の思い入れもないことだ。

ぼくは話を変え、かねてからの疑問を高岡さんに尋ねてみる。

「そもそも、ぼくたちが処置している遺体はどこから運ばれてくるんでしょうか」

「そこも謎だが、ま、世の中、知らない方がいいこともいっぱいあるってことよ」

高岡さんは、ちろりとぼくを見て言う。

「坊やの治療技術は大したもんだ。でもな、あそこまで細密にやっても結局は無意味だ。連中はそんな詳しく見やしない。坊やから見れば、俺のやり方は雑に見えるだろうけど、その、なんだ、鼠《ねずみ》をやっつけるのに、牛殺しの刀はいらないとかいう、坊やが得意なことわざがあるだろ、あれだよ」

それはたぶん、〝鶏を割くにいずくんぞ牛刀を用うべけんや〟と言いたいのだろうけれど、そんな訂正をして学があるように見せるのがイヤなので、黙って高岡さんの言葉に耳を傾ける。

高岡さんはつまり、ぼくの細密な技術を、「ムダな技術」と評したいわけだ、という本旨がわかればそれでいいわけで。

「なにしろ法医学者の連中の人定チェックなんて、ほんと、いい加減だからな」

そう言う高岡さんに、ぼくはすかさず言い直す。

「デンタルチェックは、法医学者ではなくて、法歯学者の仕事です」

だけど高岡さんには、ぼくの発する単語が「法歯学者」ではなく「奉仕学者」と聞こえるらしく、どうしてもその職業を覚えようとしてくれない。まあ、ぼくだってたまたま歯学部出身だからそんなマイナーな業務を復唱できる程度に知っているだけなんだけど。

だからぼくは、必要最小限の反論だけした。

「でもＤＮＡ鑑定とか、科学技術は精密になってきてます。いつかはこの領域にも、技術革新の波が押し寄せてくるでしょう。だから新しい技術にチャレンジしていかないと」

すると高岡さんは首を左右に振って、言う。

「それくらいのことは、この俺だってちゃあんとお見通しさ。でもな、そういう新技術は、まず花のお江戸から、と相場は決まってる。そしてお江戸の動向は、黒服連中がしっかりチェックしてくれている。特に桜宮市では死体検案はいい加減で、デンタルチェックも、マルバツで済ませる昔のまんまだから、桜宮で仕事をしている間は、今のやり方で充分なのさ」

ぼくは素直にうなずく。高岡さんは正しい。

桜宮のデンタルチェックをしているのは、昔からの検視協力歯科医の森先生だ。八十歳近いから、新しいやり方なんか、やろうとしない。でも、だからといって、既存の方法にしがみついていたら、いつかどこかで深い落とし穴に落ちてしまうような気がした。

そしてぼくの場合は、そんな悪い勘ほどよく当たるものなのだ。

ぼくがそう言うと、高岡さんは笑って答える。

「ほんとに坊やは怖がりだなあ。そんなんじゃ長生きなんてできないぞ」

それは違う。長生きするのはラビットのように臆病なヤツだ。それは間違いない。

だってコミックの中で、ギネス級の長寿スナイパーがそう言っているのだから。

一通りの議論に飽きたのか、高岡さんは立ち上がる。

「ところで、今日ここに来たのは別件なんだ。以前はああいう取り決めをしたけれど、二カ月連続で依頼なしだとこっちも干上がってしまう。家内のヤツもピーチクパーチクうるさくてなあ。そこで相談だが、次の依頼は、順番で言えば坊やなんだが、俺に回してくれないか」

そう言うと、高岡さんはふくよかな両手を胸の前で合わせて、ぼくを拝んだ。

それは取り決めと違う、と思ったが、今さら逆らうつもりはない。

「わかりました。ホーネット・ジャムには高岡さんが説明してください。それならOKです」

「そうしてくれるか。ありがたい。しかし坊やは欲がないな。たぶん俺より長生きするだろう。人を滅ぼすのは欲だからな」

ぼくは曖昧な笑顔を浮かべた。

ぼくの欲が薄いのは本当だが、それは長生きしたいからではない。ぼくはすべてに対して薄い感情しか持ち合わせていない、ただそれだけのことだった。

ホーネット・ジャムの黒サングラスから、次の遺体が持ち込まれたのは、その三日後だった。

ぼくは指示通り、高岡さんを呼んだ。高岡さんはいつものアロハシャツにビーチサンダルというナリで、ぺたぺたと足音を立てながらやってきた。

黒サングラスは、その勢いに驚きながらも、冷静に言う。

「取り決めでは竜宮組の依頼は栗田さまにお願いするということでしたが」

「確かにな。だが二カ月も商売あがったりになるなんて思わなかったからな。そこで三日前、交渉し直して、次の依頼はどこの依頼でも、師匠の俺に優先して回すということで合意したんだ」

「しかし、それではクライアントに対する申し訳が……」

「それはこっちの問題だし、そこを調整するのが、あんたらの仕事だろ」

黒サングラスはちらりとぼくを見た。ぼくが何も言わないのを見て、小さく吐息をつくと、携帯電話を取り出し、電話をかけ始める。

「いつもお世話になっております。実はひとつ、ご相談がございまして。ご指名のクリタ様は今回は対応不可能だそうです。いかがいたしましょう。当会が仲介できる方をご紹介することは可能です。ええ。もちろん腕は折り紙付きです」

しきりに黒サングラスはうなずく。そして受話器に向かって平身低頭する。

「さようでございますか。ありがとうございます。ええ、助かります。では失礼致します」

そう言って携帯を切ると、ぼくと高岡さんを交互に見た。

「こんなことは、これっきりにしてくださいね。当方としましても、信用問題になってしまいますので」

そしてぼくに向かって言う。

「取り決めですと次は栗田さまの番ですが、竜宮組の指名を確実に受けていただくため、次回の依頼が竜宮組でなかったら、また高岡さまにお願いしたいのですが、いかがでしょう」

横着者のぼくには異存はないし、ワーカホリックの高岡さんも問題なさそうだ。

ぼくたちふたりが同時にうなずいたのを見て、黒サングラスが言う。

「今回の件は、時間がありませんのでさっそく取りかかっていただきたいのですが」

黒サングラスは二枚のカルテを取り出す。ちらりと見た高岡さんが、ぼくに言う。

「かみさんは一泊の温泉旅行中でね。できれば坊やに助手をやってもらいたいんだが」

ぼくは高岡さんには逆らえない。なので素直にうなずいた。

高岡さんは嬉しそうに笑う。

「さすが師匠思いの坊やだ。何だか急にバンバン仕事をしたくなってきたぞ。おい、そこの黒眼鏡、そいつを俺の事務所に運んでくれ」

そしてぽつんと言う。

「実は坊やと黒眼鏡がツルんでいるのかと疑っていたが、どうやら俺の思い過ごしだったようだな。悪く思わないでくれよ」

ぼくはもう一度、素直にうなずく。高岡さんはため息混じりに言う。

「それにしても竜宮組はどうなっちまったんだ。この調子だと幹部連中が全員いなくなっちまいそうだな」

黒サングラスは漆黒の闇の中から、じろりと高岡さんを睨む。目元が隠されているのに睨んでいるのがわかるほど、強い視線だ。

「高岡さま。今回はイレギュラーで高岡さまにお願いする仕事です。クライアントの意向を忖度《そんたく》するのは御法度、そうした基本を守っていただけないのであれば、改めて栗田さまに……」

「ストップ。ちょっと口が滑っただけだ。ま、なんだ、仕事はちゃちゃっとやっつけるから、夕方にブツを取りに来な」

「迅速なビジネス対応、ありがとうございます。ところで今から高岡さまの事務所に依頼品を運びますと、改めて車の手配が必要ですので、二十分ほどお時間を頂戴したいのですが」

高岡さんはちろりとぼくを見て言う。

「わかった。それじゃあ、坊やとふたりで事務所で待ってる。坊や、車を出してくれ」

ぼくがうなずくと、高岡さんは嬉しそうに笑う。

「そういう素直なところが、坊やが好かれるところだ。その気持ちを忘れるなよ」

高岡さんにしてみれば、ぼくに助手を務めさせれば、後片付けや掃除を押しつけられ一石二鳥だと思っているに違いない。なので最大限の賛辞を惜しまない。

もともと高岡さんのところで住み込みの下働きをしていた頃は、そうしたことはぼくの仕事だったから、あの頃に逆戻りしたのだと思えば苦でもない。

黒サングラスは「では三十分後に依頼品を事務所にお届けします。夕方に引き取りに参りますのでお願いします」と言い残し、部屋を出て行った。

07

高岡作業場　7月14日　午後1時

高岡さんの事務所は、ぼくのオフィスから車で十五分ほどの場所にある。住宅を兼ねているし、奥さんも同居しているので、ぼくのオフィスよりもずっと温かみがあった。

ただし、ぼくにとってはその温かさは少々煩わしいものだったのだけれど。

ここに来るのも、ずいぶんと久しぶりだ。

立て付けの悪い扉を開きながら、高岡さんが言う。

「坊やが独立してから、庭の手入れを誰もしなくなってね。もう、ひどいもんだ」

ぼくがいた頃は、季節に合わせ咲く花を考えて植えていたが、今や季節感のない雑草の庭に成り果て、野原と庭の境界線上のような空間になってしまっている。

ところが、一歩家に足を踏み入れてみると、庭の草など、ささいな問題だとわかった。

部屋はいわゆる「汚部屋《おべや》」レベルに成り果てていた。読みかけの新聞が廊下に散らばり、その上に食べ残しの魚の骨が落ちている。廊下の隅には空っぽになったビールの空き缶。そしてなぜか、くすんだ黄色のテニスボールが三つ、転がっている。奥さんも高岡さんも、テニスなんてしないのに。

かつてぴかぴかだった廊下には、泥靴の足跡が複数残っている。今もしも警察官を呼んだら、何も言わずに空き巣の現場検証を始めるに違いない。

住み込みをしていた頃は、ぼくが毎日掃除していた。マンボウみたいに太った奥さんはぼくが掃除に勤《いそ》しむその様子を嬉しそうに見ていたものだ。ずぼらで掃除嫌いな奥さんだが、気のいい人だった。掃除の対価に、食事面で優遇してもらったから、ぼくの方にも文句はなかった。

高岡さんは、空き缶を蹴飛ばしながら散らかった廊下を通り抜け、作業室に入る。

作業場は整理整頓されている。隣の部屋の乱雑さがウソのようだ。

ちなみにぼくは作業スペースを治療室と呼ぶが、高岡さんは作業場と呼ぶ。このあたりは、業務に対するスタンスの違いだろう。

高岡さんの作業場は鉄工所のミニチュアみたいだった。剝き出しの土間には冷たい光を放つステンレス製のベッドが置かれている。いくら寝心地が悪くても、相手は死人で文句を言わないからな、というのが高岡さんの持論だ。

やがて表の戸ががらがらと開き、黒サングラスがふたりの助手を使い、遺体をベッドの上に置くと、頭を下げて部屋を出て行った。

ぼくは手渡された二枚のデンタルチャートを眺める。一枚はリアル患者A、T554番だ。通し番号もぼくの十倍以上、高岡さんのキャリアの長さが窺い知れる。頭文字のTは、当然、高岡さんのイニシャルだ。

もう一枚のヴァーチャル患者Bのチャートにはあっさりと「蛸島《たこしま》」と書かれていたが、以前の鯨岡組長のケースと違って、黒サングラスが特に素性を伝えなかったことから、組長よりも地位が下であることはほぼ間違いない。

部屋に鎮座しているベッドの上に小柄な老人の遺体がひからびていた。リアル患者T554番さん。高岡さんは、ふたつのデンタルチャートを見比べ、「楽勝、楽勝」と口笛を吹く。高岡さんの肩越しにチャートを見て、なるほど、とぼくもうなずく。

横たわるリアル患者T554番さんの歯は健全で一本の齲歯《うし》もない。つまり、患者B、蛸島さんへの細工はそのまま素直に治療すればいいわけだ。

リアル患者T554番さんは推定年齢七十歳くらいだから、歯が全部残っているだなんて、きちんと暮らしていた人なのだろう。そんな人がどうして身元不明の無縁仏になったのかは謎だが、とにかく高岡さんが楽勝と言う理由はよくわかる。

もうひとつのデンタルチャート、ヴァーチャル患者Bの蛸島さんの方はひどいものだ。すべての歯に最低でもインレイがかけられ、奥歯はほとんど全部クラウンだ。

「どうするんですか、これ。ぼくなら丸三日はかかりそうですけど」

すると高岡さんは得意げに鼻をならして、言った。

「だから坊やはグズだ、というんだ。いいか、大本の遺体は治療痕ゼロ、これから仕上げる最終形はほとんど治療されている。だったらとっとと治療すればいいだけ、だろ」

高岡さんは、強制開口器を遺体の口にはめ込むと、ドリルで奥歯から一気に削り始める。その目はチャートなど見もしない。それではレントゲンを見比べたら一発で違いがわかってしまうのでは、と思ったぼくの気持ちを見透かしたかのように、高岡さんは言う。

「レントゲン同士を見比べれば違いはわかるけどな、桜宮では人定チェックは歯のアリ、ナシで決めてる。組み合わせが完全一致する例は、世界中の人間を集めてもひとり程度しかいないんだと。だからブツも、相手が紙のチェックシートならこの程度で充分さ」

そんなことを言っている間に、高岡さんのドリルはすべての歯を削り終えたようだ。

それからペンチを取り出すと、ぺきり、と奥歯を一本折る。あ、そんなやり方だと根が残ってしまう、と思わず口にしかけるが、これが高岡さんの流儀なのだから、余計なお世話だ。凝血塊が根部にこびりついている奥歯を挟んだままのペンチをからん、と金属製の皿に投げ捨てると、高岡さんはにい、と笑ってひとこと、「第一部、終了」と言った。

時計を見ると、開始から十分も経っていない。驚くべき速度だが、考えてみれば出来映えを気にしないでいいのだから、いくらでも速くできるわけだ。

ぼくはふと、自分なら何分で終わるかな、と考える。絶対こんなに早くはできないだろう。いくら遺体だからって、こんな乱暴な治療はできない。

そう思いながら、ぼくは高岡さんの傍らで治療痕の充塡剤であるレジンをこね始める。充塡するためにはこのタイミングで始めるのがベストだ。すると、高岡さんはにやりと笑う。

「さすが坊や、こね始めのタイミングが絶妙だな。家内に見せてやりたいよ」

ぼくの独立後は、この役は奥さん任せにしているらしい。

「バカ野郎、こね始めるタイミングが遅いんだよ」と怒鳴る高岡さんと、ぷう、と頬をふくらませ「そんなうるさいこと言うなら、あんたが自分でやればいいじゃない」とふて腐れてパレットを放り出す奥さんとのやり取りが、ぼくの脳裏に浮かぶ。

奥さんはいい人だけど、根気が足りない。本当に、あの奥さんのずぼらさといったら。

高岡さんがボヤきたくなる気持ちもよくわかる。

高岡さんは受け取ったレジンを歯に詰める。それから「アルミホイル」とオーダーする。ぼくは手元のアルミホイルを手渡す。これも高岡オリジナルで、厚手のアルミホイルを上から被せ、クラウンのように見せるテクニックだ。

アルミホイル・クラウンという、まんまのネーミングは意外にかっこよく聞こえる。

高岡さんはいかにもこの技術を開発した創始者らしく、鮮やかな手際で、奥歯の三本をたちまちクラウンの見栄えに変える。

「ここでこの接着剤を使うのがミソさ。何しろ遺体は燃やされてもホイルだけは残るようにしないと、見栄えが違っちゃうからな」

そう言いながら小器用に奥歯をアルミホイルで包む。どうして剝がれないのか、コツを盗もうと目を凝らすが、企業秘密だけあって、高岡さんもそう簡単に手元は覗き見させてくれない。

もっともぼくのやり方なら、そんなテクニックは不要だ。それでもひとつでも多くテクニックを知っていれば、何かの時にはきっと役立つに違いない。

プロとして生きていくには、そんな貪欲さが必要だ。もっともそれは、ぼくに一番欠けている資質だけど。高岡さんは、ぼくの視線から手元を隠し、奥歯のホイル・ラップを終了させる。

ちなみにぼくの技術だと、ここは五倍くらいの時間がかかる。

高岡さんは顔を上げると、得意げな表情で言う。

「できたぞ。それじゃあ坊やの品質検査を受けるとするか」

ぼくは口の中を覗き込む。それからデンタルチャートを確認する。外側から見ると、レントゲン写真との違いが見破れないくらい、そっくりの治療痕に仕上がっていた。

ぼくは賛嘆のため息をつく。

あんな滅茶苦茶な過程なのにつじつまが合っている。もっともこれくらいでなければ、闇の業界で二十年以上、生き抜いていくことは難しいだろう。

「これなら外部の視認では、絶対に違いはわかりませんね」

高岡さんは満足げにうなずいた。そして言う。

「坊やも早く、俺くらいの技術を身につけられるよう、精進しろよ」

ぼくは首を振る。

「いくら頑張っても、このやり方では高岡さんほどの出来映えにはなりません」

すると高岡さんは、よしよし、という顔をする。

ぼくは嘘もついていないし、お世辞も言っていない。本当にそう思っていた。

ただしひとつだけ、正確ではないことを言っていた。

ぼくは高岡さんの技術には決して追いつけない。でも、自分のやり方が、高岡さんに敵わないとは思っていない。ひょっとしたら、ぼくのやり方は高岡さんをすでに超えているかもしれないとさえ思う。だがぼくはそのことを、あえて口にはしなかった。

世の人はそれを処世術と呼ぶらしい。

高岡さんの家のお茶の間でお茶を飲みながらくつろいでいると、黒サングラスがきっちり時間を守ってオフィスにやってきた。高岡さんはご機嫌で、顎で指図する。

「約束の時間に仕上げたぞ。坊やの太鼓判ももらえる上出来だ。確認してくれ」

黒サングラスはぼくを見た。その目は、一緒に立ち会ってくれ、と無言で頼んでいた。

ぼくはうなずくと、治療室に向かう。

黒サングラスは、口の中を確認してため息をつく。

「いやあ、さすがに大口を叩くだけのことはあります。技術は全然衰えていませんね。これなら桜宮警察協力の歯科検視なんか、おそらくフリーパスでしょう」

黒サングラスは遺体を引き取った。

ぼくは黒サングラスと一緒に高岡さんの事務所を後にした。

✵

オフィスに戻ったぼくはデスクに向かい、業務日誌をつけながら考える。業務日誌と言っても、証拠になっては困るので、暗号化してあるものだ。ゲームに嵌《はま》っている、ということにして、たまたま見かけたネットゲーム『ダモレスクの剣』の攻略メモの体裁を取っている。

「Cボタン、二連射五回」と書けばそれは、C2のインレイを五本行なった、という意味だ。ぼくはいつものように今日の業務をメモしようとして、やめにした。Cボタン二連射十八回、などというあまりにも不自然な記述になることに気がついたのと、何より今回のこの仕事はぼくのビジネスではなく、高岡さんの業務なのだと思い至ったからだ。

その代わり、大学時代の友人と偶然街で出会ったと書く。日誌に時々出てくる大学時代の友人とは、高岡さんのことだ。ちなみに高岡さんの最終学歴を、ぼくは知らないのだけれど。

日誌に記録し終えて、ソファに沈み込む。

ぼくたちが従事しているこの業務は、かなり危険に思えるが、実はリスクは低い。捕まっても死体損壊罪程度で、それ以上の罪にはなりえないだろう。そもそもぼくや高岡さんが扱うのは身元不明の行き倒れで、検視結果に問題がなく、無縁仏として処理されている人だと聞く。高岡さんが業界に入った頃にはこのシステムが確立されていたというから、三十年前にはすでにこのシステムがあったわけだ。身元不明遺体のなにがしかをホーネット・ジャムが仕入れる。依頼主は、世界から姿を消し、新しい人生にリセットしたいと願う人々だ。

顧客の身代わりに、身元不明遺体がもう一度死ぬ。そしてそれは顧客の死となり、社会的に顧客の存在は抹消され、晴れて自由の身になる。そしてたぶん、仲介業者のホーネット・ジャムは顧客に新しい戸籍やパスポートまで、セットで準備してくれるのだろう。

こうした場合、遺体はたいてい火災で丸焼けにされる。人物特定の情報はデンタルチャートだけ。もちろん、現代ではＤＮＡ鑑定が併用される可能性もあるが、遺書つきの自殺で、しかも自殺者がその筋の人となると、そうしたチェックは甘くなる。デンタルチャートをチェックするだけでも、地方の捜査現場にしては大したものだ。

そこでぼくたちの出番だ。遺体の歯を治療し、燃やされる遺体と顧客のデンタルチャートが一致するように、歯形を合わせせる。

この仕事のペイは悪くはない。二カ月に一度、仕事をすれば、贅沢さえしなければ独り身ならそこそこ不自由なく暮らせるくらいの額は手にすることができる。

とはいっても、そんな風に合法的蒸発を望む人がそれほど多いというはずもなく、さらにホーネット・ジャムのような非合法組織に依頼できる情報コネクションと潤沢な資産を持ち合わせている人の掛け合わせとなると、それこそ天文学的な確率になるので、たぶんほんの一握りしかいないはずだ。

ぼくはさっきの遺体について考える。たぶん、明日の朝、地方版の片隅に、自殺の記事か火事の記事、あるいはその両方が載るに違いない。

だけどぼくにはどうしても、これが犯罪だとは思えない。人には誰でも生まれ変わりたいという願望がある。それは自然なことであって、するとぼくの仕事はそんな人々の切ない願い事を叶えるための手助けをしているとしか思えないからだ。

つくづくぼくってヤツは、社会のルールというものと相性が悪いらしい。

08

警察庁御前会議　7月15日　午前10時

「加納君、君の提唱する電子監視網は現在のところ、まったく機能していないように見受けられて仕方がないのだが」

　審議官がものものしく言う。

　それを受け、局長が言う。

「竜宮組の経済舎弟撲滅作戦は次々に先手を打たれているようだし、な」

　加納は生あくびを噛み殺し、うつむいて涙目を隠す。まったく、じいさんたちは、いつも上から目線でやいのやいの、言いまくるだけ。現場をまったく知らないクセに。

「それにひきかえ斑鳩君の構築した桜宮ＳＣＬは着実に成果を上げているな。先搬も、積雪観測小屋殺人事件も、無事解決したようだし。このままでは水をあけられてしまうぞ」

　――斑鳩がいい成績を上げているなら、サッチョウとしてはめでたいではないか。

　すると別の審議官が言う。

「ですが斑鳩君は、先日、自らをメディアの前に晒《さら》してしまう、という大失態を犯しました。情報統制官としては、決して犯してはならないミスです」

　そして加納警視正を凝視して、言う。

「だからこそ、加納君には是非とも頑張ってもらいたい」

斑鳩を褒めていた審議官が渋い顔になる。どうやら、上層部の権力闘争の一部に、自分と斑鳩が組み込まれてしまっているらしい。

加納警視正はうんざりした顔になる。そんな上層部の出世争いのさや当てに使われたのではたまったものではない、何としてもこの剣呑で、しかも退屈だという、サイアクの場を一刻も早く逃げ出さなければ、と切実に思う。

しかし、もしもこれが叱責だとしたら、警察庁《サッチョウ》のお偉いさんの叱責は途徹もなく生ぬるい。

その時、会議場に携帯の着信音が鳴り響いた。

「誰だね、この重要な会議中に携帯を切っていなかったのは」

加納警視正が挙手して立ち上がる。

「申し訳ありません。私の携帯は、あるレベルの緊急事態では地震速報のように、電源をオフしていても鳴る設定にしてあるもので。相当の緊急事態と思われます」

ふたりの審議官が渋い顔をする。警察官僚たるもの、会議よりも事件が第一、という建前はこの霞が関でも生きている。

加納警視正は片頬を歪めて笑う。

——緊急連絡だけ鳴る設定の携帯なんか、あるわけないだろ。

加納警視正は携帯を操作し、耳を当てる。とたんに顔が緩む。

「なんだ、タマか。どうした。何だと、それは一大事だ。わかった。ただちにそちらに向かう」

携帯を切ると、敬礼する。

「何という偶然でしょう。まさに今、会議の主題である竜宮組の尻尾を摑めそうな案件が桜宮で起こっています。加納警視正、審議官招聘会議を辞し直ちに現場に向かいます」

「あ、こら、待て、加納。まだ話は終わっておらん」

後ろから追いすがるように声をかけてくる審議官を振り切り、加納は大股で部屋を出て行った。


シルバーのオープンカーのメーターの最高速度、二百十キロを示している。

オープンカーを疾駆させている加納は、フリーハンドの携帯会話モードにする。

「タマか。よくぞ連絡してくれた。実に素晴らしい。奇跡的なタイミングだった」

「よかったですぅ」

ほっとしたような声。実際、知らせを寄越した時は半信半疑だったのだろうな、と加納は片頰を歪めて笑う。

玉村の予想通り、もし電話をかけてきたのが御前会議の場でなければ、加納は開口一番、玉村の気の利かなさを頭ごなしにどやしつけていたに違いない。

「また竜宮組の幹部の焼死自殺が起こったそうだが、状況を手短に報告しろ。ちなみに俺は今、そっちに向かっている。あと、一時間以内に到着する予定だ」

一瞬、受話器の向こうの玉村警部補に逡巡が走った。だが、すぐ気を取り直したように言う。

「それはまた、ずいぶんお早いお着きで。そんなにあわてなくても大丈夫です。現在、鑑識が捜査中ですから」

「わかった。捜査は始まったばかり、ということだな。遺体搬送は一時間待て」

「ご心配なく。現場検証で遺体移動までにあと最低でも二時間はかかりそうですから」

加納は玉村の報告には答えず、フリーハンド通話を切った。そしてアクセルを踏み込む。一時間以内と言ったが、この調子なら三十分以内だな、と思う。

そして、タマのびっくりする顔を見るのもタマには悪くないな、と思う。


事件現場は、桜宮海岸沿いのバイパスから内陸部に入ったところにある廃屋だった。古い木造住宅は完全に焼け落ちていたが、近隣に家屋がなかったため、大きな問題にはならなかった。おまけにご丁寧にも、耐火性の金庫の中に遺書があることも相まって、捜査現場はすっかり緩んだ空気になっていた。

遺体の身元はとっくに判明していた。蛸島要三《ようぞう》。竜宮組の鯨岡組長が一番信頼を置く、最古参の幹部のひとりだ。

加納警視正は鑑識の棚橋を見つけて、声をかける。二、三、言葉を交わしたが、仕事熱心で有能でペシミストの棚橋でさえ、人物同定にはストレスを感じていないようだ。森医師がデンタルチャート・チェックを終え、遺体と蛸島要三が同一人物であることを、断定していたからだ。

「しかしまあ、竜宮組の幹部が一斉に桜宮に引っ越してきたと思ったら、次から次へと自殺しやがって。こっちにとってはいい迷惑ですよ」

棚橋のぼやきを聞きながら、加納警視正は、受け取ったデンタルチャートを見つめる。

さすがに三カ月で同じ組の幹部が連続して五人自殺し、しかもすべて焼死、さらに全員が桜宮市の歯科医に罹《かか》っていた、となると、かなり怪しげだ。

玉村警部補が横から口をはさむ。

「竜宮組は、東京から桜宮に本拠地を移そうとしていた直後で、ひょっとしたら解散を見越して移転したけど、解散した際に集団で鬱病状態になって、集団での後追い自殺になったのではないでしょうか」

加納警視正はちらりと玉村を見て、言う。

「推測するのは勝手だが、その推測を捜査に反映させるには確実な証拠が必要だ。とにかく前回の鯨岡組長といい、今回の蛸島といい、どちらも自殺するようなタマじゃないし、そもそも竜宮組は、とても景気がいい。そのトップ5が自殺で全滅。幹部連中が全員、死んだとなると、ため込んだ資金はどうなるのか、気になるな」

玉村警部補はため息をつく。

「警視正の疑惑にも決め手はありませんね。むしろ警視正の切り口に対してはネガティヴな条件ばかりが揃っています。何しろデンタルチェックも完璧ですから」

「そこだよ」

加納警視正は玉村警部補を指さして言う。

「え？　どこですか？」

「そんな古典的なボケをかましていると、世界最先端のツッコミをくらわすぞ」

加納警視正が拳を固め、玉村警部補の鼻先に突きつける。玉村警部補は首をすくめる。

「で、どうするおつもりです？」

加納警視正は片頬を歪めて笑うと、ポケットから携帯を取り出し、電話をかけ始める。やがて相手が電話口に出たようで、加納警視正は虚空に視線を泳がせながら、話し始める。

「おお、久しぶりだな。実はこの間の貸しを返してもらいたい。一時間後、そちらで検査してもらいたい案件があるんだ。よろしく頼むぞ」

受話器の向こう側で、ごにょごにょ言うのが聞こえたが、よく聞き取れない。

加納警視正は一方的に喋りまくる。

「そうか、引き受けてくれるか。では一時間後」

ひとり勝手に通話を切ると、加納警視正は携帯ストラップを人差し指と親指でつまみ、携帯に向かって悪態をつく。

「ばかめ。もったいつけても意味はないんだぞ」

「加納警視正、どちらへ電話していたんですか」

「そういうのを愚問、と言うんだぞ、タマ。この状況で俺が桜宮の関係者に電話するとしたら、あそこしかないだろうが」

「あそこ、とは？」

玉村の質問に、加納はうんざりしたような表情になる。そして言う。

「不倫外来の責任者にして、桜宮Ａｉセンターのセンター長、田口先生のところさ」

09

東城大学・不定愁訴外来　7月15日　午前11時

田口はくしゃみをした。隣で秘書を兼ねている藤原看護師がすかさず言う。

「あら、田口先生、お風邪ですか？」

田口はもうひとつ、さらに大きなくしゃみをしてから、ティッシュで鼻をぬぐって答える。

「違いますね。悪いウワサを流されているような気がするんですけど」

ここは東海地方にある東城大学医学部付属病院、その一画の特別診察室の不定愁訴外来、通称愚痴外来だ。ただし最近では他の肩書きの方がメインになりつつあり、本来業務であるこちらの方が開店休業状態になりつつある。

藤原看護師はにっこり笑う。秘書兼看護師などという紹介の仕方をすると、妙齢の見目麗しい女性に誤解されるかもしれないが、そのあたりはきちんとイメージ修正しなければならない。

藤原看護師は看護婦長、そして看護師長へと名称変遷の時代を経験した、東城大学医学部の歴史の生き証人にして、歴戦の強者《つわもの》だ。こんなふうに紹介すると、「あら、ずいぶんと人聞きの悪い紹介ですね。年齢は仕方がないとして、見目麗しい、という田口先生の主観的な部分はどう判断されるのですか」などと即座に切り返してくるくらい、頭の回転が速く、口も達者な女傑である。そしてあわてて、見目麗しい、などという心にもない形容詞を追加すると、すぐさま「ええ、間違いなく、その通りです」などと、しゃあしゃあと答えるような、そんな女傑だった。

そんな瞬時の妄想のやり取りにひとり浸っていると、藤原看護師のリアルなセリフが容赦なく、田口を直撃した。

「それは田口先生の思い違いです。悪いウワサを流されている気がする、などという生やさしい状況ではなく、十中八九、間違いなく悪いウワサが流されています」

田口はがくりと机に突っ伏す。そして横向けにした顔を、窓の外に向ける。

「何でなのかなあ。こんなに控えめな態度で、無難な仕事しかしていないのに」

それは本音だった。ここ一カ月、現在構築中の桜宮Ａｉセンターにかかりきりだったのだから。ちなみにＡｉは死亡時画像診断、と訳される。死因を調べる基本検査である解剖制度は、日本では実質的には破綻している。解剖率がたった二パーセント台しかないからだ。するとＡｉは、本来であれば死因究明制度の新しい旗手として華々しく脚光を浴びてもいいはずだが、既得権益にしがみつく一部の解剖医や、現在の捜査体制の骨格の改革を恐れる警察官僚等の守旧派が陰に陽に、Ａｉの社会導入を妨害しようとしているのだった。

田口は、しぶしぶ作らされた自分の新しい名刺を眺める。

「この肩書きになってからというもの、何だかいつもろくでもないことばかり起こるような気がしているので、かなりうんざりしているんです」

「聞くところによれば、会議のメンバーはすごい方たちばかりらしいですね」

「病院内部の魑魅魍魎《ちみもうりょう》だけでなく、霞が関からもぞくぞくと異形の眷属《けんぞく》が集結し、これではまるで妖怪大戦争状態です。この先一体、どうなってしまうんでしょう」

すると藤原看護師は、ほくほくした笑顔になって言う。

「そしてそれを仕切れるのは田口先生だけ、というわけなんですね」

「とんでもない。そんなふうにちょっとでも考えようものなら……」

田口は言葉を切る。そのタイミングを見計らったかのように、電話のベルが鳴った。

藤原看護師は田口の顔を見ながら、おそるおそる受話器を取り上げる。そして、はい、はい、などと儀礼的な相づちを打つと、田口に受話器を差し出した。

誰だろう。田口は黙って受話器を受け取る。

「おう、不倫外来の先生か？」

その声を耳にして、田口の頭の血が、ざっと下がる。

Ａｉセンター設立会議に参加する、霞が関の妖怪軍団、警察庁の二匹の番犬の一匹。加納達也警視正は警察庁のエリートで、電磁なんたら監視網の部屋の室長だ。この人が電話で俺を直撃する時は十中八九、いや、それどころか十中十一か十二、あるいは十三か十四、無理難題の依頼に決まっている。

田口はすかさず、自分の所属を訂正する。

「不倫外来ではありません。不定愁訴外来、です」

だが、田口の言葉は先方には届かない。これもいつものことだ。

「至急、頼みたいことがある。Ａｉセンターを稼働してもらいたいんだが」

「え？　こけら落とし前ですから、無理ですよ」

「なあに、大したことではない。焼け焦げ死体にＡｉをしてもらいたいだけだ」

焼け焦げ死体が、外来患者ひしめく大学病院の診察室を通過するということを、大したことではない、などとこともなげに言い放つ加納警視正は、間違いなく病院音痴だろう。だが、それも仕方のないことだ。加納警視正をよく知る人ならば、彼は心身共に鋼《はがね》の健康体と呼ばざるを得ない存在であり、病気や病人や病院などという言葉とは最もかけ離れた場所にいる人物だということをいやというほど思い知らされているからだ。

田口は加納警視正の依頼を即座に断ろうとした。組織の責任者としては危険分子の排除は当然のことだった。が、ふと、その前にＡｉセンターの実質上の責任者である放射線科准教授で、旧友の島津《しまづ》に確認してみようか、と思った。組織の長がつく地位にいるのなら、現場担当者の意見を組織運営に反映させることもまた、当然の責務だ。

「わかりました。現場責任者に都合を聞いてみます。十分後、折り返しお返事します」

「十分だと？　遅すぎる。五分以内に返事をよこせ」

そう言うと、田口の返事を待たずに電話は切れた。田口は不通音を鳴らし続けている電話の受話器を手にしたまま、呆然とする。

さすが人使いの荒い、もとい、人使いの上手い警察庁のエリートだけあって、その適切な指示は横着者の田口をすぐさま動かした。何しろ、田口に与えられた時間は五分しかないのだ。

田口が地下画像診断室の島津に電話をすると、幸いなことにすぐに島津が捕まった。

島津は上機嫌な声で答えた。

「焼死体のＡｉだって？　素晴らしい。サンプルデータとしては実に好都合だ。何しろ今、警察庁に人定でのＡｉの有用性を提案しようとしたんだが、連中は実績を出せ、と言う。始まったばかりのトライアルだから実績などあるわけない、と突っぱねたら、今度は有識者による検討会を作れ、と言い出しやがった。有識者なんて連中は、自分の専門しかわからない専門バカか、役所のポチかの二通りしかいないから、今、中途半端にそんなもんを作られたら、警察庁《サッチョウ》御用達の無能連中がへばりついてきて、手枷《てかせ》足枷になって肝心の部分が進まなくなってしまう。だからその前に症例をできるだけ多く集めておきたいんだ。なので大歓迎だぜ」

「お前は今、診察中なんだろ？　患者は大丈夫なのか？」

「ああ、偶然、今日は3テスラＭＲＩ調整日に充てていたから、画像診断部門は受付中止で予約はゼロ。さらに好都合なことに、調整は午後からときてる。つまり午前中は患者もいないし、ＭＲＩもＣＴもスタンバイしてる。まるでこのトライアルのために事前調整していたように思えるくらいの状態なんだぜ」

田口は礼を言って、内線電話を切った。そしてため息をつく。

やはり基本は大切で、現場担当者の声に耳を傾けることは何よりも重要なことだ。

そして思う。

加納警視正の行くところ、荒野でも瓦礫《がれき》の山でも、そこに道ができてしまうのではないか。

ふと、そんな気がした。

10

桜宮Ａｉセンター　7月15日　午前11時30分

田口が折り返しで電話をかけると、加納警視正は、そうなるのが当然だ、と言わんばかりの口調で、平然と言う。

「では三十分後、地下診断室に遺体を搬送する」

「わかりました」

そう答えて電話を切ろうとした瞬間、なぜか藤原看護師が隣で意味ありげに含み笑いをしていることに気がついた。

田口は受話器の口を押さえて尋ねる。

「何ですか、その不気味な笑いは？」

藤原看護師が楽しげに言う。

「あの加納さんが大急ぎでやってくるのなら、盛大にサイレンを鳴らしたパトカーの一大船団で来るんだろうな、なんて想像したら、つい楽しくなっちゃって」

それを聞いて、田口はあわてて切れそうになった受話器に言葉をねじ込む。

「あ、あのう……」

「何だ？」

「病院に来るとき、サイレン鳴らして来るのだけは、やめてくださいね」

「何だ、ダメなのか。それが一番早いんだが。ま、センター長の仰せとあっては仕方がない。では、さきほどの言葉を一部訂正する。四十分以内に地下診断室に遺体搬送させる」

「お待ちしています」

田口は受話器を切り、ほっとする。

念のため聞いてみてよかった。まさか本当に大々的にサイレンを鳴らして来るつもりだったとは……。

田口の隣では、がっかり顔の藤原看護師が、ぷい、と奥の小部屋に姿を消してしまった。


麻袋に入れられた黒焦げの遺体が搬送されてきたので、田口が先導してCT室に案内する。遺体を受け取った島津はCT台にディスポの滅菌布を敷き、清潔を維持しつつ遺体を画像検索したが、どうやら問題所見はなさそうだった。

次にMRIも撮像したが、やはり問題は見あたらない。加納警視正は腕組みをして渋い顔になる。そして田口に言う。

「Aiをすれば何でもわかるだなんて大口を叩いていたが、このザマか」

すると副センター長の島津がすかさず言い返す。

「そりゃあAiにだって限界はありますよ。まあ、CTで三割、MRIでは六割程度しか死因はわかりませんからね」

「何だ、そんなものなのか。本当に低いんだな」

加納がそう言うと、すかさず島津が言い返す。

「でも、仮にＡｉで死因がわからなければ、次に司法解剖すればいいんです」

「事件性がなければ、司法解剖要請は出せんからな」

「それなら体表検案や検視だけより、Ａｉした方がマシでしょう」

「む。その通りだ」

加納警視正は苦虫を噛みつぶしたような顔になる。更に島津は続ける。

「それに加納さんお気に入りの解剖でも、八割しか死因はわからないんです。ご存じでしたか？」

加納警視正は驚いたような顔で首を振る。

「いや、まったく知らなかった。警察庁に出入りするような法医学者は、Ａｉの死因判明率はたかだか三割しかないと吹聴するが、解剖の判明率なんて口にしないからな」

島津は挑発的に続ける。

「おまけに解剖は、身体を傷つけ半日がかりで大騒ぎしても報告を返すのは早くて半年後ですからね。それで八割の死因がわかっても手遅れになる。しかも実施率は全死者のうちたった一パーセントだけ。Ａｉなら身体を傷つけずに検査は分単位で終わりますから、一時間後には診断を公表できます。おまけにＡｉシステムが完成すれば、全死者の五〇パーセントにも実施できる。その方がずっとスマートでしょう」

加納警視正は、奥歯を噛みしめて黙り込んでしまった。

玉村警部補が重苦しい空気を和らげようと、ぽろりと言う。

「まあ、ヤクザの遺書つき遺体ですからね。事件性には乏しいでしょうが、何なら承諾解剖を提案してみましょうか」

「いや、Ａｉで問題がなければ諦める。検視よりも精密なチェックだからな」

加納警視正は玉村警部補から受け取ったデンタルの写真を眺める。

「それにしても蛸島め、歯の治療だけはきちんとしてやがって意外にマメだな。おかげで、人物同定が簡単で助かったわけだが」

島津は、加納警視正が手にしたデンタル・レントゲンフィルムをちらりと見て、言う。

「あれ？　ちょっとその写真、見せてくれますか？」

島津は加納から受け取ったデンタル・フィルムを光にかざして、すぐに加納警視正に返した。

「これってこの遺体のデンタルじゃないんですね。それなら必要ないです」

加納警視正の眉がぴくり、と動く。

「何だと？　これはこの遺体のデンタルだぞ」

「そんなはずはないでしょう」

「いや、あんたは間違っている。検視係の森歯科医院の先生が本人と断言してるからな」

島津は首を振って言う。

「それは森先生の間違いです。治療痕が全然違いますから。Ａｉでは奥歯のかぶせ物が歯の表面だけしか覆っていませんが、こっちのデンタルでは根の治療までされてます」

加納警視正の目がぎらりと光る。

「それは本当か？」

島津がうなずき、断言する。

「そんなに私の言うことが信用できないとおっしゃるのならもう一度、このＡｉの写真を見せて、森先生に確認を取ってみたらいかがですか」

加納警視正は顎を上げ、島津の隣でふたりのやり取りをぼんやりと見ている田口に言う。

「田口センター長、お手柄だ。あとでおふたりには感謝状を贈呈しよう」

そして加納警視正は大股で部屋を出て行った。その姿が見えなくなったと思った次の瞬間、稲妻のあとに鳴り響く雷鳴のように、加納警視正の大音響が炸裂する。

「タマ、ぐずぐずするな、すぐ来い」

反射的に部屋を出て行った玉村警部補だったが、すぐに引き返して来ると、田口に言う。

「田口先生、遺体はすぐに引き取らせますので、それまでこちらで預かっておいていただけませんか。サイレン鳴らして、五分で来させますから」

田口はあわてて首を振る。

「十分でも二十分でも待ちますから、サイレンは鳴らさないでくださいね」

「わかりました」

「タマ、ぐずぐずするな」

再びの大音声《だいおんじょう》に、玉村警部補は、ぴょん、と飛び上がり、脱兎のように部屋を出て行った。

後に残された島津が、田口に向かって両手を揉《も》み手して言う。

「ということは、今から三十分はこの御遺体は画像検索し放題、というわけだな。焼死体のＡｉの貴重なデータだからな。実にありがたい」

俺はうなずき、小さくため息をついた。

加納警視正の行くところ、小径ができる。そしてそれはたちまち大規模な高速道路のようになっていく。今後、こうした要請が怒濤《どとう》のように、桜宮Ａｉセンターに押し寄せてくるに違いない。

❁

成田エアポート、7月15日午後4時。

真っ白な麻の開襟シャツに、中国風の扇子をばたつかせ、蛸島舎弟頭は搭乗案内を待っていた。おつきの部下はたったひとりだが、さきに行った幹部がサイパンで鯨岡組長の周りにパラダイスを作り上げてくれているはずだ。

しかし、この年になっても番頭扱いされるのには抵抗感がある。特に自分が軽んじられているようにさえ思えてしまう。本来であれば、もう少し偉そうな肩書きに昇格させてもらってもおかしくはないくらいの貢献はしているはずなのだが。

実際、面と向かって鯨岡組長にそのような憤りをぶつけたこともあった。すると鯨岡組長は急に真顔になって、こう答えたものだ。

「タコは、浮かれすぎるからなあ」

その、しんみりとした口調が、なぜか時々思い出され、そのたびに蛸島は少しばかり落ちこんでしまうのだった。

「大日本航空、サイパン行き、搭乗開始いたします」

蛸島はきっぱりと顔を上げる。もう昔のことをクヨクヨ考えるのはよそう。半日後には南の楽園、サイパンで新しい人生が待っている。

気を取り直し、蛸島は立ち上がると、パラダイスに向かって歩き始める。

蛸にはしんがりが似合うなあ、などとおだてられ、一番の難役を引き受けさせられ、心配もしていたが、こうしてみると結局は実にあっさりしたものだった。

思わずスキップしたくなる。でも残念ながらタコにはスキップができない。

その代わり、蛸島はここまで順調に来た、『竜宮組日本脱出、新生活応援キャンペーン』なる、鯨岡組長の企画の経緯を思い浮かべる。

竜宮組の幹部が日本脱出を決めたのは、鯨岡組長の鶴の一声からだった。

「これからは、リーマンショックから立ち直れない全世界は世界規模での不景気になる。その上、人口減少社会において、これまでのシノギは縮小していくだろう。さいわい竜宮組は、昨年から今年にかけての突風みたいなシノギで莫大な利益を得た。だがこのままだと利益は目減りする一方だろう。最近、俺たちヤクザを目の敵にしている警察庁からも目をつけられ、デジタル・ハウンドドッグだのサイレント・マッドドッグだのイヌの新種がちょろちょろとやかましいし、な」

蛸島はほれぼれと鯨岡組長の演説に聞き入る。鯨岡組長は、組幹部たちの手放しの絶賛を身体一身に浴び、胸を張る。そして堂々と言い放つ。

「そこで、だ。竜宮組は今年度を以て、解散する。そして俺たちは人生を悲観して、幹部は全員、形式的に自殺することにする」

「ええ？　死ぬんですか？　ワシは痛いのはイヤです」

一番意気地なしで欲張りで、誰よりも生きることに貪欲な蛸島が言った。

鯨岡組長は笑う。

「バカか、タコは。これだけ儲けているのに、何が哀しくて死ななくちゃならないんだ」

「だって親分は今、自殺するって」

「だから形式だけだと言っとるだろう。知り合いの仲介業者が、日本で死んだことにしてくれるんだと。一度死んで、外国で金持ちのカタギに生まれ変わる。これが本当のパラダイスだ」

ヤクザと見下されながら、厳しいシノギを重ねてきた幹部連中の頭上に、その瞬間、南国の太陽が燦々《さんさん》と降り注いだ。

あの時、竜宮組幹部の心はひとつになったのだ。

鯨岡親分、待っててくれ。もうすぐ俺もそこに行くから。

蛸島の無理矢理なスキップが、着地した時だった。

真夏なのに、場違いなトレンチコートを着た、長身男性がすっと近づいてきた。

そして背後からぽん、と肩を叩く。

「ご機嫌だな、蛸島」

蛸島は振り返る。

その顔からみるみる血の気が引いた。

「お、お前は」

「久しぶりだな。焼け焦げ死体に化けたまではよかったが、ツメが甘かったな。ここそ出国すればいいものを、堂々と日本の表玄関、成田から出国しようだなんて、日本警察を舐めたらあかんぜよ」

がくりと首を折る蛸島に、加納警視正は言う。

「もっとも、たとえ離れ小島からこっそり密航したところで、日本警察は地の果てまで追い詰めるから、結局は同じなんだがな」

側の玉村に、くい、と顎で指図する。玉村は逮捕状を示し、うなだれた蛸島の手首に手錠を掛けた。その金属音を耳にした時、蛸島の脳裏に、南国パラダイスの明るい太陽が燦然と輝き、そして消えた。

11

新幹線ひかり号車中　7月16日　午前10時

思えばあの日、高岡さんがぼくを久しぶりに事務所に呼んだのは、虫の報せだったのかもしれない。

あの日、高岡さんは妙にハイだった。それなのに、ぼくと高岡さんの間には、もう話すことがなかった。そんなところにあまり気を遣わないぼくは、黙って高岡さんのとんちんかんなホラ話に耳を傾け、丁寧に相づちを打った。

たぶん、ぼくは気持ちのいい弟子だったのだろう。そしてたぶん高岡さんにとって、ぼくはこれまでも、そしてこれから先もずっとそういう弟子のままなのだろう。

たとえ心中ではかけ離れた気持ちでいたとしても、だ。

人の心の中は見えない。ならば真実は誰にもわからない。

話がとぎれ、しばらく沈黙に身を浸したあと、「じゃあ、そろそろ」とぼくは立ち上がる。

高岡さんは一瞬、さみしそうな顔でぼくを見上げた。

その時、扉のところに立ったぼくの耳に、聞き慣れない乱暴な足音が聞こえてきた。そしてぼくがドアノブに手を掛ける前に、扉が開いた。

そこには、真夏というのにトレンチコートを着た、背の高い男が立っていた。そしてその後ろには家来のように小柄な男性が汗を拭き拭き控えていた。

男は、ちらりとぼくを見てから、ソファに座る高岡さんに視線を投げる。そして内ポケットから紙を取り出し、高岡さんに突きつけた。

「高岡儀助《ぎすけ》、だな。死体損壊疑いで逮捕状が出ている」

その言葉に、ぼくの身体は凍りつく。足が床に貼りついたようになって、身体が動かない。

その時。背中から声が聞こえてきた。

「そこの坊や、悪かったな。せっかく納品してもらった机だけど、こんなわけで代金は払えなくなってしまいそうだ。家内も愛想をつかして逃げてしまったし、運が悪かったと諦めてくれ」

ぼくは振り返る。

高岡さんと目が合った。その目は、早く行け、と言っていた。

ぼくはお辞儀をした。

「わかりました。課長にはそう伝えますので、改めまして善後策を検討させてください」

ぼくはできるだけ軽やかな足取りで、部屋を出て行こうとする。

おどおどしてはならない。

ほんのわずかでも躊躇《ちゅうちょ》しようものなら、猟犬のような目をした刑事は、たちまちにして、このぼくの体臭に気付いてしまうだろう。ぼくは机の納品にきたアルバイト社員だ。こんなどたばたに巻き込まれるのはまっぴら御免だという顔をして、そそくさと部屋を出て行かなければ。

重力場が数倍になったような部屋から、息も絶え絶えに脱出すると、後ろ手で扉を閉じる。部屋の中から、声を掛けてくる人はいない。

ぼくは、ゴミが撒き散らかされた廊下を抜け、ゆっくり歩いて家を出る。草が生い茂る庭に控えている警官にぺこりとお辞儀をする。警官は不思議そうな顔でお辞儀を返してきた。そのままの自然な足取りで庭を出ると、路地裏の角を曲がる。

高岡さんの事務所が見えなくなると、勢いよく走り出す。

目的地は駅前のパチンコ屋。この時間、奥さんはそこでパチンコをしているはずだ。

翌日。

ぼくが手にしている時風《ときかぜ》新報の桜宮版には、小さな記事が載っていた。

「生まれ変わりビジネス、摘発」（時風新報社会部・別宮葉子）

桜宮市警は、竜宮組舎弟頭の蛸島要三容疑者を、パスポートを偽造し他人になりすました公文書偽造罪で、桜宮市在住の自称フリーター、高岡儀助を死体損壊罪で逮捕した。高岡容疑者は、引き取り手のない遺体の歯を加工し、蛸島容疑者であるかのように見せかけた遺体を先日、桜宮街道での廃屋火災で焼身自殺したように見せかけ、警察に誤認させようとした疑い。ここ三カ月で竜宮組の幹部の焼身自殺が相次いでおり、桜宮市警は関連を調べている。

記事を読み終え、顔を上げる。間もなくホームには太宰行きの新幹線が入ってくる。

隣で中国風の扇子をぱたぱたさせながら、汗を拭き拭きため息をついている、高岡さんの奥さんに話しかける。

「もう少しの辛抱です。新幹線なら、アイスクリームの売り子がやってきますから」

奥さんは、まん丸顔を笑顔でいっぱいにして、うなずく。

「いろいろ気遣ってくれてありがとね。うちの宿六がドジ踏んだばかりに、クリちゃんにも苦労をかけるねえ」

「心配しないでください。たかだか死体損壊ですから、すぐ釈放されますよ」

奥さんは首を振る。

「ううん、釈放なんてされない方がいいのよ。だって牢屋に入っている間は組織だって、ウチの人に手を出せないもの」

ぼくは何も言わなかった。

たぶん、奥さんにはわかっているのだろう。たとえ日本の法律が高岡さんを微罪で済ませても、裏社会の掟《おきて》はそんなに甘くはない、ということを。

ひょっとしたら芋蔓《いもづる》式に、ぼくにまで責任追及の手が伸びてくるかもしれない。

だからぼくのこの選択は、間違っていないはずだ。

隣にたたずむ、黒サングラスを見る。

高岡さんが捕まった直後、ぼくはホーネット・ジャムの連絡係を呼び出し、事の次第を報告した。そしてぼくと高岡さんの奥さんの保護を求めた。

彼らはすぐにぼくを桜宮市街のとある一軒家に匿ってくれた。そして今日、新幹線切符を手配してくれた。もちろん、高岡さんの奥さんの分も、だ。

もしぼくの仕事までバレて、鯨岡組長の件まで立件されたら、たぶん組織の掟は、このぼくも裁くことになるだろう。そうなった時のため、お互い、ムダな手間は省いた方がいい。

だからぼくは、組織に逃亡の手助けを頼んだ。そうすれば組織は労せずしてぼくを監視下における。うまくいけば逃亡先で、ビジネスを再開できるかもしれない。そうなればぼくも組織もお互いに願ったり叶《かな》ったりのはずだ。

この選択はおそらく正しい。

そして何より、ぼくはその正解が自分の体質によく合っていることにほっとする。

なぜならぼくは徹底的に横着者なのだから。


新幹線がホームに入ってきた。ぼくたちはがらがらの自由席に乗り込む。

この時間、各駅停車の新幹線に桜宮から乗り込む人間なんて、まずいない。ましてや下り方面へは皆無だろう。

ぼくたちは三人ばらばらの席に座る。ぼくが車両の真ん中の席に座ると、奥さんはその隣の列に、そして黒サングラスはぼくの後ろの座席に陣取った。

発車ベルが鳴り、かたん、という小さな音と共に、新幹線が走り出す。

窓から外を見ると、桜宮の景色がゆっくりと動き出していく。

ぼくは根無し草の横着者だけど、桜宮には結構長くなった。心の片隅に、ほのかなさみしさが浮かび上がるのを感じて、自分でも少々驚いていた。

その時、高岡さんの言葉が浮かぶ。

——北海道は雪見に一軒、東日本は俺と坊やで二軒だが実質は一軒みたいなもので桜宮に。西日本は浪速の天目区に一軒。九州は舎人町に一軒。だけどなぜか四国には同業者はいない。あそこはお遍路が基本で、他の日本と掟が違うんだ。だから坊やが本当に旗揚げしたいなら、四国へ行くがいいよ。

ぼくは座席に半立ちになり、後ろを振り返る。そこには黒サングラスが背広姿にネクタイをしめ、服装と同じようにきちんとした姿勢で座っていた。

「行き先を九州でなく、四国にしたいんだけど」

黒サングラスは顔を上げて、ぼくを見た。一瞬考え込むが、やがてうなずく。

「行き先はどこでも構いません。お好きにどうぞ」

ぼくは即座に行き先を四国に決めた。

ぼくは平和主義者だ。争いは好まない。だから落ち着く先には、競合相手はいないほうがいい。

鞄から手紙を取り出すと、黒サングラスに渡す。

「あと、もうひとつ。治療室にクリオネを置いてきたんだけど、面倒をみてくれませんか。とりあえず、これが世話のマニュアルです」

黒サングラスは手紙を受け取り、ちらりと中を見た。そして感情の抜け落ちたような声で言う。

「意外に手がかかるんですね、アレ」

そうなんだよ。小さいクセに大食漢でね。

そう呟きながらぼくは、後方の隣で無心にアイスクリームをぱくついている、高岡さんの奥さんの太った身体を眺めた。

ぼくはクリオネの世話からは解放されたけれど、これからはもっと大きなペット、マンボウの面倒を見なければならない。

だが絶望はしていない。少なくとも今回のペットは、エサをやらなくても自分でエサを探し動き回ることができる。そのぶん、気は楽だ。

ぼくは奥さんのよく肥えた身体から、視線を車窓に転じる。

窓の外には桜宮海岸が寄り添う。きらりと光る塔が見えた。建築されたばかりのＡｉセンターが八月にこけら落としの記念シンポジウムを行なう、というチラシを見たのはつい最近のことだった。だがそれをどこで見たのかは、もう覚えてはいない。

窓の外から、Ａｉセンターの塔が見えなくなった。ぼくは車窓の風景から目をそらし、ソファに沈み込む。そしてポケットから、唯一、家から持ち出した家財道具を取り出す。

リルケの詩集。

これさえあれば、ぼくの周りはいつでも静かなパラダイスになる。

ぼくは適当にページを開くと、お気に入りの詩の一節を口ずさんだ。

12

桜宮A・iセンター　7月16日　午前11時

ちょうどその頃、加納警視正は、A・iセンターで島津に話しかけていた。

「どうだ、これも他人だろう？」

島津の手元には、今回逮捕された蛸島若頭の前に自殺と断定された四人の竜宮組幹部の焼身自殺遺体を掘り起こし、その顎の骨が運ばれていた。

島津はぶつぶつ言いながら、その骨をCTで撮影し、3Dで立体構成していた。

その写真を見つめていた島津は言う。

「この四人は、本人で間違いないですね」

「本当か？」

「ええ。治療痕がぴったり一致してます。レントゲンは誤魔化しようがありません」

「本当に本当なのか？」

加納警視正が重ねて尋ねる。論理的でムダを徹頭徹尾に嫌う警視正にしては珍しいことだ。

「いくら聞かれても結果は変わりませんよ。遺骨をCT撮影し、3Dで立体再構成した後、正面から撮影したデンタルフィルムへと展開したら、ほとんど一致しましたから。多少ズレがあるのが気になりますが、まあ、誤差範囲でしょう」

島津が冷酷に首を振ると、加納警視正は腕組みをして考え込む。

「何をそんなに悩んでいるんですか？」

田口が尋ねると、加納警視正が言う。

「論理的におかしいからだ。竜宮組の幹部が五人、焼身自殺した。最後の五人目、古株の蛸島は遺体を自分に見せかけ、他人になりすまし国外逃亡しようとした。それはＡｉセンターで島津先生が見破った。だからその前の四人も同じように国外逃亡したんじゃないかと踏んだんだ。ところが前の四人は本人の自殺体で間違いないという。するとどうして蛸島だけがそんなことをしたのか、まったく説明がつかない」

島津はうなずく。

「おっしゃることはわかります。事件のことはわかりませんけど、この画像から、前の四人が自殺して、もうこの世にはいない、ということが証明されています」

「ううむ」

加納警視正はうめく。

やがて顔を上げると、側に不安げな表情でたたずんでいた玉村警部補に言う。

「俺の胸がもやもやしているのも、全部タマが悪いんだ。こうなったら遍路送りにしてやる」

「勘弁してくださいよ、警視正」

玉村警部補がそう言うと、加納警視正は片頬を歪めて笑う。

「誤解するな。これは懲罰などではない。遍路道中に事件を納得させる糸口があるという直感が、ビンビンしているんだ」

「それって、いわゆる野性の勘、というヤツですか。そんな、あるかないかわからないような、警視正の第六感にしたがってお遍路するなんて、勘弁してください。だいたいそんな出張、稟議《りんぎ》を通るはずがないでしょう」

加納警視正は腕組みをして、うつむいて考え込む。

「悔しいが、この件はタマの言う通りだ。俺の直感は、直ちに遍路に行け、と叫び続けているというのに、残念なことだ」

「そういうのは直感ではなく、単なる嫌がらせというものです」

玉村警部補がぼそりと呟く。加納警視正が顔を上げる。

「とにかく、今回の一件では、人定でデンタルチャートをチェックする時は、必ずレントゲン同士をつきあわせないといけない、という教訓が得られた。基本と言えば基本、だがそうした基本が守られていないのが、地方における死因究明制度の実態だな」

加納警視正は隣にたたずむ田口の肩をぽん、と叩く。

「その意味で、Ａｉセンターには大いなる期待をしておるよ、センター長クン」

それから玉村警部補に言う。

「いいか、検視協力官の森先生には、即刻御引退願え。逆らうようなら、勲章を差し上げないぞ、と脅しつけろ。そして、新しい検視協力官を任命するがいい」

「といっても、候補者が……」

玉村がそう言うと、加納警視正は島津を指さす。

「俺ですか？」

島津は素っ頓狂な声を上げる。加納警視正はうなずく。

「ああ、もちろん、他に若くてぴちぴちした歯科医もひとり、見繕ってやるから安心しろ」

ほっと胸をなで下ろす島津を横目で見ながら、今度は加納警視正は玉村警部補に向かって言う。

「ところでずっと気になっていたんだが、タマはネトゲの『ダモレスクの剣』の最終モンスター、ハルマゲドンドンをやっつけたのか？」

玉村警部補の顔が曇る。

「それが、結局攻略しきれず……。次の有給休暇まで、最終決戦はおあずけです」

「それなら捜査協力の助手としてご褒美に極秘情報《いいこと》を教えてやる。ハルマゲドンドン退治はまず、眉間の傷を三度、剣で攻撃してから、一気に喉首を水平にかっさばく。それで終わりだ」

玉村警部補は唖然として加納警視正を見た。

「ど、どうして警視正はそんなことをご存じなんですか？」

「タマが大騒ぎするもんだから、どんなものか気になって、先月、ネトゲ界に潜入してみた。三日弱掛かったが、ハルマゲドンドン退治までは済ませたぞ」

「警視正、それではご褒美にはなりません」

「ん？　なぜだ？」

「ハルマゲドンドンを退治しちゃったら、もう、ぼくとユナちゃんの冒険は終わってしまうじゃないですか」

「何を涙目になっているんだ、タマ。変なヤツだなあ。一刻も早く、最終決戦を終わらせたかったんじゃなかったのか？」

「そりゃ、そうですけど。でも人にヒントを聞いてまでして、終わりにしたくはないんです」

半ベソをかいている玉村警部補に、加納警視正が言う。

「心配するな。ハルマゲドンドンをやっつけると、新たなラスボスが登場してくるから」

泣きべそ顔の玉村警部補は、しゃっくりをしながら顔を上げる。

「本当ですか？」

加納警視正がうなずく。

「タマにウソをついてどうする。ケルベロス・タイガーという、三首の虎の怪物だ。コイツはなかなかに手強い。乗りかかった船だから、ついでにソイツもやっつけてしまおうかと思ったんだが、どうも経験値というヤツをべらぼうに上げないと攻略できないようだったので、バカバカしくなって途中で放り投げちまったのさ」

とたんに玉村警部補は机に向かって猛然と書類を書き始める。

「だったら、とっととユナちんやバンバンと次のステージに行かなくては。幸い、事件は解決しましたので、前回返上した有給休暇を改めて取り直して、まずはハルマゲドンドンをやっつけてきます」

有給休暇の申請書類を書きながら、玉村はふと思い出す。

数カ月前、『ダモレスクの剣』の別フィールドに突然、単身乗り込んできた新顔が、あっという間にフィールドを席巻し、たった三日でハルマゲドンドンまで退治し姿を消した、というウワサが話題になったことがあった。

　確か、その勇者のハンドルネームは「法の番犬」だった。

　当時、玉村警部補はそのウワサを一笑に付したが、今は自分の不明を恥じた。

　その勇者が今、現実に自分の目の前で、ソファにふんぞり返っているのだから。

　結局、自分はこの勇者の従者という立場から永遠に逃げ出すことはできないのだろう、と玉村警部補は思った。

　それは絶望的な状況だったが、決して不快ではなかった。

✽

　その頃、加納警視正の直感の網を逃れたオフィス・クリタの一行は、瀬戸大橋を渡り、異形の掟に守られた暗黒の島、四国に到着していた。

　四国巡礼のためと称して、数多くの無縁仏がこの島に運び込まれ始めるのは、それから半年後のことになる。

桜宮市年表

年代	出来事	作品
1991	田口公平、神経内科学教室に入局	★―★ 『ジェネラル・ルージュの伝説』
	城東デパート火災	
2000	田口、講師・医局長に就任	
2001	オレンジ新棟完成	
	速水晃一、救命救急センター部長に就任	
	花房美和、同センター看護師長就任	
2002	高階、病院長就任	
2003	不定愁訴外来開設	
2005	桐生恭一、臓器統御外科助教授就任	★―★ 『チーム・バチスタの栄光』
2006	バチスタ・スキャンダル	
	加納警視正、桜宮署へ出向	★―― 『ナイチンゲールの沈黙』
	エシックス・コミティ発足	『ジェネラル・ルージュの凱旋』

2007

2008

2009

2010

三船、事務長就任

ショッピングモール『チェリー』開店

「神々の楽園」事件

「青空迷宮」事件

田口、厚生労働省斑会議出席

極北市民病院に今中外科部長就任

医療事故調査委員会設立委員会創設

桧山シオン、日本帰国

極北市民病院産婦人科部長、逮捕

セント・マリアクリニック開院

積雪観測小屋殺人事件（雪下美人殺人事件）

桜宮エーアイセンター創設

竜宮組幹部連続自殺事件

社会保険庁解体

未来医学探究センター創設

人工凍眠法成立

★『イノセント・ゲリラの祝祭』

★○「青空迷宮」

★○「東京二十三区内外殺人事件」

○「四兆七千億分の一の憂鬱」

★『アリアドネの弾丸』

★○「エナメルの証言」

★『ケルベロスの肖像』

〈初出〉

東京都二十三区内外殺人事件　『このミステリーがすごい！　２００８年版』
青空迷宮　『このミステリーがすごい！　２００９年版』
四兆七千億分の一の憂鬱　『このミステリーがすごい！　２０１０年版』
エナメルの証言　『このミステリーがすごい！　２０１２年版』

海堂 尊（かいどう たける）
1961年千葉県生まれ。医学博士。第4回「『このミステリーがすごい!』大賞」大賞受賞、『チーム・バチスタの栄光』（宝島社）にて2006年デビュー。著書に『ナイチンゲールの沈黙』『ジェネラル・ルージュの凱旋』『イノセント・ゲリラの祝祭』『アリアドネの弾丸』、医師の立場から書いた『トリセツ・カラダ カラダ地図を描こう』（以上宝島社）、『極北クレイマー』『極北ラプソディ』（ともに朝日新聞出版）、『ジーン・ワルツ』『マドンナ・ヴェルデ』（ともに新潮社）、『ブラックペアン1988』『ブレイズメス1990』（ともに講談社）他、多数。『死因不明社会』（講談社ブルーバックス）にて、第3回科学ジャーナリスト賞受賞。現在、独立行政法人放射線医学総合研究所重粒子医科学センター・Ai情報研究推進室室長。

※本書の感想、著者への励まし等はホームページまで
http://konomys.jp

玉村警部補《たまむらけいぶほ》の災難《さいなん》

2012年2月24日　第1刷発行
2012年3月15日　第2刷発行

著　者：海堂 尊
発行人：蓮見清一
発行所：株式会社宝島社
〒102-8388 東京都千代田区一番町25番地
電話：営業　03（3234）4621／編集　03（3239）0646
http://tkj.jp
振替：00170-1-170829（株）宝島社
組版：株式会社明昌堂
印刷・製本：中央精版印刷株式会社

ISBN 978-4-7966-8821-5